月亮营地

梅卓 著

青海人民出版社

图书在版编目（CIP）数据

月亮营地 / 梅卓著 . -- 西宁：青海人民出版社，2023.4
ISBN 978-7-225-06437-6

Ⅰ. ①月… Ⅱ. ①梅… Ⅲ. ①长篇小说—中国—当代 Ⅳ. ① I247.5

中国版本图书馆 CIP 数据核字 (2022) 第 246648 号

选题策划	王绍玉
执行策划	梁建强
责任编辑	马　婧
责任校对	田梅秀
责任印制	刘　倩　卡杰当周
封面绘图	祁智岳
装帧设计	杨敬华　郑　清

月亮营地

梅卓　著

出 版 人	樊原成
出版发行	青海人民出版社有限责任公司 西宁市五四西路 71 号　邮政编码：810023 电话：（0971）6143426（总编室）
发行热线	（0971）6143516 / 6137730
网　　址	http://www.qhrmcbs.com
印　　刷	陕西龙山海天艺术印务有限公司
经　　销	新华书店
开　　本	890 mm × 1240 mm　1/32
印　　张	10.625
字　　数	250 千
版　　次	2023 年 4 月第 1 版　2023 年 4 月第 1 次印刷
书　　号	ISBN 978-7-225-06437-6
定　　价	60.00 元

版权所有　侵权必究

梅卓，女，藏族。一级作家，中国作家协会全委会委员，青海省作家协会主席，国务院特殊津贴专家。主要作品有长篇小说《太阳部落》《月亮营地》《神授·魔岭记》，诗集《梅卓散文诗选》，小说集《人在高处》《麝香之爱》，散文集《藏地芬芳》《吉祥玉树》《走马安多》《乘愿而来》《玉树笔记》等。作品入选多种选集，部分作品翻译为多种文字。策划或主编百余种文学作品集。曾获全国百千万人才工程奖，全国文化名家暨四个一批拔尖人才，全国第十届庄重文文学奖，中国作家百丽小说奖，第五届、第十二届全国少数民族骏马奖等。

主要人物简表

阿·格旺：五十余岁，月亮营地头人，有二女一子，名阿·吉、阿·玛姜和阿·文布巴。续弦娜波。

尼　罗：五十余岁，单身妇人，有二子一女，名甲桑、夏布和茜达。

甲　桑：三十岁，尼罗之子，猎人。

阿·吉：三十岁，阿·格旺继女，章代部落头人儿媳。

章代·乔：阿·吉之子。

章代·云丹嘉措：章代部落公子，后娶茜达为妻。

麦尔贡：天葬师。

切吉喇嘛：寺院喇嘛，甲桑幼时师傅。

女药人：尼罗生前好友，具有神秘法力。

宁　洛：宁洛部落头人。

目 录 contents

第一章

  一、祭祀达日神山 1

  二、天葬的地方 9

  三、雪 豹 16

  四、中阴之路 24

  五、灵魂从眉心开始 30

第二章

  六、猎手本性 39

  七、集 市 47

  八、白尾牦牛 55

第三章

  九、章代·乔 64

  十、最宝贝的女儿 73

  十一、酒 馆 81

十二、赭色群山　　　　　　　　90

十三、左耳朵　　　　　　　　　97

第四章

十四、外乡人　　　　　　　　　104

十五、骨　骸　　　　　　　　　112

十六、阿家大院　　　　　　　　121

第五章

十七、女药人　　　　　　　　　131

十八、达曲河畔　　　　　　　　139

十九、危险的爱情　　　　　　　147

二十、放　生　　　　　　　　　155

第六章

二十一、冰乃树　　　　　　　　165

二十二、黑暗使者　　　　　　　174

二十三、月光下的铜扣腰刀　　　181

二十四、狼　人　　　　　　　　188

二十五、七天后的妹妹　　　　　195

第七章

二十六、白银戒指　　　　　　203

二十七、离开营地　　　　　　211

二十八、空气中的空气　　　　219

第八章

二十九、不速之客　　　　　　227

三十、魔　水　　　　　　　　236

三十一、勃朗宁手枪　　　　　242

三十二、你就是这么长大的　　250

三十三、章代公子　　　　　　258

第九章

三十四、丧期中的幻象　　　　266

三十五、毛编靴带　　　　　　274

三十六、转　生　　　　　　　286

第十章

三十七、秋天来临　　　　　　295

三十八、魇　　　　　　　　　302

三十九、天作之合　　　　　　311

四十、前定的方向　　　　　　319

鹰鹫为什么不上前去
帮助灵魂
自由离开这个世界

第一章

一、祭祀达日神山

这是 20 世纪 40 年代的某个春天。当春天的气息抵达青藏高原的时候，已经是藏历六月了。

艳阳高照。炫目的太阳使大地更加容易进入黑夜。沉浸在黑夜里的山山水水在月亮的清辉中格外宁静、安详，这一方自由的集散地因此被称作月亮营地，人们还以月亮的名字命名了这里的山和水：达日神山和达措神湖。达日神山屹立在北方，山巅终年白雪皑皑，山下的松树和杨树已经绿了，雄鹰在群山之间自由地飞翔。达措神湖紧紧依傍在神山东侧，湖面已经冰消水溶，碧蓝深沉的湖水清波荡漾，微岚纱纱，仿佛镶嵌在大草原上的一颗碧玉宝珠。

达日神山的山神是一位身披银铠银甲、手执银剑银旗的战神，也是青藏高原著名的十二位护法神之一。达日神山前矗立着信徒们奉献的经幡旗帜和石刻经文。每当轮回到十二生肖中的马年，远远近近的牧人就会骑上马儿、带着家人纷纷赶来，参加十二年才有一次的祭山盛会。因为这一年，是达日神山的本命生辰年。

愿望总能实现的。只要有了这一年的衷心祈福和祭祀。

春天的气息从达日神山的南麓开始弥漫。山脚原先光秃的杨树枝重新发芽、变绿，松树则退去白雪素装，绽露苍苍翠色。山下已是一片蓊碧，而山腰的草坡也开始召唤牧人和羊群了。再过一个月，牧人们就得带着家当、帐篷，赶上羊群转场，把家庭搬到深山里去，在那里度过整个夏季。

但是这一切尚不足以说明春天已经抵达了月亮营地，真正的春天，是以祭祀达日神山的盛会作为唯一的标志的。

这是一个特定的日子。就在前一天傍晚，营地里的青壮年男子们都已披挂整齐，来到达日神山脚下的一处平台上，他们要在这里度过一个与女人分离的夜晚。

直到清晨，身穿节日盛装、肩披彩绸、头戴红缨高帽、帽上斜插两支口剑、腰悬短刀的男子们，在法师的祝福声中，携带柏树枝走上一座略显平坦的山顶。山顶早已有煨桑的柏香飘散。在营地中享有无上荣誉的年老法师正手敲龙鼓，高声大呼达日山神的尊名。

桑堆上有敬献的哈达、酥油、炒面和青稞美酒。桑烟在龙鼓声中渐渐升向高处……

太阳照在月亮谷地。太阳的光辉使得达日神山一片祥和。紫气氤氲中，银色神山更加肃穆庄严、清雅夺目。在法师的带领下，男子们将背上山的柏树枝敬献给火堆，同时也敬献上自己对无上山神的一份敬意。随后，便开始跳起祭祀山神的舞蹈。桑堆的前方，架着一座当年的青枝绿叶编织的软轿，轿子正中端坐着镀银粉、贴银箔的达日山神。山神被七彩绸缎包裹，脚下是人们供奉的成百上千条哈达。舞者祈祷过山神，再依次向东方、南方、西方、北方拜下，帽子上的红色璎珞深深垂向大地，他们祈求山神以及诸位护法保佑，消除人间种种灾难，保护人们安居乐业。

祭山盛会的高潮在于神秘莫测的口剑穿刺。

口剑长约六寸，细若小指，纯铁铸成，剑把上镶嵌各式珠玉宝石，扎着彩绸和璎珞。当法师的龙鼓振聋发聩地大敲一声后，山谷中顿时沉寂一片，人们静心等待着那庄严神圣的时刻到来。

法师停止敲鼓，他把目光移向身后。身后不远处站着一位老人，老人戴顶狐狸皮绲边的灰色春帽，一袭水獭裘装紧紧包裹着他肥胖的身体，他的表情是严峻的，微微眯起的眼睛深藏在一副水晶石眼镜后面，脚下蹬着的名贵靴子端端正正站在一方与众稍有些分离的地面上。

法师的目光接住阿·格旺老人的目光。阿·格旺轻轻点点头以示可以开始。法师立刻心领神会。

青年男子们勇士般涌向法师。每年的此时，年轻人都以第一个插上口剑为荣,谁将是今年的幸运儿呢?法师口中念念有词,把手伸向第一个挤到他面前的年轻人头上的帽子。法师从帽子上取下两支口剑,在自己嘴里含住,两只手的拇指捏住年轻人的双颊,然后取一支剑插入左颊,再取另一支剑插入右颊,两支剑头分别从嘴里呈十字形穿出,插剑仪式宣告结束。法师紧接着为第二人、第三人插上口剑。据说,由于法师的高强功力和衷心祷告,戴剑者的双颊上一般不会出现流血现象,并且在取下剑之后,也不会有曾经洞穿过的痕迹。就这样,近百名年轻人戴着这样的十字形口剑继续加入舞蹈者的行列,以超人的胆识博取达日山神的喜悦。

阿·格旺远远望着法师为第一位年轻人插上口剑。

"甲桑又是第一人。"他喃喃自语道。大家都朝法师涌去,谁也没有听见他在说什么。

第一人是甲桑。甲桑从十六岁开始就是第一人,一直到今年,他已经三十岁了。

阿·格旺远远地望着他。"你会成为什么样的人呢?你会是今年的幸运儿吗?你的母亲会为你骄傲的。你多像从前的我呵,你那微微斜插的口剑,你的有些旧了的红璎珞,你的满不在乎地从肩上滑下来的衣领……我也曾经是……"

他的确曾经是。阿·格旺带领众人创建了这座像月亮一般美丽的营地,在这里,他辉煌过,他拥有所有的权利,他是这营地的无冕之王,直到他入赘营地最富有的阿家,在自己的名字前面冠上阿的姓氏,直到阿夫人去世,他新娶漂亮的年轻寡妇娜波,一夜之间,他忽然觉得自己老了,老得再也不能目睹穿插口剑的仪式了。

阿·格旺背过身去。一切永不再来。

达日神山脚下匍匐着妇女们。她们是不准在祭山仪式上露面的。阿·格旺第一眼就认出穿着素色衣裳的阿·吉。她是可以穿雍容华贵的裘装的,她是月亮营地最富有的阿府的千金,又是邻居章代部落头人家的儿媳。她拥有谁也无法否认的资格。

阿·格旺走向他的继女。"你在祈祷什么?"

伏在地上的阿·吉抬起面庞。那是一张绝美的面庞。她的双手紧紧贴在两只膝盖上,她漂亮的眼睛望着继父,说:"我在祈求山神让战争走开。"

阿·格旺腆起肥胖的身躯,笑道:"我的女儿,战争离我们很远。你可以为你的母亲祈祷,或者为你的儿子。"

阿·吉定定地望着他:"你没有什么可祈祷的吗?"

阿·格旺回头朝山上看了一眼。山上的桑烟直直飘向空中。依稀能听见法师的龙鼓声和年轻男子们的吆喝声。阿·格旺闭着眼睛都能想见山上的情景。此时,人们已经捧起哈达,把各种果类、糖类、五谷、鲜花、日月馒头、绸缎等撒向高高的煨桑的火中,在法师的大声祈祷之后,今年的祭山煨桑仪式,正在六月灿烂的阳光下结束。

"我已经老了。我所有的愿望都已经实现。我没有什么奢望啦!"

他说。目光重新转向继女时,阿·吉已把眼睛垂下。她没有再望着父亲,而是固执地说道:"战争已经开始了,阿爸,如果你还视而不见的话。"

阿·格旺不舒服地整理着衣服。这件水獭裘装是他的新婚礼服,自从新婚后的这个月,他一直穿在身上,他要穿它,就像穿着青春的年龄,就像穿着娜波的体温一样。

山上的桑烟被轻风带向山下。每个人的鼻孔里都洋溢着柏香的气息。这是喜庆祥和的气息。阿·格旺深深吸口气,"你不想知道今年是谁第一个插上口剑的吗?"

阿·吉凄然答道:"我知道那人是谁。可惜你的宝贝儿子文布巴又没有余地啦!"

他不是我的儿子吗?阿·格旺笑着,水晶石眼镜后面藏着的眼睛露出满意的笑意。这是个永远的秘密。这个秘密只有他自己知道。当然,还应该有另一人。他年轻的时候爱过那个人,但是现在他们都老了,岁月能原谅一切过失。岁月能原谅他的一切过失。

阿·格旺的目光掠过伏地的妇女群,扫视一遍后有些失望。他已有很长时间没有见过她了。

有多久,他一时想不起来。但是她的容颜已在他的脑海里深深地烙下了痕迹。她曾是他的唯一,年轻的时候曾是。现在他却一时想不起来自己到底有多久没有见到她了。

阿·吉的身边伏着娜波。她一直静静地听着父女俩的谈话。

"那么你呢,你在祈祷什么?"阿·格旺朝向娜波,声音里带着重重的鼻音,仿佛在用嗓子眼儿说话。

娜波窈窕的身材裹在彩色织锦绸缎里，就像一朵插在山地里的野山菊，遍体透出淡淡的芬芳。她起身来到阿·格旺的身旁，妩媚地说道："我祈求山神保佑您吉祥如意。"

阿·格旺朗声大笑起来。笑声在空旷的山谷回荡。"好！"他说，"好一个祈祷！"

娜波又道："您回府上休息吧，山上太凉。要我陪您吗？"

"我还行。"阿·格旺固执地谢绝了娜波。

娜波重新跪到阿·吉的身边。两位三十岁女人的声音加入周围妇女们众口一词的声音中，她们正在念叨山神的尊名：达日山神——达日山神——请保佑我们——

我该离开了。阿·格旺望着阿·吉和娜波匍匐下去的后背，长长的辫梢滑下肩膀，辫套上的珊瑚和松石发出细碎的声响。这是多好的声音呵，就像夜晚掠过月亮营地时的风声。

他早已听惯那样的风声。这是多年来的习惯，每当傍晚，他支起耳朵，身不由己地全神贯注起来，为的就是听到那种掠过时细碎而动人心魂的声响。

山上传来男子们的吆喝声。阿·格旺极力地辨认着甲桑的声音。他是不爱出声的。但是阿·格旺似乎听到了他的声音。那是一声长长的、充满动感的呐喊。阿·格旺的嘴角又漾出笑意。谁能说杰出的甲桑不是三十年前同样杰出的自己的儿子呢？

阿·格旺带着这样的笑意走向山下。水晶石眼镜在如此炫人眼目的太阳光下分外适宜。他舒适地望着自己的道路，这条道路通向山下，通向自由的月亮营地。

阿·格旺的笑意从嘴角突然凝固。他看到一位年老的妇人正从他的视线中快步躲开。

"尼罗！"阿·格旺想都没想就喊住了她。

尼罗站住，转身望着他。她的头发已经灰白，稀疏的辫梢装在一只绣着简单图案的朴素辫套里。她的脸庞已经褪去年轻时的红润，变得苍白无光，褐绿色的眼睛里满是岁月留下的沧桑，但是那种天然之美却溢于外表，好似一潭深不见底的湖水，宁静、安详，又深沉得不能一眼阅尽。

尼罗左手握一柄小巧的经筒，右手的嘛呢念珠捻动得飞快。

"尼罗！"阿·格旺已经走到近前。他取下眼镜塞进怀里，用那双眯缝但真实的眼睛看着妇人。

"很久不见啦，你还健康吧？"阿·格旺说。

尼罗根本没有看他的眼睛。她望着别处，那里正有一枝春天的花朵在静静开放。"托您的福，我很健康。"

她勉强答道，说完就想立刻走开。她的藏蓝色袍子上悬着一柄女式腰刀，除此之外再无饰物。袍子的膝盖处和袍子边上都沾着少许青色，那是这个春天刚刚苏醒的青草的颜色。

阿·格旺拦住她，端详着她的模样，继而说道：

"你的儿子已经第一个插上口剑，你还想要什么呢？"

尼罗说："我只是在祈祷，请求上天准许，让我不要再看见你。"

"这不是真话。"阿·格旺困难地转动肥胖的腰肢。自从发胖之后，他再也不能承受腰带的束缚了。这是最要命的。"这不是真话,你不是又看见我了吗?"

尼罗的眼睛里顿时湿润了,微微上翘的倔犟的嘴角抖瑟起来。

"这是我的命吗?老天可怜我吧!"她声音微弱得几乎听不见。

阿·格旺费劲地从怀中找出眼镜,重新戴上。他抬头望望天空,天空晴朗得就像他少年时的心灵。那时他看不起贵重的水晶石眼镜,身体也没有这么臃肿。

"尼罗,我娶谁并不重要,重要的是你要活着。"他说。

二、天葬的地方

甲桑从山上走下来。他总是在取下口剑后就立刻离开法师。他的荣耀在于自己的内心,而不在于同伴们众口一词的赞美。

他的背后充满了年轻人们争相在煨桑的香气中献给山神的赞美声。他知道这是一年中最美好也最令他愉悦的时刻。他的内心平静、柔和,眼前仿佛看得见十多年前那个初次上山的男孩,那个男孩由于激动,连璎珞帽顶上的口剑都插歪了。

好在他现在仍然感觉得到少年时的心跳,机灵的身体也仍然能使自己成为排在众人之前插上口剑的第一人。

他记不得自己最初祭祀神山时是什么模样了。那时,他还没有自己的乘马与猎枪,更谈不上是什么猎人。他只是个下套子的能手，他有一种选择地点的灵气，营地里别的少年是比不过他的。在他十六岁时，他已经积累了十七条水獭皮筒，都是用他套子里的猎物换取的，他开始积累水獭皮筒是想为母亲缝一件过冬的裘衣，可是从未穿过水獭皮裘的母亲却对他说，儿子，你是个男人啦，男人怎么能没有猎枪呢？

母亲的话使甲桑茅塞顿开。是呵，自己怎么能没有一杆猎枪呢？可是他在猎枪与裘衣之间无法取舍，他想到自己首先是儿子，其次才是男人。这样想着，甲桑便请人为母亲缝了一件水獭皮衣。母亲的感动是可想而知的。她说："家里有个男人啦……"话是这么说，可是这件装饰着白褐色相间的水獭皮裘，母亲却总是舍不得穿在身上。

走向山下的甲桑取下红璎珞的高帽，从帽顶端详着两支小巧的铁剑。他摸摸双颊，那里没有留下任何穿刺过的痕迹。据说，经过口剑穿刺后没有痕迹的人前世里只有德行，没有罪孽。可是甲桑自忖为什么仍然觉得没有幸福可言。

他想不出自己何时有了这种争得名誉的想法。对他和他的家庭来说，或许这是唯一的办法吧。

甲桑听到后面有人在喊他的名字。转身时，只见营地里的纨绔子弟阿·文布巴带着一帮青年来到了他的身边。

阿·文布巴是营地里第一个拥有猎枪的青年，不过他背着猎枪的目的并不是为了打猎，纯粹是为了炫耀。当阿·文布巴炫耀的姿态淹没了他周围年轻人的自尊心时，大家开始怀疑他的胆量和勇气了。就在前不久，营地里有一位老头儿死去后天葬了，但营地里的人们纷纷传说他阴魂不散，专门抓取阳气正盛的年轻小伙子们的精魂。这个传说越来越盛，以致营地里无人不晓，几乎所有的年轻人都被这一神秘的传说吸引。可是到底没有人敢于真正走到天葬过那个老头儿的地方去证实这种说法的荒唐。

现在，这帮青年们聚到甲桑的身边，话题又回到了那个天葬台。拥有猎枪的阿·文布巴显然在没有猎枪的男孩们中间高人一等，他是围坐成一圈的青年的中心，他那杆猎枪是众人眼里最高的神祇。

有一个年轻人突然说："我敢打赌，这杆枪你用不了多久啦！"

阿·文布巴是不吃这一套的，他说："除非你能到天葬台扎一顶帐篷后住上一夜，这杆枪我情愿送给你。"

阿·文布巴意气用事的这句话立刻使大家兴奋起来，这也正是甲桑有兴趣等待着的，但甲桑始终保持着沉默，他知道沉默之后的话语才是最有力量的。

那个年轻人继续发问："你当真么？"

阿·文布巴说："当然，我什么时候说话不当真呢？！"

大家七嘴八舌起来："阿·文布巴你从来说话不算数，上次我们赛马，你的玛瑙链子还不是送给姑娘了吗？"

没容阿·文布巴辩解，又一个开了口："你想要他的小命吧，他可是个胆小鬼！"

最初提议的年轻人不甘落后，立刻回敬道："说到胆小鬼，我看你敢上天葬台搭帐篷吗？如果你敢，我就敢承认我是胆小鬼。"

可是没有人愿意当面承认自己是胆小鬼,也没有人敢于应承自己能上天葬台扎帐篷。阿·文布巴得意极了,他开始仔细擦拭那杆猎枪,直到枪杆上擦出亮光才罢手。

甲桑慢悠悠地开口道:"阿·文布巴有猎枪也不敢上天葬台吗?"

阿·文布巴说:"你看看你,没枪的人才会说这种话,我就算把枪送给你,谅你也不敢上去。"

甲桑说:"不如这样,我们用你的猎枪打个赌怎么样?猎枪让别人看管,我们二人各自上天葬台后扎帐篷睡一夜,第二天谁回来这杆枪就属于谁,怎么样?"

阿·文布巴说:"那个老头儿即使真要抓人也会选上你的。"

年轻人已经被甲桑的提议搞得精神振奋,他们每个人都愿意成为阿·文布巴猎枪的暂时看管者和这场赌局的证明人,但是没有一个人相信沉默寡言的甲桑真会从阿·文布巴手中把猎枪赢走。

阿·文布巴此时已骑虎难下。他紧紧攥着猎枪,两只眼睛却故作镇静地望着甲桑,这位对手正对视着自己,他的眼神里是一种难以捉摸的神秘光芒。

阿·文布巴说:"就这么着吧,我看你输定啦!"

甲桑笑着点点头,说:"别忙着下结论,我们今晚就开始。"

阿·文布巴说:"今晚可别忘了带上锤子、绳子和木橛,你家没有的话,我可以借给你。"

大家讪笑起来。谁都知道甲桑是个穷光蛋,但他们却因为甲桑不苟言笑而非常尊敬他。阿·文布巴这样说纯粹是为了取乐。

这天子夜时分，年轻人们重新聚到营地中央，他们将开始实现白天的诺言。先是甲桑带着扎帐篷的用具离开大家，扬长而去，径直向天葬台走去。这样走需要两个多时辰，甲桑是走惯的，他不厌烦这种走法。

甲桑走后一段时间，阿·文布巴也准备好了，他把猎枪交给中间人，还特别嘱咐他要小心看管好，这才带着精致的用具上了山。

天葬台和营地有一定的距离，甲桑和阿·文布巴各在山坡的两面，按照约定，他们扎好帐篷后还得住上一夜，第二天天亮后才能返回营地。

甲桑走得快，他对这一片地方很熟悉。

阿·文布巴走到山脚时已经在大口喘粗气了，他是骑惯马的，父亲从未对他有什么特别的管教，但是他是阿家的独苗，每次出门上路，马是必须的。可是这次却不同，他一个人走了这么久，还带着锤子、木橛、绳子和篷布，简直累得要死。周围黑黝黝的一片，阿·文布巴对自己说："没什么要紧，只不过一夜嘛……"

但他渐渐开始有些害怕了，这样一个人，这还是第一次。那个老头儿，可千万别对今晚产生什么兴趣呵，上天保佑……

阿·文布巴终于找到一片较平整的地方，那里有白天支好的木桩。他一下子就把身上背着的东西卸下来，一口气没换就干开了。他先是褪下两只袖子，把它们紧紧地缩在腰后。这种情况对阿·文布巴来说是不多的，他的生活不需要他如此卖力气。可是今天不同，为了男子汉的尊严，他只能依靠自己的胆量和勇气，才能赢得同伴们的尊敬。阿·文布巴开始把篷布铺开，整整齐齐搭上木桩，这是第一道技术活，如果不整齐，下面的绳子和木橛子就无法正常运作。阿·文布巴搭好篷布后，立刻着手系牢绳子。

绳子的一头系在篷布上，另一头则要系到木橛上后钉进草地里。天上的繁星开始明亮起来的时候，阿·文布巴已经钉了二七一十四根木橛了。他一边干一边信心十足，瞧，这里并没有什么值得大惊小怪的事情。这会儿，他倒真的希望有点什么意外的事情发生呢，否则回到营地后怎么才能向大家炫耀这次辉煌的成绩呢？

阿·文布巴已经在钉最后一根木橛了。木橛大约有半尺长，上粗下细，阿·文布巴要把细的钉进草地里。这时，木橛突然从细的那头裂开了一道缝，阿·文布巴发现后，蹲下来，捏一些土填到裂缝里去。就在他蹲下来的时候，他结在身后的双袖松开了。他并没有在意，干活时袖子松开是常有的事。他一心一意地把最后的木橛子钉进了草地中。

好，他的所有工作都做完了。阿·文布巴把锤子扔进已经巍巍然屹立在山坡上的帐篷里。所有的绳子和木橛都各得其所，这正是他期望的。一切尽如人意。很好。

干完活的阿·文布巴站起来，拍拍双手，转过身，准备进入帐篷过夜。就在他转身的时候，突然惊骇地张大了嘴巴，他的一只松开在身后的袖子被人捉住了！

阿·文布巴开始抖瑟，他抖瑟的双手不知该怎么放，他的手里空无一物，没有任何防身武器，腰刀虽然近在咫尺，可是他竟然没有勇气抓在手里。

这下糟啦！

阿·文布巴惊呼着，试着拽了拽，根本拽不动。他越拽，捉着他袖子的力量就越大。阿·文布巴吓得简直要昏过去，可是拽着袖子的人似乎没有丝毫放他走的意思。

山风起了。后半夜的山风呼啸而来，又冷又利。一开始夜风仿佛一个女子的轻声哭泣，到后来就变得凄唳而暴虐，在阿·文布巴听来，简直就是发怒的洪水猛兽。

阿·文布巴从最初的惊吓中清醒过来，他连回头看一眼的勇气都失去了。他的身体斜立着，试图从被捉的境地中解救自己。可是一切努力都是白费，那个捉住他的人既不说话，也不放手。

阿·文布巴开始运用他的智慧了。他是个聪明人，不能如此无视自己艰难的处境。于是，阿·文布巴对那个捉着自己袖子的人说："求求你啦，放我走吧，明天我请人为你念经还不行么？"

阿·文布巴已经断然相信那个捉住他袖子的人就是白天伙伴们说到的老头儿，也正是他此行试量胆气的目的所在。这个老头儿，他到底要捉多久？

阿·文布巴想到那个老头儿是个独身一生的人，他离开阳世时连个给他念经的人都没有，阿·文布巴自以为忽然明白老头儿之所以离不开营地是因为没有儿子为他请喇嘛念经超度。

阿·文布巴一心想听到捉住他的老头儿的声音，他想那声音一定够他受的，他做好了接受任何惨叫的准备。可是老头儿不说话。老头儿越不说话，阿·文布巴就越害怕。他这才发现声音这东西在没有发出来之前具有的最大威慑力量。

阿·文布巴再一次绝望地哀求道："求求你啦……"

阿·文布巴一边说，一边又把身体往前拽拽。跟先前一样，他没有挣脱一丝一毫，他的裘衣袖子仍然紧紧攥在那人的手里，他的腰带都被过度的拉拽扭歪了。

山上孤零零的一顶帐篷下，阿·文布巴就这样徒劳地哀求着，被拽住的袖子使他陷入绝境，没人能帮上忙，他自己早就吓破了胆，除了哀求，他一点儿办法也没有。

渐渐地，阿·文布巴骨子里的蛮劲复苏了。他想这样耗下去，不如拼死一战。他偷偷握住了早就该握住的腰刀。当右手紧紧握住腰刀后，力量就回到了身上。他大喝一声，回身砍去。一下，扑空了。阿·文布巴大喝道："你这个糟老头儿，看我收拾你！"阿·文布巴又挥刀一砍，这下又扑了个空。他惊讶四顾，发现四周根本没有人，连个鬼影也未见到。可是捉住他袖子的那只无形大手仍然没有收回。这次惊吓可不小，阿·文布巴已经被无处不在的老头儿吓得够呛，他惊叫一声，随即倒下。

三、雪　豹

第二天天亮后，甲桑顺利回到营地。伙伴们正在营地中央急不可耐地等候，他们这样熬过了一夜，紧张程度不亚于上山扎帐篷的甲桑和阿·文布巴。当甲桑回到他们中间后，伙伴们欢呼起来，那个替阿·文布巴看管猎枪的小伙子立刻就把手中握了一夜的东西交给甲桑，甲桑也毫不客气地接在手里。

这杆枪，甲桑已经赢定了。

大伙儿开始七嘴八舌地询问前一夜的情景。甲桑宽厚地笑着。的确，他并没有感到害怕，因为他这样独自在山上度过一夜早已是很平常的事。早些年，家里的羊群被狼惊散后，他不是这样独自到山里寻找，度过了好几个夜晚么？

太阳已经升起很高，可是仍然不见阿·文布巴的身影。有人开玩笑说："他真见了鬼啦！"甲桑却不信，他说："不会吧，他可能被别的事耽搁了。"

"他总不会在这个时候睡过头吧？"

"嘿，他喜欢睡过头，那有什么办法？"

伙伴们都想知道阿·文布巴失去猎枪后会有什么反应。他们知道文布巴是个不肯善罢甘休的人。他们想要更精彩的故事。可是现在甲桑一人难以满足大家的好奇心，只有等阿·文布巴到来，才会使大家重新振奋起来。

阿·文布巴却久久不出现。甲桑有些焦急，他喃喃道："不会有什么情况发生吧？"这样说着，还是担心起来。他掂掂紧紧握在手里的猎枪，坚定地说："走，我们去看看。"

大家跟着甲桑上了山。走到山坡上时，远远就能望见阿·文布巴扎的帐篷。那顶灰白色的帐篷在阳光下非常醒目，可是看不到阿·文布巴的身影。走到近处一看，才发现阿·文布巴扑倒在地，早已昏了过去，他的一只袖子被钉在了木橛子下面。

大家不知道发生了什么事情，乱哄哄地把阿·文布巴弄醒了。阿·文布巴醒来后，用陌生的眼光看着伙伴们，他嘘一声，轻轻说："向佛祖发誓，我看到的鬼，它是无影无形的……"

甲桑又好气又好笑，对他说："你把自己的袖子钉到木橛子上，还以为是被鬼抓住了吧？你输定啦！"

阿·文布巴的腰刀仍然握在手上，但那只是个摆设，并不能在关键时刻派上用场。那把腰刀过于精致了，以至于主人握着它的样子是那么可笑。阿·文布巴无精打采地望着扶着他站起来的伙伴们，欲言又止。

甲桑说："别再说什么啦，你输定了。"

文布巴看着甲桑，眼睛里忽然闪烁出炯炯之神光，他神秘地附在甲桑的耳畔，说："你用不着担心猎枪什么的，我只是想告诉你，鬼这个东西，它是无影无形的……"

甲桑大笑起来，这是营地里罕见的笑声，他从未如此纵情过，这杆用胆气赢得的猎枪，从此真正属于他自己了。

大伙儿也跟着乐了，唯有文布巴一人立在那里，一副若有所思的样子，有人连推带搡地将文布巴带进他昨夜扎好但还未来得及享用的灰白色帐篷里，大家围成一团，开始奚落文布巴。

正在这时，帐篷外的一个年轻人大声呼喊起来："雪豹！雪豹！"

众人闻声蜂拥而出，只见山坡下的丛林边缘，不知何时升起一团白雾，白雾中，一只雪豹正在漫步，它雪白的身体在晌午的阳光下闪烁着夺目的光彩，褐色斑纹足以说明它已到成年，是个孤独的旅行者。它的体态从容而大度，高昂的头颅显示着雪山王者的风范，那双眼睛虽然不能看得明晰，但已感觉得到它机敏、善战的本质。

有人问："它怎么会从山上下来？"

甲桑也不明白，他眯着眼睛看山坡下的雪豹，那个犹如从天而降的精灵，此时正在众人的视线里悠然漫步。雪豹的栖息地在高于月亮营地2000米的崇山峻岭之间，可是今天怎么会到海拔3000米的营地附近呢？它在距离人类如此近的地方游走，居然还没有感到什么危险，真是奇迹。

"快看！"又有人喊道。

甲桑望去，只见那雪豹已经站住了。它扭着头，两只尖尖的耳朵朝向前方，正好与这群年轻人遥遥相对。两边对望良久，谁也没有先把目光移开。

甲桑发现这只雪豹与他见过的所有雪豹都不同，这只雪白的精灵在遇到人类时的镇定自若令甲桑暗暗吃惊，看着雪豹的神态那么自然舒服，甲桑反而感到有种莫名的惆怅。

忽然有人提议道："我们何不把它收拾掉呢？"

这个提议立刻得到了大家的响应，有人建议众人围拢过去捕杀，也有人认为应该由猎枪大开杀戒。用猎枪的主意最终占了上风，雪豹可是嗜血的动物，没有人愿意拿自己的性命开玩笑。

人群中只有一支猎枪，这支猎枪此时已经属于甲桑，可是甲桑自始至终都没想过要亲手射杀那只神秘出现的雪豹。

他一伸手,把猎枪伸出去,说:"你们拿去,看谁有这个本事。"

有人接过去,说:"我要打就先打它的腿,让它跑不动,再慢慢收拾它。"另外有人接着说:"那你傻了,要打得先打肚子,直接打死算了,你以为它跑不动就不能吃掉你吗?"马上又有人说:"打肚子不得把皮毛打坏了?皮毛坏了还有啥意思!"

大家接着话头,把猎枪传来传去,可没有一个人能多握一会儿,像是握着一件炙手的东西,马上传给别人,每个人的话说得都非常男子气,可没有人真正用猎枪干一下子,实际上,对大家而言,虽然担心在众人面前吓走雪豹而丢丑,失了面子,但更多的是内心里那一分禁忌。

猎枪在大家手里绕了一圈,又回到甲桑手里,甲桑握着枪,不知道该怎么办。这时,那只雪豹仍然驻足在那里,丝毫也没有离开的意思,它远远地望着这群年轻人,似乎在认真思索着什么。甲桑心想,你为什么还不离开呢?

伙伴们催促道:"快点儿,它要跑了。"

可是在甲桑看来那只雪豹根本无视这群危险分子的存在。它仿佛漂浮在那片白色的雾气上,只是那样保持着优雅的体态,挑衅地、不失风度地原地不动,似乎生命的结束还是很遥远的事。

见甲桑迟迟不动手,立刻就有人讥讽道:"早知道甲桑是没用过枪的,他还不是拿着枪玩玩儿。"

甲桑沉得住气,他不跟眼前的人计较,枪已经是自己的了,别人再怎么样也跟他无干。

可是伙伴们不能容忍视线里那只雪豹的逍遥，更不能容忍甲桑不动声色的轻蔑态度，于是就有人朝甲桑做鬼脸，说他虽然不怕鬼，却怕雪豹，猎人如果怕猎物，那么这个猎人就是胆小鬼。

昨天夜里得意地扎起帐篷的甲桑立刻圆睁起眼睛，他最不能忽视的就是他勇敢的声誉遭到无情的诋毁，他厌恶这种诋毁，更厌恶诋毁他的人。甲桑漠然看一眼说话的人，那轻蔑的眼神每个人都一目了然。

他们便明白这句话言中了，他们要的就是这种激将法之后的甲桑，他们太了解他了，他是那种容易被激怒的人，这种人是需要刺激的，受到刺激的甲桑肯定不会让大家失望。

果然，甲桑慢慢走到众人前面，正正地对准那只雪豹，举起了猎枪。那只雪豹似乎全然不知死期已经来临，它仍然那么悠闲地望着这边的人群，毫无恐惧可言。

那是一只非常年轻、漂亮的雪豹，在这之前可能从没有受过什么伤害，它的毛色富于光泽，体态匀称，四肢修长，一条长长的毛茸茸的尾巴就像一涧飞流而下的瀑布，丰满而优美，众人再多的惊叹也比雪豹本身逊色许多。

"砰"一声。

硝烟过后，那只雪豹却像一个幻象一样无影无踪。

阿·文布巴最先清醒过来，言之凿凿地大声说："看嘛看嘛，我就说有鬼……"

一切就如此开始并如此结束了。那声枪响快得只有耳朵感觉到震动了一下。

甲桑的眼睛里瞬间布满了血丝，浑浊得看不清是高兴还是悲哀。他确定无疑看到了雪豹的眼睛。那双眼睛是褐色的，瞳仁还在闪烁着光彩，这就是人们常说的豹眼，英雄的、孤独的眼睛。

大家闹哄哄起来，明明在那儿嘛，怎么一下子就没了？那片白雾已然散去，确实看不到雪豹。但仍然有人不相信眼睛所见，坚持亲自跑去验证一下。也有人打马下山，到酒馆取酒去了，不管怎么说，他们也要庆祝这声辉煌的枪响。

在甲桑还愣怔发呆的时候，验证的几个小伙子回来了，说那里根本就没有雪豹的踪迹，肯定是阿·文布巴的胡言乱语让大家产生了幻觉。

"别说雪豹的尸体，那里根本连雪豹的影子都没有。"

"我仔细查看过了，没有脚印，草尖上的露水还在。"

"难道大家都看岔啦……"

"没有雪豹，只有幻觉，我们是中了邪了……"

取酒的人也已回到阿·文布巴扎好的帐篷里，满腹狐疑的年轻人们顾不了许多，先喝酒再说，他们围成圈，用一只拳头大的牛角杯，斟满青稞美酒，第一杯理所应当地献给英雄甲桑。

甲桑一饮而尽。

一饮而尽的甲桑一杯下去就醉了，他开始与别人抢酒杯，自斟自饮。不一会儿，踏踏实实喝酒的基本都趋同于甲桑的状态，双眼变得迷离，握酒杯的手迟迟不愿传递给下一位，恨不得直接把酒灌进脑子里，以便于尽早把那只白雾中的雪豹忘个干净。

几筒青稞佳酿在黄昏时分已经喝得干干净净，每个人都在美酒的作用下癫狂得不知所以。有人哼唱起了情歌,有人打趣,也有人昏睡了过去。

就在此时,那片白雾又飘起来,而且更多、更浓。一群雪豹出现在黄昏的山坡上,它们突然来临,就像从天而降一样,这个群体有七八只,每只雪豹都和前面那只一样年轻、漂亮,却裹挟着一种气势汹汹的狂潮,镇定、凶猛、胸有成竹地直扑而来。

帐篷里的年轻人们还在狂欢,他们把甲桑举到肩膀上,让他唱歌或是表演其他节目,可是甲桑醉得太厉害了,连话都说不完整,更别说唱什么歌了。正在他们胡闹时,没有喝一口酒的阿·文布巴清楚地看到了雪豹群。

他似乎恍然大悟,心下已然认定从昨天到现在,一切都是幻觉,他结结巴巴地吆喝起来:"只要我们还在这儿,就只会看到鬼影,这不是,又来了。"

那片白雾也飘过阿·文布巴的眼睛。白雾中,他清晰地看到一群雪豹一步步地接近帐篷,他便用此时此地最勇敢的声音喊道:"瞧……"

马上就有人开玩笑:"鬼是无影无形的……"

大家笑得前倾后仰,没人当真,可是阿·文布巴的声音里已经充满了恐惧,他说:"看嘛看嘛,又来了,又来了……"

雪豹已经近得不能再近了。狂欢的年轻人蓦地听到它们的嗥叫,威风霸气的声音此起彼伏,被这种嗥叫吓住的年轻人们挤作一团。看来现在这种情景,只好听天由命了,这时的甲桑却鼾声大作,他正好压在猎枪上,这是唯一的自救武器。

雪豹们踏着白雾而来,有队形、有战术,几只前锋,几只殿后,从容不迫地围绕着他们转了几圈,吓醒的年轻人们竟没有一个人敢发出任何声响。为首的那只雪豹最终停留在甲桑身边,嗅嗅甲桑,胡须甚至探到了他的脸上,甲桑打了个很大声的喷嚏。

这声喷嚏穿透寂静的黄昏,刹时间,白雾消散,那群雪豹也随着白雾消散无影。

"这绝对是幻觉,"阿·文布巴使劲摇着脑袋,两只眼睛更加无法聚焦了,"这就是它们为啥长得一模一样的原因。"

这一天起,甲桑成了月亮营地里年轻人心目中的英雄。

四、中阴之路

带着猎枪、带着荣耀回到家里的甲桑,发现母亲安详地蜷缩在自己的皮袄里,已经死去多时了。

甲桑的母亲死了。当人们把那个名叫尼罗的妇人抬上山时,甲桑的心都要碎了,他知道这个世界上最疼爱自己的人正在离他远去,从此,再也不会有人倚在门边,等着他归来。

尼罗走时无牵无挂的样子,她走得那么突然,连儿子也根本没有得到任何预兆。直到他不得不面对现实时,母亲已经被安放在达日神山南麓的一块平台上,等待着鹫群的到来。

鹫群远远地落在山坡上,它们巨大的翅膀发出铺天盖地的声响，却似乎被某种躁动不安的情绪所控制，只是在远处徘徊，而不像通常那样直接落在平台上。

天葬师麦尔贡是个人高马大的壮年汉子，留着胡须，身穿长袍。此时他也觉出有些异常，那只举着召唤鹫群的左手，徒劳地挥了又挥，可就是没有一只鹰鹫飞上前来。他小心地叫了一声天，望着那些不同寻常的鹰鹫，不明白到底发生了什么事。

一种不祥的阴影袭上甲桑的心头。此时的他正在山脚下，以儿子的身份伏在地上，旁边是他的兄弟夏布，年轻的夏布低着头，似乎有什么心事。甲桑偷觑一眼站在平台上不知所措的麦尔贡，暗自恼恨着他的无用。

鹰鹫群为什么不飞上前去？为什么不赶快帮助那个躺在平台上的灵魂脱离肉体的羁绊，自由地离开这个世界？

甲桑被这种莫名其妙的阴影震慑住了。那些鹫群远离平台，仿佛与此无关，它们深凹着的双眼射出孤傲的光芒，冷冷地打量着四面八方。一对对足以捉起羊羔的利爪，跳跃着，踩起一团团尘埃。那双巨大的羽翼，扑展开，又徐徐合拢，仿佛遮天蔽日的伞盖。铁钩似的弧形尖喙紧闭着，不发一声，只有翅翼展开或合拢时，鹫群才会发出轰动如雷的声响。

它们面朝平台，那些有着暗褐色绒羽的头颅和裸露出铅蓝色皮肤的颈部沉着地朝向平台，黑褐色的脊背上泛着银灰的光泽，在太阳的直射下，它们腹部淡淡的褐白色呈现出纵向的细纹，渐渐伸向双脚的羽毛变成深褐色，半掩起纯黑的利爪。

翅翼又一次展开，飞起的漫漫尘埃中，鹫群使半面山坡成为一片起伏不定的黄褐色世界，那些淡白的羽干从褐黑羽毛中脱颖而出，犹如坚强的骨架，随即都可能轻捷地撑起整个身体而横空飞去。

天葬师麦尔贡挥着手，渐渐不相信自己了，他不明白一向得心应手的工作怎么会一下子离开自己。他站在那里，仿佛又回到了自己第一次到天葬台时那种微妙的境地……

就在此时，一群牛忽然从山下经过，甲桑抬起头，觉得非常蹊跷，这片地方一般是没有牛群的，今天怎么会出现牛群？正在奇怪间，他的母亲，那位名叫尼罗的妇人，突然从平台上坐起来，那双已经闭合三天的眼睛缓缓睁开，仿佛不适应此时直射着的灿灿阳光而眯成了两条细缝，当这双眯成两条细缝的眼睛转向山下的人群，再转向天葬师以及天葬师身后的兀鹫时，便蓦然睁圆，继而大声惊叫着爬起来，朝山下狂奔而去！

尼罗狂奔下山，正好与牛群撞上，不知怎么地她一下子就抓住其中的一头牛的尾巴。那头正逸然吃草的牛被这妇人抓住尾巴，自然吓住了，它挣扎着，打转，喷鼻，然后开始朝前奔去，妇人被拖得一个踉跄，可是她仍然坚持不放手，她绊在地上，任凭那头牛拖出十几米远才松开牛毛直竖的尾巴。

那头牛受此惊吓，望风而逃，整个牛群都被这突来的情景惊散了，它们朝不同的方向奔去，一会儿工夫，山坡上一头牛也不见了。

天葬师招呼鹫群的手还停留在空中，他看着他将要送进西天的妇人突然从自己的眼皮底下狂奔而去，那种诧异简直无法用言语来描绘。他的经验中从没有过类似的情况，所以他仍然高举着手，任凭鹫群"忽啦啦"从他头顶飞离平台。

甲桑看呆了，费了好大的劲才从跪着的地方站起来，他见天葬师仍高举着手，便怒吼道："麦尔贡！麦尔贡！"

天葬师麦尔贡张着嘴说了句什么，甲桑没听清楚，他只听见跪在身边的兄弟夏布的声音，夏布战战兢兢地说："哥，阿妈没死呢！"

甲桑连忙道："胡说！"

兄弟俩相互扶着，朝不远处母亲倒下的地方踉跄而去。

尼罗倒在地上，早已断了气。

麦尔贡朝兄弟俩跑过来，他气喘吁吁地说："出了大错啦！出了大错啦！原来我们把活人抬到了天葬台上，真是罪孽呀……"

正俯在母亲身边的甲桑立刻纠正道："胡说！我们怎么可能随便就把活人送到天葬台上呢……"

未等甲桑把话说完，天葬师已经喊起来："我就知道会出事的，今天一早我就觉得不对劲，现在我明白啦，诺！"麦尔贡指着身后那些正在飞离山坡的鹫群继续说，"鹰鹫们飞走啦！"

甲桑一下子就变了脸，他看着那些鹫群早已在滚滚尘土中腾飞，庞大的双翼在昏暗的地平线上拍击出惊心动魄的巨响，随着鹫群的远去，那些黑褐色的生灵已变得模糊起来，渐渐在天边化作一片黯淡的影子。

麦尔贡情绪激动，他气喘如牛，前额上的头发被汗水粘起来，看上去湿乎乎的，嘴里仍唠唠叨叨地说："我怎么一开始就没想到呢？鹰鹫们是不吃活人的呀！我还奇怪来着，我朝它们挥挥手，可它们就是不靠前来，以前我也是这样挥挥手，它们马上就会涌上来，我说呢，这次是咋啦？我……"

甲桑粗暴地推他一把，麦尔贡惊愕地止住了嘴。

甲桑看看弟弟，夏布也正在无助地看着他。弟兄俩同时把目光对准了躺在地上的母亲。甲桑脸色苍白，他扶起母亲，轻轻叫了一声。夏布突然说："我猜她的灵魂附到那头牛身上啦！"

甲桑厌恶地扭过头，他说："你就知道和阿妈作对，她死了你也不放过她。"

夏布毫不妥协地说："你是她的好儿子嘛，我的话你们是没人相信的。"

夏布说着就从母亲身边站起来，走到麦尔贡一边去。麦尔贡听着兄弟俩的话，无可奈何地耸耸肩膀，准备掉头下山。

甲桑叫住麦尔贡，说："喂，你说，有这种事吗？"

甲桑的头朝夏布那边摆摆，麦尔贡明白了他的意思。他低下头想想，然后艰难地说："有的，我想是有的，人的灵魂总是要转生的，至于转到牛身上这种事，大概会发生的。"

甲桑听到这一通不明不白的话，又狐疑地盯一眼夏布，说："转生就好，可是转生到牛身上，我们该怎么办？"

夏布接口道："我觉得我们应该把那头牛放生，那是阿妈的灵魂呀，我们总不能看着别人让她驮东西吧？"

夏布觉得自己的语气不对劲，就住了口。他看看哥哥的眼睛，那双和母亲长得一模一样的眼睛正低垂着，似乎下不了决心。麦尔贡小心翼翼地插话道：

"我看夏布的主意不错，快买到那头牛后放生吧！"

甲桑苦恼地说：

"刚才我一时没看清那头牛，也不知是谁家的。"

夏布说："我记得那头牛，尾巴上有些白毛，阿妈抓着的地方就是那儿。"

甲桑使劲瞪了他一眼，夏布又不吱声了，麦尔贡接着说："我知道那牛是谁家的，本来我不该说这种话，可是为了茜达，我情愿说出。"

麦尔贡的话激怒了夏布，他从垂头丧气的情绪中一下子暴跳如雷，他朝麦尔贡吼道："别提我妹妹的名字！你这种人也配说她？你不看看自己的模样，嘿，瞧瞧，什么样子？要不是今天，我早用刀子和你说话啦！"

麦尔贡惊异地看到夏布的手不自觉地朝腰间摸去，那里通常挂着一柄锋利的六寸腰刀，可是今天那柄腰刀出于对天葬仪式的礼貌而留在了家里，这使麦尔贡大松一口气。

甲桑连忙说："好啦好啦。麦尔贡，你说说那是谁家的牛？"

"牛是阿·格旺家的，偏巧我认识它。"麦尔贡说完，愤愤地看一眼夏布，又说，"不管你当哥哥的怎么想，茜达看上我啦，你着急也没用……"

夏布欲冲上前，被甲桑拦住了，他忧郁地说："那头牛怎么偏偏是阿·格旺家的？镇子上有这么多人家，怎么偏偏是他家的？"

夏布没听到哥哥在说什么,他只是一个劲地对麦尔贡喊:"你休想娶她!只要我和甲桑在,你就休想娶她!"

五、灵魂从眉心开始

尼罗看到了那个灰白头发的妇人。

她从山坡上站起来,两只眼睛徐徐睁开。她似乎对眼前的情景有些惊愕。她的灰白浓密的长发从额头正中分开,半掩着耳朵,流水般倾泻在双肩上。她开始打量山坡。这面山坡离达日神山的主峰并不遥远,主峰上的皑皑白雪在午后的阳光中正散发着暖洋洋的光芒。她甚至能嗅到桑烟的香气。

桑烟的香气来自背后。她背转肩头。多少年里她都是如此对桑烟着迷,那香气从长辈手里传来,她自己添过多少柏枝、加过多少酥油,已无法确切记得,她只是喜欢伸出手来,朝向桑烟升起的地方合十。她被香气包围了,香气穿过她黑色的衣裳、苍白的皮肤,直直浸入她的肉体了。她那秘不示人的情绪缓缓展开,褐绿的眸子也因此沾上少许的喜悦。她自己成了香气。

她带着这样的柏香气息起身。脚步是轻盈的。经年累月的忧虑也从惯于负重的肩膀上消失得无影无踪,那双浑圆的肩头又像少女时候一样挺拔向后,拉直了弯曲如弓的脊椎。香气随着脚步越来越浓。香气中的妇人轻盈地穿过草坡。

尼罗用手背掩起嘴角,像从前那样轻声笑起来。她看到了自己。

空气在脚底飘浮。她在飘浮中，感觉到春天的青草在光着的脚趾间停留片刻，然后迅疾退去。清凉沁人的飘浮从脚趾间开始。起初，草尖还擦着脚底，发出低沉而动人的回声，慢慢地，尼罗的双脚离开大地，她真实地飘浮于草尖之上。

飘浮的一生。她叹息着。

从跪倒在达日神山脚下的少女，到飘浮于群山之间的妇人。从明齿皓眸，到垂垂老矣……

带着柏香气息的尼罗无可选择。她从没有正式戴上过新娘的繁复可爱的发套，可已经是三个孩子的母亲。甲桑、夏布、茜达，三个眉眼清秀却一样令人心碎的孩子。

尼罗望着那个飘来飘去、心思不定的妇人。她是从什么地方开始了这种有着固定模式但实际居无定所的生活？是从那间低矮的小屋，还是从快乐酒馆？

快乐酒馆里人声鼎沸，站在酒柜前的姑娘穿着素色衣裳，她把满上的酒杯一只只递给客人，再把空杯一只只收回。她强颜欢笑，暗地里却打着瞌睡。

她太艰难啦。尼罗想走去替换她，就像从前，从她手中接过抹桌布，打发她先走一步回家。那是尼罗像眼珠一样宝贝的女儿茜达。尽管尼罗知道女儿总是会说，妈妈，我还行。

走近的尼罗并未使茜达注意。茜达大而无神的眼睛在客人之间游移。她在寻找一位常常赖账的主顾。

"那位，说你呐，该结账啦。"茜达朝一位小伙子喊道。

茜达沙哑的声音使尼罗停下脚步。她变了。尼罗微微吃了一惊。仅仅几天,茜达甜美的声音便消失无存。尼罗想起女儿的哭泣。她一定是哭哑了嗓子。当她倚着门边等待儿女们归家的身影不再挺拔,褐绿色的眼珠慢慢闭拢时,茜达的哭声就揉碎了她的心,使得她那从眉心渐渐逸出的灵魂不得安宁。

"怎么,说我么?"那人咄咄逼人的口吻真让尼罗担心。

她看到茜达的牛皮底黑色条纹布靴轻轻点着木板地面。茜达和她大哥甲桑有着同样一个习惯,习惯于用同一个动作来稳定情绪。

"说的就是你,该你付账,是这个月赊的总账。"茜达面无惧色地把那人搭在她肩膀上的手甩掉,"把你的手拿开。"

被甩开手的年轻人恼怒地瞪圆眼睛,"啪"一声摔碎酒杯。尼罗惊心地瞧着地上慢慢渗开的白色液体,本能地快步上前用自己的身体护住女儿。

尼罗感觉得到女儿的体温。她只有二十三岁,温柔却倔犟。

"嗨,这么计较这点儿小钱吗?可以不来嘛。"一个声音说。

尼罗认出说话的人是阿·格旺的儿子,月亮营地有名的花花公子阿·文布巴。他什么时候充当了茜达的保护人?一直追求女儿的麦尔贡又在什么地方?

这不是我喜欢的。

尼罗望着女儿的眼睛。那里面除了忧伤,就是疲惫。这也不是我愿意的。她听到女儿的眼睛在如此诉说。那双紧紧掩在浓黑睫毛下的眼睛,一会儿转向阿·文布巴,一会儿转向挑衅的年轻人。

她本来就极力反对女儿早早离开妈妈和哥哥们的保护独自应付酒馆里的一切。但是女儿好像天生就继承了她叛逆的精髓，处处违背妈妈的建议和耐心，一意孤行，却不知前面的道路有多少荆棘丛生的险恶。

尼罗吞了一口唾液。但她发现她吞进嘴里的只是一口空气。

当时站在酒柜里面的姑娘是尼罗自己。面对着的年轻男子是月亮营地颇有势头的格旺。他枪法第一，骑术更高强，是营地年轻人中的领袖。那时他还不姓阿。他对她穷追不舍。她被他野性的爱情征服。他举着酒杯侃侃而谈的模样让她倾心，她悄悄为这个常常斜戴呢帽的男子生下了甲桑。

可是那以后一切都改变了。因为营地的自由和安全，一些牟取暴利的暴发户应运而生，其中，阿府的旧主人就是典型之一，可惜他未能尽情享受高墙大院和无穷财富，不久便扔下妻子和独生女儿抱病而亡。尼罗曾经无视存在的事情终于发生，信誓旦旦的格旺突然入赘阿府，继承了阿的姓氏和妻子女儿，摇身一变，成了月亮营地的首富阿·格旺。

他不再顾念她的感情，而是一心一意做起阿府的新主人了。

她右手小指的指甲突然断落。但她相信它还会长出，就像这青青山坡上的草，年复一年，终有它长出的一天。

达日神山南麓的青草枯枯荣荣了九个春秋，就在甲桑十岁那年，尼罗收留了来自异乡的一对孤儿兄妹夏布和茜达。她怜惜孤儿，因为自己也一样无依无靠。她视他俩为己出。她不再孤单了,她成了三个孩子的母亲。

她蓦地嗅到了一种气息。人之外的,只有动物才有的气息。
小心。她听到自己这样说。这话是说给甲桑的。她唯一的亲人遇到了狼群。

不过,你能对付得了。我知道。

尼罗自始至终都相信自己的儿子。直到有一天,她得知甲桑和阿·格旺的继女阿·吉偷偷相爱的消息,起初她很震惊,认为上天捉弄自己之后又开始捉弄儿子。那一天她醉得厉害,所有的青稞酒都倒给了自己,还恨不得嚼碎杯子。无数个不眠之夜过去,她又一次对命运妥协了。尼罗不计前嫌,找到阿·格旺,对他说:"我从未请求过你,但为了甲桑,请求你允许阿·吉嫁给他吧。"那时他的体态差不多已和他的财富一样庞大无型了,他喘着气,仍然带着微笑回答她:"这不是我说了算的,尼罗,让年轻人活得开心一点儿吧。"

"你不开心吗?"尼罗奇怪他说话的方式。他的话一出口,她就觉得自己早已经原谅他了。

阿·吉远嫁了。这当然不是尼罗的错。但是甲桑从此不再关心自己的婚事,一头扎进营地之外的荒山野林,把所有的兴趣转移到打猎中去。

而她开始酗酒。

尽管每年春天她总是让孩子们穿戴整齐,背上佛龛,拿着散发着香气的柏枝,一起虔诚地踏上朝圣达日神山的路途,但是她终于明白山神的护佑已经远远离开了她和她的家人。

嗜好是一种奇怪的东西。它让你心甘情愿地被俘虏,成为奴隶,到最后,嗜好来了个漂亮的颠倒,不是你嗜好它,而是它嗜好你。

尼罗不知道自己在美酒中耽搁了多久。直到茜达长大,认为她不再适宜站在酒柜后面。女儿取代了她在快乐酒馆的位置。

可是她仍然仇恨那个高墙深院里的家庭。她对甲桑充满歉疚,若不是自己一再做出让步,事情不会如此不可收拾。她在酒精中挥发着中年人的情绪。白发多起来,她成了地道的酒鬼。浓重的酒味甚至一度遮蔽了她身上特有的芳香。

偶尔,甲桑会给她带回一瓶青稞酒。母子二人相对无言。寂寞的长夜。纷乱的目光里缀满了往事。

他比弟妹们早熟,也比他俩沉默得多。但他会在祭祀达日神山的盛会上一反常态,第一个冲到法师的跟前。尼罗闭上眼睛,她能想象得到甲桑由于急躁衣裳会滑下肩膀,露出旧色的乳白高领布衫,争上前去,朝法师低下头。头顶上的帽子倾斜,大红璎珞中的两支口剑昂然而立。法师朝他的双颊使劲时,他会面无表情,仿佛一切都随了他的意愿。

每年春季的这一天,是尼罗最骄傲的日子。她的儿子为她争得了荣誉。当年轻人们假扮狮子群舞着拥向她的门前以示祝贺时,喜悦填满了她的心房。随着绿鬃狮子的尾巴甩过,甲桑的人影已经不见。他是随心所欲的。他不喜欢空虚的贺言。

"我的父亲是谁?"甲桑在六岁时这样问过尼罗。

尼罗的沉默比一次冬日落雪还久。"他在。"尼罗说。她指的那人是谁？是抛弃她们母子、正在享受福气的那人吗？"他当然在。"

甲桑又问："他在哪儿？"

"他在那边。"尼罗指着达日神山说道，"等山上的雪融化后，他就会来看我们。"

可是达日神山上的雪在尼罗的一生中都没有化掉。雪山依然，甲桑不再等待了，他到山中逮了野兔烧好后给母亲吃。尼罗吃着，仿佛在吃着山上的雪。

我有你就足够啦！

尼罗望着走在春天里的甲桑。如今，儿子的步履那么沉稳，脚底下的鹿皮软靴走动起来没有一点儿声响。他的马和狗都不在身边，看上去他有些孤单。他要独自对付那群咬死家中羊羔的狼吗？她知道他盯上它们已经有些时日了。

夏布，去帮帮你哥哥。尼罗看到夏布提着枪在河畔转来转去。他的经验尚不足以使他认清前面的狼迹。更多的是他不听母亲的话。他是个倔犟的孩子，除了他的妹妹，他似乎认定要和世上所有的人作对。尤其对阿·格旺，夏布曾偷偷打断过他的马腿。

尼罗终于望见夏布转过身，朝甲桑的方向跑去。这就对了，虽然我一直不知道你忧郁的眼睛看到了什么，但这次你的感觉是对的。

青青的山坡。青青的草。青青的山坡下有高高的院墙。这是尼罗一生也未能逾越的高墙。

飘浮的尼罗带着一身香气，轻轻地越过了它。

尼罗叹息着，看到阿·格旺躺在自家的卧室里，头枕着白布枕头睡着了。忽然他醒来，朝空中望一会儿，把枕头翻过去，重新睡着。他梦到了什么？他把枕头翻转，希望什么人在梦中同样梦见？尼罗看到阿·格旺的新妇，那位躺在他身边的漂亮殷勤的娜波，悄悄起身，抬起老头儿呼呼作响的头颅，把枕头重新翻回原来的模样。

阿·格旺仍然那样睡着。他并没有感觉到有什么异样。

我不能再梦见你啦！

这曾是他俩约好的习惯。很多年了，每当他来看她，她总是在那有限的时间里，不厌其烦地告知他，如果不在一起时他梦到她，就赶快把枕头翻转过来，这样她也可以同样梦到他了，他们就能在梦中相见。他每一次听她如此絮叨，每一次都会回答，根本不可能。可是，现在她却有机会亲眼看到他翻转枕头，但这一切都太晚啦。

尼罗目不转睛地望着熟睡的阿·格旺。

阿·格旺在午睡后醒来。蒙眬中，他闻到了淡淡的香气，柏枝燃着后留下的、带着某个女人特殊体味的香气。

"谁来过了？"阿·格旺惊问道。

端着酥油茶进屋的新妇说："谁也没有来过。您睡着了。"

阿·格旺瞧一眼自己被汗水濡湿的枕头，那上面留着几根灰白的、死去不久的头发。

他咕哝道:"我知道是谁来过了。"

娜波静静地望着他,念了一句六字真言:"唵嘛呢叭咪吽!"

罪过呀,可是我不能再梦见你啦!

尼罗的裙裾扫过阿·格旺精雕细绘的卧室门楣。门楣上的吉祥莲花和福贵云纹相交相绕,新漆的大红色双门在她眼前重重关闭。

已是傍晚　青草气息
火红色狐狸
和飘浮在枪口对面的幽灵

第二章

六、猎手本性

　　已是傍晚。甲桑和夏布兄弟俩徒步赶往营地。麦尔贡朝另一个方向走了，他的帐篷扎在离营地很远的一处背风地方。

　　春天的傍晚散发着青草复苏的气息。月亮谷地漫山遍野开着各色野花，装点得谷地一片欣欣向荣。

　　夏布对麦尔贡仍然耿耿于怀。他走在哥哥的身后，望着哥哥被晚风吹起的腰带，说："阿妈也是不同意的，他以为阿妈去世了，他就可以对茜达为所欲为。"

　　甲桑起初一直不吱声，他在想自己的心事。听到夏布这么说，不由得烦了起来："别老为茜达考虑，你也该想想自己，都二十五六的人了，还不赶快找个媳妇好好过日子。"

夏布立刻来了精神。他早就想和哥哥谈谈这个问题了，没想到这个问题会在此时不合时宜地提出来，不管怎样，这是个机会，他不能错过。

夏布赶上几步，看着甲桑的侧影，说："是呵大哥，我在想自己，茜达也在考虑自己，可是你是老大呀，你不把嫂子娶回家，我们再着急也没用呀！"

甲桑道："什么话！你结你的婚就是了，茜达也总要出嫁，阿妈在的时候常常和我商量着的，你要是看上谁家的女儿，我会替你去送聘礼。"

夏布说："我的聘礼我自己想办法。我说的是你。你三十岁了，不想成家吗？"

甲桑的侧影里多了几分忧郁："我这样习惯了。"

"咱家再穷，你也应该有个老婆，至少我们到家还可以喝到热茶的。"夏布说，"你就是固执。"

甲桑沉吟道："我也不能只为了热茶就随便讨个老婆吧。"

夏布此刻已经表示同意："那倒是，热茶可以自己烧嘛。"

甲桑忽然朝前努努嘴巴，示意夏布往前看。夏布放眼一看，远处的山坡上一只火红的狐狸也正好发现了他俩。

双方都停下来，目光紧紧对视，谁也没有妥协的意思。

夏布说："我们赶去怎么样？"

"它比你跑得快多了。"甲桑说。

夏布试着朝前挪挪步子，狐狸警觉地立起耳朵。

甲桑又说："其实它是胆小鬼，它跑掉的时候会拉一路的屎。"

夏布说："你看它那颜色。要是今年冬天茜达戴着这样一顶狐狸皮帽，还不叫营地的姑娘们羡慕坏才怪。"

狐狸那火红的颜色在傍晚深绿的山坡上格外醒目，就像一团闪烁的火焰，紧紧地抓住了夏布的心。

夏布朝前慢慢地挪着步子，说："我还从没有逮着过狐狸，今天就让我成为真正的猎人吧。"

甲桑落在后面。他笑道："真正的猎人从不逮狐狸。"

狐狸看到了猎人的心思。它迈开步子，朝山坡后面走去。那步态不紧不慢，饱含高贵和雍容，仿佛根本无视猎人的存在。狐狸保持着无上的尊严，它在这种尊严的气氛中走着。

很快，双方都消失在视野范围之外。

夏布一路小跑，风一样跑向山坡上狐狸消失的地方。

跟上来的甲桑依然笑着。他知道会有什么样的结局。

果然，那只有着漂亮火红颜色的狐狸早已不知去向，而夏布正望着地上发傻。

那是狐狸刚刚待过的地方，有将近一米的草地上全是狐狸拉的屎。

夏布无奈地说："它吓破胆啦。"

弟兄俩蹚过由西向东蜿蜒而流的达伉曲河，就要到家了。天已完全黑下来，远远就能闻到家的气息。

可是不对。甲桑特有的猎人的鼻子感觉到了某种不祥。

他制止住夏布前行的脚步，低头看看草地，又看看远方孤零零立在山坡底下那矮小的石屋。

"怎么？"被拦住的夏布抬头乱望一通。

甲桑说："咱家的羊群出问题了。"

两人以最快的速度赶到石屋前的羊圈里。一幕惨不忍睹的景象出现在两人眼前——

一群成年羊咩咩凄鸣，它们在哭自己的孩子。圈里横七竖八地躺着鲜血淋淋的羊羔，这些年后刚刚出生的十几只羊羔已经全部丧生。

夏布叫道："茜达哪儿去了？怎么狼来了也不知道？沙利呢，沙利也不见了。"

"怪不得她，她大概到酒馆照顾客人去了，沙利肯定跟着她。"

沙利是甲桑心爱的黑色狼犬。

甲桑查看一番羊羔。只见每只羔子都被咬断了脖子，鲜血流满了羊圈。他把羊羔抬到一处后，胳膊已经僵硬，眼睛也被愤怒烧红。

"叼走一只也就罢了，非全部咬死不可，这群畜生。"甲桑喃喃自语道。

夏布似乎意识到什么，他说："明天吧，我们一起去。"

"就今晚！"甲桑粗暴地打断他，"你看羔子脖子上的血还是热的，它们肯定没走远，再说，哪有傍晚就来闯营地的狼群，胆子也太大了！"

甲桑转身进屋，再出来时就带着枪和长刀。他把枪给了夏布，把长刀别在自己腰上。

"你带上枪，罗米跟你走，从河岸往西追；我走东面，你追上就开枪，我听到后就会赶上来。"

夏布拿起枪，名叫罗米的快马已被甲桑一声长长的呼哨声招呼到眼前，夏布上马便走。

"别忘了带短刀。"远去的夏布朝后喊道。

"那当然！"甲桑把短刀紧紧地别在腰间。这把刀因为母亲的天葬仪式而留在了家里，现在就快要派上用场了。甲桑提着长刀，沿达伍曲河河岸向东走去。

他没用多久就追上了狼群。

夜色四合。明亮的月光静静地洒在草原上。狼群的荧荧绿眼仿佛散落在远处的星星。

这群狼曾是甲桑遭遇过的，那次他们得以彼此逃脱。

群狼在头狼的带领下，早就排开架势，严阵以待。头狼在这个种群里无疑是不容忽视的，它是一只雌狼，好激动，但又威力四射，本性冷酷，可又养育了一群好儿女，此时的它独自占领着一方阵地。它灰白的毛色在月光下忽隐忽现，就像一个飘浮的幽灵，随时都有发出袭击命令的可能。

甲桑的目光扫去，一共有十三只狼。

这是个不小的数目。

事情总是出人意料。那年，当他刚刚开始为生计奔忙的时候，在丛林里下过套子归来，遇到了三只狼，此时的雌狼那会儿还是女儿身，可它的勇猛非同类可比。一般情况下，当遭遇这种势均力敌时，双方往往都不轻举妄动，能避开则避开，可是这只雌狼却一反规则，它展开年轻无畏的身体，无声却致命地扑向了猎物……

……幸亏当时还带着刀子。

甲桑望过去，当年留下的刀伤似乎还在那头雌狼的左颊上蠕动，这是对它最大的羞辱。要不是这把刀比任何动物更勇猛，他不知那时的战斗还要盘桓多久。

现在是一比十三。没有比这个比例更糟的了。

甲桑用左手把帽檐顶高一些。一缕黝黑略带卷曲的头发露在额头上。他的鼻翼翕动。他已经嗅到了死亡的气息。

一切都在静悄悄的气氛中开始。甲桑的耳朵能感觉到群狼的焦躁，它们的步履在雌狼的目光中轻轻移动。铁的纪律和规则是群体能否生存的最大保证，这群狼做到了这一点。

晚风袭来。

同时袭来的是雌狼那声绝地而起的长嗥。

雌狼已不再是从前的主攻手，它成了组织者、幕后的策划者和结局的观察者，静静地等待事情的发展。

年轻的斗士们已匍匐而来，双双结对，向甲桑的两侧挺进。那荧绿的眼睛和嗜血的獠牙在月光下寒气瘆人。

"留下你们的狼皮吧！"

甲桑大喝一声，从半蹲的姿态中一挺而起，长刀挥舞开去，冲锋陷阵的两只狼已被截断了前肢，紧跟而来的群狼依次退去。第一个回合在甲桑的全胜中结束。

甲桑感觉到所有的力量全部积蓄在双臂中。那是一种与生俱来的力量，是生存的力量，与群狼相抗衡使他勇气倍增。

"来吧，来！"

在甲桑的招呼声中，群狼已改变进攻方式，开始群起而攻之。四面八方的绿眼紧紧盯着孤单却挑衅不止的猎物，他的双眼中喷出的火焰使它们感觉到这场战斗结果的不可预知性，但现在谁能改变立场呢？谁能从这种对峙中离身而去呢？

谁也不能了。

甲桑的长刀挥舞得酣畅淋漓，刀刃所到之处，青草的草尖流出绿色的叶液，狼皮包裹中的肉体则跳着不可抑制的恐惧。甲桑已从心理上战胜了对方。

就在他全力以赴对付群狼的时候，根本就没有注意到那头雌狼已经狡猾地、风一样滑向他的前方，它猛扑过来，甲桑的长刀还没有收回，就感觉到自己的左颊被撕裂了。

晚风洞穿了他的左颊，透进丝丝凉气。那种只有狼才有的皮毛的尖利掠过皮肤，留下久久的疼痛。甲桑噙着一嘴鲜血，坐在地上，发现身边又有五只狼倒下，其中一只大约摔断了脊梁，怪叫的声音不绝于耳。

那只雌狼带领剩下的五只在转瞬之间就发起了最后的冲刺。甲桑还没有来得及坐起，就势一滚，躲开凶狠的利爪，从他头上越过的一只狼已经被他的短刃划开了胸膛。

只有雌狼毫不示弱。它已看到了对方的伤口，嗅到了那鲜美的血的味道，它不能就此罢手。它灰白色的身影在甲桑周围盘旋，令人眼花缭乱，它用它的呼吸、冷冷的注目、斗志昂扬的利爪威胁着对方。

甲桑已经站起。此时，他的目标非常明确，不把头狼拿下，他就不能称此为胜利。他的应战态度已经转变，他是来寻找敌手的，他是追来的，他的目的是要让杀死兄妹三人来年赖以生存的羊羔的凶手全部落网。

他的站起扰乱了雌狼的视线。就在雌狼寻找进攻角度的时候，甲桑已经开始反冲。人和狼目光接住目光，伤痕对着伤痕，既不躲避也不欺诈，一场恶战顷刻间开始，又在顷刻间结束。

结束的还有多年以来积累的宿怨。

就在此时，一声枪响惊醒了失去头领也失去大部分同伴的另外四只狼，它们闻风而逃。来的是夏布，他发现自己赶去的地方根本没有狼的踪影，就朝甲桑的方向追来。

战斗早已有了结局。

甲桑的短刃深深地插进了雌狼的颈部，大动脉的鲜血汩汩而流，在夜里呈现黑色的胶稠状态，味道是腥的，猎人喜欢这种味道。

夏布看见哥哥浑身是血，衣衫褴褛，左脸上的创口令人不忍目睹。

"看来我有些晚了。"夏布说。

"你救了四只狼。"甲桑朝它们逃掉的方向瞥了一眼。

那只雌狼血红的眼睛仍然紧绷绷地盯着甲桑。甲桑一弯腰，从它的颈子上抓一把血，抹在自己的左颊上。

夏布惊叹地查看着远远近近躺倒的狼尸。甲桑开始把短刃从雌狼的下颌划去，沿雌狼紧闭的颌骨划出一道弧线，翻开，一条珍贵的狼舌已经被甲桑完整地取出。

"这能换更多的钱。"甲桑掂掂手中的狼舌说。

夏布数清狼只的数目后，说："卖掉这些狼皮足够买回那头白尾牦牛了吧？"

甲桑道："大约差不多，但阿·格旺老头喜欢更多的钱。"

夏布发觉哥哥说话有些异样，笑道："你以后说话会漏气的。"

七、集　市

这是一个晴天。

甲桑肩上披着八张狼皮，从集市上走过。另一张夏布非要他留下来给妹妹茜达做张御寒的皮褥子。现在他要把这些狼皮换成钱，以便赎回母亲灵魂附身的那头白尾牦牛。

"嗨，甲桑，最近有麝香吗？"有人招呼他。

甲桑答道："前两天不是刚给你一只吗？"

"那只麝香根本卖不了好价钱。有没有蛇头香或者蚂蚁香？"

"有也不会再卖给你。"

那人笑着拍拍他的狼皮："你可不要说大话。再没有比我更识货的人啦！"

甲桑扬扬手算是道了再见："会有的。"

肩披着八张狼皮的甲桑非常引人注目。再也看不到会有这么多土灰色、灰白色、褐色的狼皮叠在一起的情景。集市上的人们穿来穿去，女人们停留在首饰珠宝的摊位前挑挑拣拣，而男人们则行走在背着各式皮袭或马具、刀具，或者看上去什么也没有的人面前，如果在行，就会知道那些什么也不带的人可能会卖出或买进令人瞠目的物品。

很多人同甲桑打招呼，摸他的狼皮，询问价钱，夸赞毛色，也有人拿他受伤的左颊打趣："看看我们的朋友脸上多了一张嘴啦！"

"那样更好。"甲桑宽容地说，"我会多吃一口饭嘛。"

对付过狼群的甲桑对旁人的冷嘲热讽已经不在意，他一心想找到狼皮的去处。

甲桑有他固定的买主。

那是一位精瘦干巴的老头儿，他老远就看到了甲桑，笑眯眯地等待着。甲桑走到近前，老头儿就故作惊讶道："阿啧，你成了打狼英雄啦，这有多少只？"

甲桑把狼皮扔到地上，说："有八只。"

老头儿立刻蹲下身去，认真地翻拣起来。除了那只灰白色的雌狼的皮毛有些老化外，其余都是上好的货色。

甲桑问："能给多少？"

"你是个性急的朋友。"老头儿道，"说实在的，这些毛皮不错，可是我要不了这么多。"

甲桑不吱声，他知道对方的心思。

老头儿已发觉甲桑的不耐烦。他们有过多次交易，彼此都知道得很清楚，对于交易的过程，甲桑无疑有些性急，而老头儿谨小慎微得多。

"好吧。"老头儿终于妥协了，"要是别人的东西，我的确要不了这么多，只要是你的，一切都好说。"

他把手伸出去。

甲桑的手伸向他。两人的手在长袖里捉住了对方。老头儿找到他的无名指，在指中的骨节上捏了捏，他出的价是三百五十元。甲桑立刻表示反对，在对方的拇指指中的骨节上使劲捏一把，他要的价是五百五十元。

在这种无声的买卖中，老头儿表现得满面委屈，吃了很大的亏似的。甲桑则固执己见，不出他的价钱，他坚决不卖。

老头儿忽然把手抽回来，说："现在都什么时候了，你说我拿这么多皮子到哪里出手啊？"

"天还早呢，况且，你有的是地方。"

老头儿急道："我不是这个意思。我是说世道就要乱起来啦，你没听说吗？个把月前咱们月亮营地的老邻居章代部落已经被马家政府占领啦，情景惨得很咧！"

甲桑一听到章代这个名字，立刻厌恶地皱起眉头。

"什么章代不章代的，跟我的狼皮有什么关系。"

老头儿一边捡皮子，一边说："年轻人，见识少，你难道不知唇亡齿寒的道理吗？章代部落一完蛋，紧接着倒霉的就是月亮营地。"

甲桑不置可否。他点上烟卷，独自抽了起来。

老头儿又说："你看到了吗？人们行色匆匆，最好的东西都在出售或是收藏。你看到了吗？现在最需要的就是马和枪。马和枪，你懂吗？有了马和枪，营地还是我们的营地，谁也抢不了。"

甲桑的纸烟在老头儿的唠叨声中燃尽。他把烟头弹向空中，说："我出的数一个子儿也不能少。"

"这么多皮子到哪里出手啊！"老头儿焦躁起来。

"这样吧。"甲桑说，"我再添上一样东西。"

他从怀里掏出狼舌，放进老头儿早就伸出来的掌心中。

"这是个好东西。"买主几乎是欣喜地开了口，他翻来倒去看罢，立刻揣进自个的怀里，"我有一位老朋友正好得了胃病，整天疼个没完，有了这，他准能缓过神来。就这样。成交。"

老头儿把纸币点清交给甲桑。甲桑接过去没再点，仔细放好后说："我不信你会把它送给你的朋友。"

"你不信的事情就要发生了，相信吧，任何事情都可能发生。"

甲桑已准备转身离去。他对老头儿的一切话语都表示不耐烦。

"再见吧，如果你再这样唠叨，我可没有兴趣。"

老头儿忽然举起右手，把食指放在口中泯湿，再举向空中。

"你感觉到了吗，甲桑？风的方向变了。咱们营地里温暖的气息也要变了。赶快藏好你的护身符吧，小伙子，这不是永别，不久的将来，你还会在战场上遇到我。"

"战场？"甲桑咕哝道，"战场在哪里啊！"

甲桑朝前走着。五百五十元纸币紧紧贴在他的胸前。他需要买一只火镰，夏布需要换掉旧的腰刀皮带，而茜达早就喊着想要一只漂亮一些的针线盒了。

这时甲桑看到一位身穿绛红色袈裟的老人走在他前面，他赶上两步。"切吉喇嘛，这一向可好啊？"甲桑取下帽子，问候道。

"是甲桑吗？"切吉喇嘛转过身，满头花白的发茬，脸庞黝黑，皱纹密布，略显佝偻的腰身有些僵硬。他看到甲桑似乎很高兴。

"我老眼昏花，都快认不出你了。脸上是怎么的？"

甲桑摸摸左颊，说："打狼时不小心。"

切吉喇嘛慈祥地望着比他高出一个头的甲桑："你还在杀生么？这些都是罪过啊，你不怕来世会有报应么？"

"那些狼杀了家里的羊羔。"甲桑平静地答道。

切吉喇嘛被太阳晒得眯起了眼睛，他说："你从前不是这样的，不过，人总是要变的。我一直都能看见你的变化。要是你那时不离开寺院就好了，不光能识文断字，还可以有更好的维持生计的方式。"

甲桑捏着帽子，说："您是我最好的老师，但是，我的命里注定是要做猎人的，我喜欢当个猎人。"

"我看不出你是否真的喜欢。"切吉喇嘛说，"我还记得你七岁那年进寺院时的情景。当时你阿妈带着你来找我，你的头发有这么长，乱蓬蓬的，鞋子也破啦，瘦骨嶙峋的，干起活来倒是很卖力。佛是慈悲的，收下了你这个徒弟。可是你是个不成器的孩子，十三岁的时候就自作主张地跑啦。我带了你五年，看着你长大，想让你学到更多的佛的智慧，现在看来一切都是命中注定。"

捏着帽子的甲桑说："是啊，那以后我做了我想做的猎人。"

"一切都是命中注定。"切吉喇嘛的眼睛望着天空，那里正有一片重重的云朵飘移过来。"你瞧，宇宙之间，有大法则，斗转星移，岁月匆匆，灵魂的升迁和下坠自有它的轨迹可循。我们都是凡人，但我们有灵魂，我们要为我们的灵魂而生活。"

甲桑道："我刚刚听说章代部落被占领了，不知是不是真的。"

切吉喇嘛说："考验我们的总是我们不情愿的事情。但只有经得住考验，才能看到无量的光明。你这么年轻，正是大展宏图的时候，不要错过任何考验自己的机会。甲桑，血的气味是令人痛苦的，但是知道痛苦的人，才知道幸福的可贵。"

"我不知道一生的痛苦能不能换取来生的幸福。"甲桑拍拍怀中的纸币，想起母亲。

"让我们相信吧！"切吉喇嘛把手放在甲桑的肩上，"孩子，佛祖会保佑你的。"

切吉喇嘛说完就同甲桑告别，他依然佝偻着腰身，老迈的步伐移动在绛紫色的影子下面，他慢悠悠地朝前走去。甲桑望着切吉喇嘛的背影，有一种恋恋不舍的感情，那时候，他就像自己的父亲，清早喊他起床干活，傍晚时给他讲课，那些经文中的故事曾经深深打动过自己，他给了自己从没有享受过的父爱。

在一个摊位前，甲桑挑中了火镰和腰刀皮带。他开始选择针线盒,其中一只镶着蓝色和粉色的玻璃珠子,而另一只则朴实无华,他拿不准茜达会喜欢哪一只。

一手握一只针线盒的甲桑突然觉得右臂被轻轻地碰了一下,他扭头一看,一位身穿水獭皮镶边的氆氇春装的年轻女子站在面前。

她直直地看着他的眼睛,说:"好久不见!"

甲桑怔了半晌,半天才冷冷说道:"今儿是什么天气呀,章代夫人亲自逛集市啦,您走好。"

甲桑掉头放下镶着玻璃的针线盒,把另一只放进怀里,数出五十元钱给了摊主,然后就想走掉。

可是那位章代夫人仍然坚持同他搭话。她说:"你也终于给女人买东西了。这样不也挺好吗?"

"是挺好。一切都很好。"甲桑站着,不知道自己该说什么。

女人又说:"其实那只带玻璃珠子的盒子也不错。"

甲桑道:"是不错,可惜不是真正的珠宝。"

"唉,甲桑。"女人叹息着,她那双漂亮妩媚的眼睛顾盼着对方,一只手自然而然地伸向他的左脸,"打猎时不能小心些么……"

甲桑偏开头,不让她摸到。

"好啦,大家都看着哩。"他说。

甲桑自看到她后紧紧攥着的心渐渐松开,一种柔软的感觉浮上心头,可是他的表情仍然那么冷漠,看上去一点儿也不开心。

"我前不久刚回月亮营地,今天遇见你我很高兴。等哪天我让你见见我的儿子,他的个子有这么高了。"

女人轻柔地比画着,她的眼睛一刻也没有离开过甲桑的脸。

甲桑忽然就掉头走开了。她的话无疑伤着了他的心。

"再见,章代夫人,我有更重要的事。"

女人紧紧追了两步,腰间的银链子发出清脆的响声。

"忘掉吧,甲桑,忘掉吧!"她凄楚地说。

甲桑几乎是狂怒了,他一边大步走开,一边说:"你去问问十年前的我吧,你去问问他,看他能不能原谅你!"

女人停下来。她静静地站在尘土中,两只秀气的手用力地交握在一起。有人骑着高头大马从她身边急驰而过,扬起的飞尘使她的身影显得朦胧,她黑色的衣裳蒙上尘埃,一顶呢帽遮住了她的容颜。她看着甲桑快步离开。

甲桑在女人的目光中越走越远。他感觉到自己的面颊上湿湿的,便狠狠地擦了一把。

甲桑经过马匹交易的地方时,发现这里的买卖似乎很热闹,高大结实的马匹最受小伙子们青睐,而马匹的价格也惊人地抬高了。

但是这一切都未引起甲桑足够的重视。对他来说,最重要的事莫过于赶快用手中的这笔钱买回那头白尾牦牛,然后放生。至于老头儿的谈话和抢购马匹的情景,就像一场梦一般,淡而无痕地忘记了。

甲桑走着,眼前蓦然出现一幅画面。那是很久很久以前的画面。画面上有一望无际的青青草原,一位无忧无虑的年轻牧人赶着羊群，从山坡上走过。他每天清晨出发，傍晚才回到营地。每次回营地时，他都要特意绕道经过一座高墙院落，那门前必然等着一位世界上最美丽、最中他意的姑娘，而他总要在经过时唱上一曲歌谣。那是十年前的自己。

小姐名门闺秀，
容貌世上稀有；
犹如桃树尖上，
鲜桃刚刚熟透。

八、白尾牦牛

甲桑骑上马，朝镇子的东头奔去。这座叫月亮营地的小镇散乱地躺在东西狭长的谷地中，达伉曲河由西向东而来，流进前方那片茂密的树林里，这片白杨林是这一带唯一的树木，人们造房都少不了它，它属于阿·格旺家。

甲桑的快马之后，一条机敏的狼犬紧紧尾随着，它是甲桑在一次打猎时捕获的，那时它还是小犬，它的父母亲都不知去向，甲桑留下了这个嗷嗷待哺的小狗，他给它起名沙利。现在，沙利已经是一条威风八面的猛兽，除了主人甲桑，谁也不敢轻易靠近它。

甲桑拥有镇子上最好的快马和最好的猎犬，一个男子如果没有这两样东西那要在月亮营地立足可就是痴心妄想，可是甲桑看上去不那么称心，不像别的那些单身男子那样快乐，人们见到他时，他都阴悒着脸，从不首先脱帽致意，他骑着马在镇子上走来走去，对擦肩而过的达官贵人竟视而不见，因此在街边的一些小酒馆里流传着一个外号，人们背地里把甲桑叫作"狼人"。

太阳当头而悬，正是中午时间，镇子上少有行人，为了躲避刺眼的阳光，人们都回家了，只剩下一些没有主人的狗在街上游走，淡红色的舌头伸出来，散发着白晃晃的热气。甲桑的马蹄声使这沉寂的街道充满了生气，沙利趾高气扬地紧跟在快马扬起的飘逸的尾巴后，街边的狗朝它大声叫唤，它报以低沉的长嗥。

甲桑在一座高墙大院前停下来，把马拴在门前的拴马桩上，沙利在马后打一个转，自觉地留下来。甲桑拍拍门板，一个男子把头伸出来，他认识甲桑，可是他偏偏装模作样地问："这位是谁呀？"

甲桑也不跟他计较，说："我要见阿·格旺，请你通报一声。"

男子说："见老爷？也不看看时候！现在老爷正睡着哪，你等一会儿吧！"

他说完，一缩头，沉重的木门便"哐"一声关上了。甲桑气呼呼地在门前走了一个来回，沙利低声叫了两下，看着被拒绝的主人。甲桑抬头看看院墙的高度，就把马拉到墙根，顺着马背，一跃身，便悄无声息地跳进了阿·格旺的大院。

先前的那个男子在廊下枕着双臂正准备仰身大睡，突然发现甲桑已经自作主张地进入大院，马上大声叫起来："老天呀！这个贼是怎么进来的呀！"

甲桑没有理睬他，自顾自地要进正厅，那个当家丁的男子伸开双臂，左拦右堵地极力阻止，正在这时，台阶上出现一个身段窈窕的年轻女人，她妩媚的声音在甲桑耳畔响起："怎么回事呀？"

家丁连忙报告道："娜波夫人，甲桑从墙上跳进院子，我阻止都来不及呀！"

娜波夫人打量一番，说："甲桑？就是尼罗的大儿子吧？这样跳进来，太有失身份啦，有什么事吗？"

甲桑粗声粗气地说："没事我是不会到府上的，请通报一声，我要见阿·格旺。"

娜波夫人挥手打发了家丁，一边转身上台阶，说："我带你去见老爷。我到这镇上还没多久，请你以后多关照呀！"

甲桑看看娜波随着走动而扭摆的腰肢，跟着上了台阶。他对娜波说的话没有表示什么，心里在想，阿·格旺老头儿的新夫人，还真像街上流传的那么美丽呢。

娜波夫人带着甲桑进入正厅。甲桑的眼前便空阔起来，正厅很大，里面摆放着豪华的家什，甲桑的脚下柔软无比，他踩在地毯上，看见阿·格旺舒服地躺在一把木制躺椅上，睁着那双镇上出了名的吝啬眼睛盯着自己。

甲桑的马鞭垂在齐膝的靴子旁，他用马鞭敲着靴帮，生硬地问了一声好。

阿·格旺见是甲桑，立刻从躺椅上坐起来，惊奇地说："怎么是甲桑呀？你可是第一次登我阿家的大门呵，欢迎欢迎！"

阿·格旺摆出一副贵族派头，摊开双手，脸上的皱纹顿时舒展开来，光滑红润的双颊上布满了诚意。

甲桑开门见山道："我来府上是有一件事相求，请阿·格旺老爷千万不要拒绝！"

阿·格旺把摊开的双手合起来，搓了搓，再把它们郑重其事地放在膝盖上，一挺身，走到织印着红花与绿叶的地毯中央，大度地看着比他高出半个头的甲桑说："你说好了，甲桑，你是第一次上门的客人，我乐意用我的诚意来招待你！"

甲桑正要张口说话，忽然一个男孩跑到厅里来，对阿·格旺喊道："爷爷，我要骑马……"跟着男孩跑进来的女人尖声叫道："阿爸，你不能同意他去，他还小，要摔坏的！"女人说着，一把拉住男孩细细的胳臂，男孩充满哀求的目光看着阿·格旺。

进门的女人是阿·吉。对于这位前妻的女儿，阿·格旺一直自认为是疼爱的，他常常称她吉果，这爱称是她母亲在世时称她的。

阿·格旺说："好啦，吉果，就让你儿子去吧，他已经是个小伙子了，我在他这个年纪早就是个好骑手啦。"

阿·吉蹲下身去，抱住儿子道："阿爸说什么呀！他才十岁。"

一直在一旁沉默的娜波夫人终于开口了："老爷，阿·吉是母亲，她管教儿子是应该的。"她息事宁人的态度颇得阿·格旺欣赏。

阿·吉见年纪和自己差不多的新继母开了口，便不再吱声，只是紧紧地抱着儿子，那份小心，有谁要把孩子抢去似的。

娜波立刻涨红了脸。她偷眼瞧瞧阿·格旺，站在屋子当中的阿·格旺尴尬地看看在一旁发呆的甲桑，不自然地说道：

"你俩带孩子出去玩吧，家里还有客人呢。"

阿·吉的目光这才从儿子的身上移开，当她看清来客是甲桑时，明显地愣了片刻。"啊，是甲桑……"她说。

甲桑冷漠但又不失礼貌地朝她微微颔首。他看见她黑色的衣裳裹着的年轻身体依然像十年前那么美丽，清秀的面庞丝毫也没有改变，只是，岁月在她的目光中增添了一种过去从未有过的成熟之美。

她依然是世界上最美的女人……

老阿·格旺咳了几声，说道："甲桑呀，坐坐坐，有什么事尽管说，我虽然年纪一大把，但能帮上忙的，开口好啦！"

甲桑直到此时才终于有机会说出自己来到阿家大院的目的，他说："我来是请阿·格旺老爷允许我买一头你们家的牛。"

阿·格旺问："你说的是买么？"

甲桑说："是的，我愿意出任何价钱。"

"好！"阿·格旺大松一口气，他自从看到甲桑进门后的担心顷刻间化为乌有，他慢悠悠地说："家里的牛可都是我的宝贝儿，卖掉我心疼着哪！不过，你要牛干什么？你家里也有两头的嘛。"

甲桑依然站着，他不愿坐在这儿，他到阿府不是做客的。他说："别的牛我都不要，就要尾巴带白毛的那头，你说个价吧。"

阿·格旺搓着手在甲桑面前走过来又走过去，揣测着对方的用处:"你说的是那头?那可是我最好的宝贝儿,家里每天早晨少不了的奶茶和奶酪,都是从那头牛身上来的,卖掉它,就等于卖掉我们的早饭啦,它太值钱啦,上次一个商人要出四百块牵走它,我都没舍得哩!"

甲桑已经非常急躁了,他说:

"你说个价吧,痛快点儿,我给就是。"

阿·格旺沉着地说:"我们是乡亲,但是我得要五百,你可想好了,少一分我都不卖!"

"阿爸!"女儿阿·吉被这个价钱吓了一跳,她知道甲桑不会有父亲提出的这么高的钱,"这个价在市面上可以买到两头牛啊!"

甲桑丝毫也不理会阿·吉的帮助,他已经脱口而出:"好,就这个价,我要了。"

他说着,急不可待地掏出钱,点好,放在案子的一角,说:"这是五百块,我交清了,请你让人把牛牵来,我现在就要。"

阿·格旺见甲桑毫不迟疑的态度,反而好奇起来,他慢腾腾地坐到躺椅上,两只手放在肚皮上反复敲着指头,那只躺椅刚好盛得下他那具臃肿的身躯,在一阵"吱吱嘎嘎"之后,他说:"你真聪明,早就想到我会卖给你的,怎么,这头牛对你那么重要么?你买它到底是怎么回事?"

甲桑把点过钱的手指放在腰后上擦了擦,说:"我买它是要放生。"

立时弹出躺椅的阿·格旺叫道:"你疯啦?白扔五百块钱?

是不是发财啦？"

甲桑难过起来，他说："我阿妈去世了，我们请天葬师麦尔贡为她天葬时，正巧你的这头牛路过天葬台，她的灵魂就附到它身上啦，我买到它后，立刻就送到山上放生。"

阿·格旺瞪着甲桑，那双特别浑浊的眼睛吃惊地张开，褐色眼珠里的放射状纤维刹那间凝固了，他一动不动地盯着甲桑说："什么什么？你说尼罗死了吗？"

甲桑的马鞭重新敲起靴帮，一下一下地，靴子上的灰尘一点一点污染了红花绿叶的羊毛地毯。阿·格旺瞪着甲桑的那双眼睛黯淡下来，他渐渐相信了尼罗已死的事实。

阿·吉听到这个消息，立刻念了一句"唵嘛呢叭咪吽"。她的怜惜之情越过父亲宽厚的肩膀，传达给甲桑。可是甲桑看也没看她一眼。

"哦！"阿·格旺刚才神气活现的表情顿时消失了，他嘟嘟囔囔地叹道，"日子刚好过了，人就完了，这个女人，是真不会享福呢，还是老天的安排？"

甲桑看看那堆钱，再看看阿·格旺，说："谢谢你卖给我这头牛，我代表阿妈谢谢你。"

阿·格旺像是回过神来，他整理了一下垂到肩膀上的衣服，镇定地说："甲桑，你把你的钱拿走，牛我不卖了！"

娜波一直机警地注意着事态的发展，她看到阿·格旺以惊人的高价卖掉牛而后又突然改变主意，觉出事情有些蹊跷。娜波走向丈夫，语气里充满了善解人意的温柔，她说："老爷……"

阿·格旺终于烦躁道："说什么说？我拿主意，什么时候要你们管过？你们女人家，只知道拿着钱享受，哪里知道我养牛的辛苦？不说了，甲桑，把你的钱收好，我再说一遍，我不卖这头牛！你回吧！"

甲桑没有料到事情会突然发生实质性的变化，他来不及细细追究其中缘由，便骂道："你这个老滑头！居然能做出这种事来，真叫人恶心！好，你不要后悔，我会让你这个吝啬鬼知道失信的后果！"

愤怒的甲桑收起钱币，一甩手，走向厅外，阿·吉在后面紧紧跟上，悄声说："甲桑，我送送你……"

老头儿已经在后面大声责怪起来："吉果，回来，像什么样子！"

甲桑说："你留步，多走一步路，小心吃亏！"

阿·吉停下来："我是想帮你的，可是……"

甲桑恶狠狠地瞥她一眼，说："快去守着那个老鬼吧，我咒他今晚一口气上不来死掉，你正好在跟前分财产！"

阿·吉的眼睛里突然布满了泪水，她张了张嘴，却没说出话来。甲桑早已穿过栽满各种花草的院子，走出院门。

甲桑走出院门后，奇怪地发现先前在屋里的那个男孩已不知什么时候溜到院外了，他正在跟自己的马和狗待在一起，那只凶残的狗令人吃惊地同孩子在一起友好相处，对他的抚弄一点儿也不反对，这是从前从来没有过的事情。

甲桑走到近前，蓦然听到孩子正在同马和狗小声地说话。看到甲桑到来，孩子脸上的表情有些古怪，只听他说："叔叔，你能让我骑骑你的马吗？"

甲桑望着孩子，脑子里突然产生了一个疯狂而大胆的想法，他犹豫了片刻，便答应了孩子的请求："当然。"

孩子立刻兴奋地张开手臂，让甲桑把他抱到马背上。甲桑一举手，轻而易举地把男孩安置在马鞍的前面，然后自己一翻身，也上了马。名叫罗米的马熟悉主人的每个暗示，主人一挨上鞍子，马就箭一般窜上了大路，沙利一声不吭地紧跟在后，他们以最快的速度离开了阿家大院。

那里一片阴影
仿佛是座黑暗的迷宫

第三章

九、章代·乔

甲桑对坐在他前面的小男孩有一种说不出的感觉，当他们在镇子上走了一段路后，甲桑问："喂，你叫什么名字？"

"我叫乔。"男孩说。他的双手紧紧捉着飞扬起的马鬃，又补充道，"我叫阿·乔，但我知道我不姓阿，你就叫我乔吧。"

甲桑问："那你姓什么？"

乔说："现在我跟着阿妈姓阿·格旺爷爷的姓，其实我姓章代。"

甲桑心不在焉地说："你姓章代？那我就叫你章代·乔好了。"小男孩不厌其烦道："我自己喜欢章代·乔这个名字，可是阿妈不喜欢，每次她都跟人说她姓阿，从不说她姓章代。"

男孩说着，似乎想到了妈妈，他扭头看看从背后抱着他的甲桑，说："你叫什么名字？"

甲桑说："我叫甲桑。"

男孩诚恳地问道："我能这样叫你甲桑吗？"

甲桑说："那当然。"

章代·乔说："甲桑，我们已经走得很远啦，什么时候你送我回家呢？阿妈一定很着急，她不许我跑这么远玩的。"

甲桑的马慢下来，他沉思片刻后说："乔，你看，我知道很多你没去过的地方，你不想跟我去玩吗？"

乔望着镇子外的群山，低声说："我想见我阿爸，你能带我去看他吗？"

甲桑说："当然可以，只不过要等我的事情办完，很快，我们就能见到你父亲。"

甲桑摘下乔的软边小呢帽，然后下马拦住一个过路人，他把帽子交给对方，客气地说："今儿天气真好，老乡，麻烦你，把这个交给阿·格旺，就说他的宝贝外孙在我甲桑这里，让他放心。"

过路人很乐意这样做，因为他收下了甲桑递上的帽子的同时递上的一张纸币。

过路人远去后，甲桑对乔说："乔，我已经通知你爷爷和妈妈了，他们知道你和我在一起，就不会担心了，你就放心跟着我到远处玩一趟吧。"

乔听到了甲桑对过路人的嘱托，高兴地涨红了脸，说："你要去哪儿？"

"我也不知道。"甲桑说着跨上马背，沙利跳起来，毛孔粗大的黑色鼻子挨了一下主人的靴子，似乎嗅到了方向，便主动朝前跑去。那匹马毫不迟疑地跟上去，步履稳笃地跑起来。

沙利很快跑出了镇子。群山环绕着的月亮营地，在午后漫长的炎热中，默默地蒸腾着白汽，镇子已经在身后了，再往前，就是月亮谷。

甲桑最喜欢的地方就是月亮谷，那里丛林密布，是猎人下套子的最好地方，他常常用铁套子布下天罗地网，等待着蠢笨的野兔或是狡猾的獐子，它们总会不小心落在他手里，尤其是春天，万物复苏的时候。

天暗下来，甲桑与乔急需解决的问题，便是吃的问题。甲桑独自在林子里待惯的，他找来干柴，点一把火，让乔等在火堆旁不要离开，他自己到林子深处去找吃食。当他从火堆边站起来，习惯地拍拍屁股时，蓦然想起前段时间他曾在此处下过套子，由于母亲突然出事而没来得及取走，他决定去看看。

甲桑走后，乔等在火边，他不时地添一把木柴，心焦地看着四周黑黢黢的林子。沙利跟着甲桑走了，只有那匹马和乔在一起。乔从没有过一个人待在黑夜里的经验，他又冷又饿，身上穿着的宝石蓝织锦缎夹袄春装，难以抵御夜里的寒冷，他缩着脖子，眼巴巴地盼望着甲桑快点儿到来。

就在此时，那匹马突然躁动起来，它又尖又瘦的一双耳朵不安地摆来摆去，随之袭来的是一阵阴戾的夜风。乔瞪起圆圆的眼睛，他分明听见了风中有一种特别的声音，从一开始的恐惧之后，乔从火堆旁站起，慢慢地向林子里走去。

那种声音越来越清晰，就像一个娇女孩儿的哭泣，乔暗自说：是章代·吉吗？是你吗？莫哭嘛……

乔在风中飘动。马开始嘶鸣了。乔离马愈走愈远。他没有听到结实的马蹄跺着草地的声音，他的耳中，只有那种娇弱的哭泣。这位十岁的男孩向那哭泣声走去，脸上带着一种成熟的男子才有的悲伤。

乔终于发现那声哭泣来自一棵树的背后。那里立着一只獐子。獐子见到乔后，立刻蹦跶起来，但是它的左后脚陷在一具铁套子中，无论怎么蹦跶也无济于事。最后它安静下来，暗褐色的鼻子翕动着，看着比它高出一倍的乔，那眼睛里满是绝望。

乔迷茫地看着那只獐子，他终于相信那种娇弱的哭泣声出自獐子的口中，这是一只雄麝，它没有泪腺，它不会哭，可是乔却坚定地认为那正是它的呼救声，它在哭泣，就像他的小妹妹一样。

乔从獐子望着自己的眼神中看出某种信任。他朝獐子半跪下去，开始在草丛中摸索，他摸到铁套子后，设法打开了它。獐子的左后脚已经磨得血迹斑斑，褐色的毛皮上浸透了湿湿的血，可以想见它费了多大的力量企图逃避即将跟踪而来的猎人。

獐子从铁套子中挣扎出来，却并不马上走开，它依然信任地望着乔，不时回头舔舔受伤的脚脖子。乔也看着它，说："你一定饿啦，可是我身上没有一点儿吃的东西。"

乔把自己的口袋翻了一遍,他明明知道那里不会有什么,但是他还是认真地翻翻,要让獐子看清楚似的。

獐子再次舔舔伤口,掉头慢慢地离开了乔。乔仍然半跪着,獐子在他的视线之内很快消失了。他听着草丛中发出的"沙沙"声渐去渐远,心里想着月光留在獐子背上的那种光滑如缎的色彩,还有那双亮晶晶的眼睛。这是他见过的最好看的眼睛。

乔看着獐子远去,站起身,就听到了身后甲桑在声嘶力竭地叫着自己的名字,他立刻跑回有火光的地方,脸上明显地挂着不满,他朝甲桑叫道:"我告诉过你了,我叫章代·乔,不叫阿·乔!"

甲桑拎着一只死去的野兔,没在意自己刚才叫了什么,当他回到火堆边时发现乔不在,惊出了一身冷汗。乔怒冲冲的样子,倒使甲桑好笑起来,他坐到火边,说:"我下过十几个套子,可只有这一个倒霉蛋在套子里,其他套子都是空的,不知那边的套子里有什么。"

甲桑用下巴指指乔的身后,乔警觉地说:"没什么吧,我想没什么。"

甲桑看看乔,说:"可能是吧。最近我的运气总是不好。"

他开始剥兔子,那只野兔很壮硕,胸脯上有密密的肉褶,灰白色的细软的皮毛从甲桑的手中一点点掉下来。看到鲜红的两条又粗又长的后腿从皮毛里显露出来,甲桑高兴了,火光映亮了他灰暗的脸庞。他说:"乔,下次可不能再这样跑掉,你让我有些担心呢!"

乔一直在惊奇地注视着甲桑手中的兔子,他第一次看到剥离兔子的全过程,那些鲜红的肉质使他心里特别难受,他突然说:"真恶心!"

甲桑看也不看他,说:"你没吃过兔子吗?"

乔坐在远离甲桑的地方,说:"吃过,但不是这种兔子。"

甲桑又笑道:"兔子还不都是一样吗?"

乔摇摇头,他的一对大大的招风耳在火光前几乎是透明的。甲桑专注地剥着兔子,他把剥下来的兔皮摊在火堆旁的一块白石头上。在乔看来,那张摊开的兔皮就像一只巨人的手掌,紧紧地抓住了他那颗善良脆弱的心。

十岁的乔说道:"我阿爸给我吃过兔肉的,可是他没有像你这样折磨兔子。"

甲桑突然冷漠起来,他厌恶关于章代家族的一切。他说:"去,找点儿干柴来,你不能吃白饭。"

乔乖乖地站起来,不声不响地在离火堆很近的地方绕了一圈,两手空空地回来,说:"我找不到干柴。"

甲桑根本不留情面,他固执地喊道:"再去找!"

乔拖着哭腔:"你不能这样对我!"

甲桑不再理会他,抽出腰刀,开始剖开兔子,取出内脏,乔有点看不下去了,立刻离开了甲桑。不一会儿,乔抱着几根树枝,出现在火堆旁,他把树枝塞到火里,马上就有"噼噼叭叭"的声音响起来,甲桑冷冷地说:"小子,你的湿柴点不着的。"

乔发现甲桑已经把兔子收拾得干干净净了,他一手拿着兔子的两条腿，一手在找一根合适的棍子。乔立刻从自己拣来的树枝里找一根给他，甲桑看他一眼，便把兔子插到棍子上，在火上烤起来。

香气弥漫在乔的鼻孔之上。那种香气是一整天都没有吃东西的乔所不可想象的。他的鼻孔追索着熏肉的味道，同时听到了自己肚子里一种大得令人吃惊的响声。甲桑似乎也听到了，虽然他没有把那张脸从烤肉的专注中抬起来。但是这已经使乔感到十分的窘迫了，他羞涩地瞧着自己的肚子，尽量屏住呼吸，可是这没用，那种发自腹底的响声仍然呼天啸地地持续着。

甲桑终于抬起头来，他把烤好的兔子从中间一分两半。一半一扔，就扔到了坐在对面的乔的怀里，乔仓皇接住。那种香味从滚烫的兔肉中冲溢而出，冲进乔的嗅觉，乔看着这块浸着金黄色光彩的烤肉，早已是馋涎欲滴。他两只手握着肉，感激地看看甲桑，甲桑似乎没有感觉，他正在埋头把牙齿切进兔肉里去。

甲桑从自己的一半中又分出一半，一扔，沙利跳起来接住，它的尾巴轻轻一抖，黑亮黑亮的毛色在半空中一闪，转了一个美丽的弧形后，毫不客气地吃起来。

甲桑第一口就咬住一块骨头，把雪白漂亮的两列牙齿硌得一愣，正暗自懊丧时，突然看到火那边的乔做了个奇怪的手势。乔从火边站起来，比画着自己的肚子，他说："甲桑，你烤的肉真香……不过我吃饭都是一个人吃，在别人面前我吃不下，我到树林那边去吃，你不介意吧？"

甲桑重新埋头吃肉，说："随你的便。"

乔紧紧握着属于自己的那块兔肉，到树林里去了，沙利警惕地望望四周，而后放心了似的继续吃肉。

过了一会儿，乔空着手回来，他拍着两只巴掌，像是完成了什么任务一样，朝甲桑欢叫道："喂，甲桑，我吃完啦，这肉真香啊，我从没有吃过这么香的肉，要是在家里，我会多要一点儿盐巴的！"

乔坐到火堆边，吧嗒吧嗒嘴巴，再自在地拨拨火苗，然后看着甲桑的反应。甲桑还没有吃完，他见乔自由自在的样子很不以为然，不过他突然不想再吃了，他把剩下的碎肉和骨头一并抛给了沙利。

甲桑走到马跟前把马具卸了。只有一条毯子。他把毯子铺在火堆旁，叫乔躺在傍着火的一边，自己也躺下来。沙利忠实地守在主人的脚下。在野外的第一个夜晚就是这样度过的。

第二天天一亮，甲桑和乔一起在朝暾中起来。甲桑一边收拾马具，一边说："乔，我看你昨天一夜都没有睡安稳。"

乔肿着眼睛，说："你也是，甲桑，你别瞒我，你有心事，是吗？"

甲桑看看他，忧心忡忡地摇摇头。他要进树林方便一下。刚进树林，就有一种奇异的感觉。他的感觉一般是不会错的，只有猎人才有这种天生的对猎物的敏锐感觉。他朝着自己的感觉走去，一直走到一棵繁茂的树下，看见了自己十多天前下的铁套子里有一块烤黄的兔肉，这块兔肉在露水里完好如初。

他诧异地蹲下去，拣起兔肉，继而发现铁套子上有暗褐色的动物皮毛，皮毛上沾着血迹，他一看就知道，那是獐子的颜色，他的心狂跳起来，他一直在等着这只獐子，他需要这只獐子的麝囊，那时他是为了多病的母亲来求这只獐子的，现在，母亲已经不在了，他不再需要麝囊了。

甲桑手里捏捏獐毛，仿佛捏到了獐子的温度，血迹已干枯，那只獐子已经离开很久了，甲桑猜想着乔的心思，他不知道这个少年在想什么。

等他回到乔身边时，乔正在和沙利玩耍，乔是第一个引起沙利玩兴的孩子。甲桑碰碰乔的肩膀，把那块兔肉给他，说："獐子是食草动物。兔肉还是你自己吃了吧。"

乔不好意思地接过兔肉，说："我是想……"

甲桑打断他："别说什么，小子。要不要我把兔肉给你烤热一点儿再吃？"

乔说："不用，凉着吃好香呀！"

乔开心地笑着，充满了童稚的面颊上泛起红晕，他不再说什么，只管埋头大吃兔肉。他饿坏了。一会儿工夫，乔抹了抹嘴巴，说："我真的吃饱啦，这下我真的吃饱了！"他拍拍巴掌，再拍拍肚子。甲桑爱怜地说："你还要不要盐巴啦？"

乔笑着，灿烂的脸庞上显现出两个浅浅的酒窝。甲桑一把把他扶到马背上，乔说："甲桑，我们去哪里呀？"

甲桑说："走着看吧！"

十、最宝贝的女儿

这是个令人感到不安的下午。

阿·吉走进自家的牛棚,她看到了那头甲桑想买却没有买到的白尾牦牛。我们都是失去母亲的孩子了。她想。

阿·吉抓一把草料塞到白尾牦牛的前面,然后坐在草堆上。如果不是这样,还能怎样呢。

十年前,她离开阿府时,牛棚还是这老样子,牲畜们早出晚归,一点儿也没有改变。温暖的气息犹如从前,那时,她已是个有了心事的姑娘,她喜欢在照料它们的时候想想自己的心事。

十年前她离开月亮营地嫁到章代部落。她离开故土,以为从此就是永别,可是想不到十年后又回到了这里。

那个脚步轻盈的姑娘无声地走在大厅的地毯上。她走来走去,直搅得父母双亲不得安宁。父亲偷觑着母亲。父亲的脸上挂着无可无不可的笑容。父亲在征得母亲意见的时候,总是挂着这样的笑容。

"我不要看见那个年轻人登上我家大门。"阿·吉记得母亲有气无力地这样说。

母亲说的是甲桑。她根本无法知道父母对她和甲桑的相恋百般阻挠的理由。他俩对甲桑的成见毫无根据却根深蒂固。她的一切说服都无济于事,她的哭泣和抵抗也收效甚微。

她不能问为什么。她只有走来走去以示不满。

她当时穿什么衣裳、戴什么首饰都不记得了。但是她记得母亲戴着那枚永远也不离身的名贵的九眼石髓珠，微微下垂的眼睛直视自己的靴子，那是一双月亮营地中最昂贵的靴子。

"那当然。我们不要看见那个年轻人登上我们家大门。"父亲笑眯眯地望着母亲，然后对女儿说，"我们认为你应该嫁给章代部落的头人家。"

那是决定命运的一天。

也是这样的春天。天气温暖，换上了春装的弟弟妹妹正在后院的花园里玩耍，时不时还能听到他俩嬉笑的声音。

大厅里摆着章代头人家送来的聘礼：镀金佛像，珍贵的首饰，织锦绸缎，麝香，茶，还有一条白绫哈达。

母亲有气无力地说："嫁远一点儿吧，我最宝贝的女儿，早早离开这个是非之地，我也可以安心了。"

"倒不是这个原因。"仍然笑眯眯的父亲说，"章代头人家有权有势，大少爷他又有才有貌，你嫁过去不会受苦，做父母亲的不就是想让自己的宝贝女儿过得幸福么？"

那一天天气温暖，可是年轻的阿·吉却手脚冰凉。她被许给了遥远的章代部落头人的大少爷。那位少爷她从未见过，她甚至不知道章代部落所在的准确位置。

"他是个好小伙子，你嫁过去后，会喜欢上他的。"母亲说。

"可是我不想去那么远！"女儿的哭泣仍犹在耳。

阿·吉又添一把草料。那头白尾牦牛正吃得津津有味。

她看着它吃草，忽然一个念头起来，举手朝它的眼前晃了一下。

"你能认得我吗？"阿·吉说。她差点儿成了尼罗老太的儿媳妇，如果天遂人愿的话。可是命运突然从她认定的轨道上脱离，把她抛向一个陌生的地方，而她钟情的那人，直到十年后还不能原谅自己。

她也曾经不能原谅父母。她离开整整十年，决心永不回来，要不是这次特殊的原因，她不知道自己还能坚持多久。那年当她戴上母亲送给的陪嫁——那颗九眼石髓珠，骑上迎亲的马背，在欢笑声中用双袖蒙住哭肿的眼睛的时候，心里唯一的话，就是永别……

阿·格旺坐在大厅前的晒台上。春天的阳光已经使这位胖老头儿不能承受了，他不停地抬起腹部的肉褶，抓一把炒面撒在肉褶中间，炒面很快吸干他的汗水，他又重复开始。炒面成了他最好的爽身粉。

正在为自己忙活的阿·格旺看到女儿从厅前走过，立刻喊住她："过来吉果，替阿爸把躺椅往阴凉处搬一搬。"

阿·吉站住，却并不前去。

老头儿自己站起来，颇费力气地往后挪挪。现在太阳晒不着他了。

"瞧甲桑那小子，都三十郎当岁，还穷光蛋一个。"

阿·吉说："那是你的想法。"

老头儿瞅着女儿，说："都十年了，你还不能忘掉么？尽管我是你的继父，还不都是为了你好？当年我进你家大门时，你还是个小不点儿，穿着花衣裳，只知道吃糖果。虽然阿府已经是殷实之家，但我来了之后变得就更好啦，你看，我盖起的后院，有花园，有果园，你阿妈喜欢的小亭子，还有两层小楼。我并没有给你阿妈丢脸。"

阿·吉坐到台阶上。阳光照着她的脸庞，有些苍白。

"别的地方我也可以喜欢的。"她说。

阿·格旺道："别的什么地方？那穷小子的破屋么？那你现在只能吃些教人看不起的野味，连像样的衣裳首饰都没有。"

"阿家的姓氏那么重要，和章代头人的姓氏连起来，就更光荣，别的当然没什么好说。"

阿·吉的态度依然和十年前一样，但她现在说这些话的时候却有些坦然，仿佛这一切都跟自己无关。

阿·格旺不停地抓起炒面抹在肚皮上。他的身体已不如从前那么敏捷，动一动都会让他汗流浃背。"这是我的血汗挣来的家业，依靠这样的家业，你才能嫁给附近最有地位、最有人品的青年，你还指望什么呢？如果章代部落这次能脱离险境，你仍然是头人夫人，这个位子是多少姑娘可望不可即的呀！"

"这桩婚事也是你阿妈赞成的，你是我们最宝贵的女儿嘛。"阿·格旺见女儿不吱声，继续说。

阿·吉说："可你们把最宝贵的女儿嫁得那么远。"

"你难道想说我们是错的吗？时光是最好的见证人，它证明我和你阿妈的决定是正确的。无论什么时候，你都是头人夫人。"

坐在台阶上抱着膝盖的阿·吉，抬头望望院落。厅前的花园小径直通向大门，小径两边的白杨正发出嫩绿的光芒，太阳照着的叶片仿佛涂上了一层绿色油脂，那么新鲜、那么耀眼。轻风徐徐吹过，花园里的名贵花朵都争先恐后地把香气送给台阶上的主人。

"唔。"阿·吉含混不清地应了一声。

她听到了别样的声音。那是从内院深处传来的一声沉沉的叹息。充满女性魅力的、饱含沧桑又无可奈何的叹息。

"你并没有爱过她。"

阿·吉说。她听到的是母亲的声音。她熟悉这样的声音，她从小就听惯了这样的声音。

"什么？"敏感的阿·格旺感觉到女儿的心思。"你说的是谁？"

"我说的是我母亲。你从来没有爱过她。"阿·吉说。

阿·格旺把被汗水淋湿的炒面统统扫下身子，埋怨道："这不是你该问的。女儿家，怎么能这样问做父亲的。这是什么世道啊，母亲管教不严，才会有这样的女儿。"

"阿爸，你根本没有说过真话，是吗？从我记事起，你就根本没有说过真话。"阿·吉激烈地说，声音有些颤抖。

阿·格旺喘呼呼道："这就是生活。你都三十岁了，难道还不懂得生活吗？生活有时就像这和煦的阳光，可是如果一味去追求温暖，那你就可能被烤成焦黑一团。吉果，要知道除了我们的情感，这世上有更多的冷酷。"

阿·格旺虽然这样说，但无疑阿·吉的话还是击中了他的内心。他坐在躺椅上摇晃着。身上淌下来的汗水打湿了薄薄的春装。

"好,就算你说的对。"阿·吉仍然坚持着这个话题,她不知道从哪里来的勇气,决心跟父亲谈清楚。"就算你说得对,我嫁到了章代,和他们相处了十年,好啦,这一切都遂了你的心愿,你当然很满意。可是现在又不同了,章代部落突然被占领了,这当然也不是你当时能想到的,那结果会怎么样呢?"

阿·格旺咕哝道:"我能养活你和你的儿子。"

"你不打算再把我嫁给另外一个头人吗?比如说,最近和你来往频繁的宁洛头人,他刚巧新近死了妻子。"

"这是什么话!"阿·格旺怒道。

"那我就知道了。"阿·吉冷冷地笑着,"你肯定会把我妹妹阿·玛姜嫁过去当续弦。她可是你的亲生女儿呀,不过你也一样不在乎她到底爱不爱那个老头子。"

"妇道人家,不要随便诋毁贵人的名声。宁洛头人也不过四十多岁,比起我,他还正当年哩。"阿·格旺不耐烦地说道。"吉果,今天太阳这么好,去随便走走吧,到集市去转转,或许会看上什么首饰珠宝,也说不定有你和乔喜欢的衣裳,别在这儿跟我胡扯啦,话说多了没什么意思,一会儿宁洛头人还要来做客哩。"

"我这绝不是胡扯。"阿·吉说,"我只是想知道,你到底帮不帮章代?"

"你想知道什么?"阿·格旺已经站起身,准备进屋。

阿·吉也站起来,她挽住父亲的臂膀,让他重新坐进躺椅里。阿·吉的挽扶令阿·格旺感到亲近。父女俩从前是亲近过的,那时她还是个小姑娘,他常常这样坐着,把她抱在怀里,给她指点天上的星星和花草的名字。

阿·吉坐在靠近父亲的地方,缓缓说道:

"我刚到章代部落的时候,非常厌恶那个地方。那里对我来说是那么陌生,它不是我的家乡,我从未在那里生活过。我在那座大房子里走来走去,和丈夫的家人说说笑笑,可还是没有回家的感觉。那里不是我的家,我一直都有这种感觉。但我毕竟嫁给了章代,就是章代部落的人了,这点你已经用不着担心。这次我回来,并不是要在这里长住,我还是要回去的,带上儿子,他是要姓章代的,我不能让他在出生地之外的地方度过一辈子。"

阿·格旺说:"可是章代部落已经完蛋啦。"

"我回来就是因为这个。"阿·吉望着父亲的眼睛,"现在只有你能救章代部落。"

"我可不想惹祸上身。"阿·格旺重新开始抓起炒面涂在身上。他又感到热了。这种热令他浑身不自在。

"你从不给人一句准话。"

"我没法儿给你准话。"阿·格旺道,"章代部落是自取灭亡,如果章代头人不那么急于杀掉马海买军官,那他这会儿正舒舒服服地坐在自家的大院里喝茶呢,也用不着让媳妇来充当说客。"

"马海买早就该死,那不是章代的错。"

"吉果,你已经开始维护章代部落的名誉了,这样很好,只是有些为时过晚。"阿·格旺笑了,女儿多么幼稚呵。

可是阿·吉是认真的。"还不晚,阿爸,只要你能说服月亮营地的人们齐心帮助章代，章代就还有希望。"

"你还不知道月亮营地的情况吗？我已经老了，这里是群龙无首，人人都有各自的想法，各人有各人的天下，况且我根本不知道现在的年轻人的思想，就拿你弟弟文布巴来说，他整天饮酒作乐，游手好闲，无事生非，你怎么能猜到他在想什么呢？算了吧，吉果，你还是在营地好好待着，乔很快也会长大，等以后再说吧。"

阿·吉说："阿爸，章代部落是深入草原的门户，这座门户一旦打破，月亮营地就会成为第二个章代，紧接着倒霉的就是宁洛部落和别的部落。不要以为这种事情会在章代部落发生，也会在章代部落结束，这个道理在章代已经妇孺皆知。"

阿·格旺道："好个吉果，你可以当头人啦！"

"如果我是你，阿爸，我绝不让我女婿的部落断送在别人手里。"

阿·吉的态度激怒了老父亲。阿·格旺说："可惜你是女人，女人永远也不知道这个世界有多么复杂。"

"阿爸，你真的不在乎我们母子俩的将来吗？"阿·吉绝望地说。

阿·格旺站起来，木制躺椅经不住他的折腾，早就"吱吱呀呀"响了半天，老头子打算回到凉爽舒适的卧室里去了。"好啦，阿·吉，这不是我们俩说说就能解决的事情。带着你的儿子到集市上去转转吧，他不是想骑马吗？给他买一匹小马驹去吧。"

阿·吉站在阳光下，她看着父亲离开，心中的悲伤油然而起。

十一、酒　馆

每到傍晚的时候，月亮营地的单身汉们都会不约而同地奔向了西头的一家酒馆。

这家酒馆处在街边的低凹地带，是用木板搭起的简易平房，有两扇木格窗，用来钉窗框的铁钉已经锈蚀了，留在没有漆过的木头上的是一点点的红色锈迹。木板房的门是一个只有半人高的木栅栏，每当人进进出出时，木栅栏都会发出一声尖叫。

这座酒馆名叫"快乐酒馆"。老板娘名叫茜达，是甲桑与夏布的妹妹。

街面上灯火通明，可是男子们愿意单独到有点荒凉的街的尽头去，但是他们常常会在那里尴尬地碰上被自己刚刚甩掉的朋友。不过这种意想不到的局面不会持续太久，因为聪明美丽的茜达就站在昏暗的光线下，她那种光彩照人的风采足以使男子们和平共处在同一个酒桶前。

这天也不例外。当月亮升起时，小酒馆里的男人们都已经被酒精激发得忘乎所以了。有人说："听说了吗，我的朋友？咱们的老邻居章代部落被占领啦。"

"他们可找到事儿做啦，打打枪、杀个仇敌什么的。"

"要是我在章代，那就不会被占领了。"

一本正经的大话使大伙儿笑得拿不住酒杯。

"这样的消息真让人激动，激动得叫我直想打架！"又有人说。

"快看好你的鼻子,那是最容易挨揍的地方。"

"哈……哈……哈!"

……

最冷静的莫过于麦尔贡。

麦尔贡是酒馆的常客。从前他都是拿着自己的酒杯,远远地躲在角落里,冷静地看着客人们与老板娘打情骂俏,从不乱掺和,也从不替别人付账。他的这种与众不同的做法引起了茜达的注意,她注意到他即使在醉酒的情况下也不会多付一个子儿,便不由得对他另眼相待起来。茜达是讲求实际的姑娘,她认为自己的终身就应该托付给这种既有固定收入又对金钱小心谨慎的人。

这么一来,麦尔贡那双时刻下垂的眼睛便在月亮营地里的单身汉们面前倒立起来,得意之色溢于言表。到了傍晚,他依照常规来到快乐酒馆,但是他不再躲到角落里去了,而是责无旁贷地靠着酒柜那么一站,光明正大地伸出手,气壮如牛地朝茜达吆喝一声,茜达立刻笑眯眯地递上一杯加了红茶的青稞酒。

这种饮料使麦尔贡马上进入其妙无穷的境界,却使周围的男子们感到恶心。他们群起而攻之,最终由于茜达的原因,男子们放弃了对他的攻击。不过他们对茜达的崇拜一如既往,她是月亮营地的一盏明灯,而麦尔贡呢,不过是一条偶尔得宠的小狗而已。

麦尔贡敲着柜台,得意扬扬地品尝着手中那杯特殊的饮料。全酒馆中只有他一个人在喝青稞酒时加了红茶,这种做法使男子们对他嗤之以鼻。他们个个血气方刚，正是饮酒作乐的大好时光，每个人都长着一只特别的鼻子，这只鼻子在十几里外就能嗅到青稞美酒的气味。他们为了美酒而活着，酒能使他们大言不惭地炫耀自己，也能信誓旦旦地赞美女人。

当麦尔贡这样肆无忌惮地敲着柜台时，阿·文布巴已经喝得脸红脖子粗了，他叫道："喂，别敲啦，再敲我就割掉你的耳朵！"

麦尔贡敲击柜台的声音早已搞得大家心烦意乱，听到阿·文布巴的话，便"哗"地笑倒了一片，有人立刻打趣道："茜达，你说说，你究竟喜欢他什么？"

茜达正在替阿·文布巴斟上新的一个满杯，顺口说："我就喜欢他的耳朵。"

阿·文布巴趁机捉住茜达递酒杯的手，捏个不停。麦尔贡看在眼里，不好立刻发作，他知道阿·文布巴不是个好对付的角色。文布巴则不管别人怎么看，只管说："好姑娘是不能嫁给天葬师的，你是好姑娘，你应该嫁给我！"

麦尔贡的耳朵竖了起来，惊道："文布巴，你说话应该有分寸，茜达就要和我订婚了，是不是？"他看着茜达，带着既定事实的眼神。

茜达胡乱点点头，她把那只文布巴捏过的手在背后擦了擦。这种情况她见得多了，这些男人喝了酒后，都是一样的德性，自己需要的只是耐心，只要有点儿耐心，就能在月亮营地里依靠自己的劳动而活着，挣钱糊口，办些像样的嫁妆，等将来麦尔贡娶了她后,就能依靠这个男人而不至于自己那么辛苦了。

她略带幽怨地瞥了一眼麦尔贡,麦尔贡正在认真地和文布巴较劲。阿·文布巴醉醺醺地说:"像你这种人,只能住在远离镇子的地方,茜达怎么会和你结婚呢?只有我才能给她幸福!"

他的话无疑与麦尔贡同样受到酒友们的哂笑,他们说:"听见了吗,文布巴?茜达只喜欢麦尔贡的耳朵,跟你没有一点儿关系,现在看来好姑娘只会嫁给天葬师,不会嫁给老吝啬鬼的儿子小吝啬鬼啦!"

他们说这话不是没道理,因为在这座小酒馆里,阿·文布巴是赊账最多的一个。文布巴说:"这话怎么说的?啊啧,难道你们不知道我是阿·格旺的继承人吗?阿·格旺是老吝啬鬼,我可不是小吝啬鬼,我要把他那间大厅腾出来,让茜达在那里卖酒,那里才应该是真正的快乐酒馆呢……"

文布巴说着,麦尔贡却没在意他在说什么,因为他一心只注意自己的耳朵了。他不知道茜达为什么会喜欢他的耳朵,他不好意思地摸摸左边的耳垂,那里热烘烘的,仿佛被火烤了一般,连银耳环都有些烫手。他一边摸一边想,耳朵可是天生的,你文布巴想变也变不出这么可爱的耳朵来。

喝着青稞酒的男子们都要笑出眼泪了,他们说:"文布巴,你阿爸要知道你想在阿府上卖酒,气也气死啦!"

酒馆里热火朝天,人们都在努力想象老吝啬鬼阿·格旺的表情将会如何吃惊,不由得喜笑颜开。

茜达忙于收拾酒柜里的残酒。酒桶已经空了,快乐酒馆就要打烊了，今天的酒卖得仍然不错。每到这个时候，酒桶都是要空的，茜达也是这样收拾着酒柜。她太累啦，只想赶快回家好好睡上一觉。她根本不理会男人们的说笑，他们一提到她的名字，她就应付地咧咧嘴，以示赞许。他们被她这种微笑迷得神魂颠倒，一直到深夜，都赖在酒馆里不肯离开。所以茜达在收拾酒柜的时候，又在担心怎么才能不费力气地把这帮酒鬼规劝回家。

正在此时，忽然听到酒馆门口的木栅栏尖利地叫了一声。茜达两手一颤，抬头看去，是阿·吉和阿·玛姜姐妹俩。只见两人直直朝茜达奔来，茜达心里早已不是滋味，她知道女人到这种酒馆来除非是万不得已，不然是不会轻易推开木栅栏的。阿·吉提着袍子的下摆，飞也似地扑到酒柜前，仿佛是栽了一下，那么猛烈地把木质柜台撞得发出一声沉闷的响声，她劈头就问："甲桑在哪里？"

茜达被质问的口气问得一愣，一下子不知该说什么好。她手里的那只酒杯差点儿就掉在木板上成为玻璃碎片，但是她很快就镇定下来。她说："腿在他身上，我怎么会知道在哪里？"她说着，不明白发生了什么，甲桑怎么会使阿·吉变成这副样子？

妹妹阿·玛姜相对要沉稳一些，她迈着典雅的碎步，神色同姐姐一样惊慌，但她一进入酒馆，就明显感觉到一种从未有过的不同一般的气氛包围了自己，她的脊椎立刻紧张起来，就像一根木杆般呆板僵直。

男人们的独立世界由于这两位女子的突然闯入而变得鸦雀无声。他们的说笑被打断了，那些无足轻重但每晚都不可少的笑料此时都戛然而止。他们举着残酒,醉眼惺忪,衣服早已滑下了肩膀。他们就这样惊奇地又不怀好意地注视着姐妹俩——或许快乐酒馆里马上就要有新的值得大笑特笑的新闻啦!

靠在酒柜旁睡着了一会儿的阿·文布巴忽然醒来。他睁着一双醉眼,一眼望见的便是近在咫尺的姐姐的脸,还以为是在自己家里,可是当他发现柜台里茜达怒气冲冲的样子,才恍惚起来,他糊里糊涂道:"怎么了,姐姐……"

惊慌的阿·玛姜这才定神看清了身边东倒西歪的男人们,哥哥是其中的一位。她疑虑的目光对准了他,声调里却充满了温和,她说:"哥哥,家里出大事啦,你怎么还在这里喝酒?"

阿·吉也看到了他,她"呸"地把一口无形的唾沫啐到弟弟的脚下,声音顿时大了一倍:"啊,原来是你呀,阿家唯一的少爷还在这优哉游哉呢!阿家发生再大的事儿也跟你无关啦!"

无论她的发难多么冷酷,也不能使弟弟马上保持清醒的态度,他咕咕哝哝道:"你永远也不喜欢我。我知道。"

茜达反而不急了,她慢悠悠地拭着酒杯,仔细地把它擦得透明而锃亮,她把它举到灯下,一种意想不到的光泽折射到她疲劳但不失魅力的脸上,立刻引起阿·文布巴一阵由衷的赞美:"茜达!哦,多美呵你!"

文布巴只注意茜达的脸色,对其他一切一概不敏感。他的赞美终于使酒馆在短暂的沉寂后又一次爆发出快乐的高潮,他们欢呼着,把自己手中的酒慷慨地匀给文布巴,文布巴贪婪的喉咙在一声怪声怪气的"咕咚"声后,将美酒一饮而尽。

被冷落多时的麦尔贡不能再忍耐了,他"啪"一声响亮地把酒杯掼到地上,然后摸出腰间的腰刀。人们立刻在他与阿·文布巴之间虚出一片空地。麦尔贡朝文布巴晃晃刀子,刀子在灯光下闪着明快的光芒。在男人们看来,刀子是有生命的,它如公鸡一样好斗,如蛇蝎一样嗜血,它的刀鞘上刻满了美丽的花纹,甚至镶嵌着名贵的宝石,但当它褪去这温柔的掩护时,它的本质便立刻暴露无遗。

有人高声嘘起来,兴奋的脸庞上洋溢着冲动。大家知道麦尔贡从不第一个挑起战斗,但是为了茜达,很明显麦尔贡要违背自己一贯的姿态,他要让所有在场的男人们明白,茜达只属于他一个人,如果有谁胆敢怀疑这一点,那么只好让天葬师的刀子在天葬场以外的地方发挥威力了。

浑身酒臭的文布巴在腰间摸索着,半天也摸不到腰刀。他对于在自己眼前晃来晃去的刀子一点儿都不畏惧,干这个他可是个老手,月亮营地里只要哪里有打架动刀子的事儿,哪里就有文布巴英勇的身影。他嘟嘟囔囔地说:"茜达,我要把麦尔贡的耳朵割下来献给你!"

茜达隔着酒柜拉住文布巴,劝道:"文布巴!算啦算啦!"

阿·吉和阿·玛姜吓呆了,她俩互相拽着袖子,被这突如其来的斗殴搞得惊慌起来。阿·格旺的深宅里培植起的这两朵鲜花,在酒馆污浊的空气和混乱的众多男人面孔里,在哥哥与另一个本不相干的对手开始决斗时,早已不知所措。

茜达劝过文布巴,又劝麦尔贡:"算啦算啦麦尔贡!你们都醉啦，我俩就要结婚了，你想想，你总不能带着伤疤娶我吧？"

麦尔贡抽出腰刀的手犹豫起来，他看到对方还没有将腰刀拔出，便大度地说："就这样！看好，我收起刀子，趁你还没有应战，我原谅你的冒犯，不过你不要忘了，阿·文布巴，以后不准再踏进快乐酒馆的门槛啦！"

他以胜利者的姿态提出警告，并不失时机地把自己的立场表白得一清二楚，仿佛在说，嘿，文布巴，你徒有虚名，我不再怕你啦！

由于麦尔贡的宽宏大量，人们错过了一场精彩的短兵相接的表演，失望的哀叹声此起彼伏，不绝于耳。麦尔贡下意识地摸摸自己仍然健在的耳朵，轻轻舒了口长气。

此刻阿·吉看到情景改变，便顾不得弟弟了，她转忧为悲，带着哭腔朝柜台里的茜达说："求求你啦，告诉我甲桑在哪里，我好去找他。我一定得找到他。"

茜达厌恶地说："你们俩一到，这儿就闹得不可开交，你找我哥哥到底要干什么？"

悲伤的阿·吉只得道出事情的原委："甲桑把我的宝贝儿子带走啦，我们找遍镇子，到现在还不知道他们在什么地方，都这么晚了。甲桑要那头牛，让他来牵好了，只要把乔还给我！"

茜达说："我大哥根本不想见到你，还要你儿子干什么？他从来不喜欢小孩子！"

阿·吉脆弱得似乎站不住，她的与身份不符的朴素衣饰使她看上去显得憔悴，她孤傲而不失美丽的面庞上终于落下两行清泪。

妹妹阿·玛姜心疼地看看姐姐，说道："别哭了，茜达会帮助我们找到甲桑的，是吗，茜达？"

茜达却冷冷地说："阿·玛姜，不是我不帮你，我确实不知道我哥哥去了哪里，我已经一整天没有看见他了，不然这会儿他早就来接我回家啦！"

阿·吉抹一把泪水，坚强的神情重新回到眼中。她说："玛姜，看来我们找错人了。"

阿·玛姜戴着的象牙镯子和松石手链在双腕上瑟瑟发抖。

茜达看到这一切，忽然就明白哥哥甲桑的用意了，他带走了乔，现在看来已经是无可辩驳的事实，整个酒馆中，只有她最清楚甲桑带走乔意味着什么，她最了解哥哥，哥哥是从不让希望落空的。她说："我看，阿·玛姜，你应该带你姐姐回家，我这里要关门了。"

茜达推推伏在柜台边上打瞌睡的阿·文布巴，文布巴突然惊醒，他一醒来，马上从腰间拔出六寸长的腰刀，朝麦尔贡挥了挥，说："好，我准备好啦，麦尔贡，该你啦，我说过我要割掉你的耳朵，你等着……"

文布巴说着就轻捷地跃上去，麦尔贡仓皇躲开，他惊得不知道拔出自己的腰刀，只是一个劲地说："文布巴，我们结束了，早就结束了，你不要乱来！"

已经准备离开酒馆的男人们好像被注射了兴奋剂，一下子就激动起来，他们失望的面孔上立刻就升起了挑衅的神采，通红的鼻子在灯光下闪耀着极不寻常的光泽，他们久候的某种事情就要发生了，在每个街头巷尾，这种争斗的焦点往往都是茜达，茜达无处不在，她的魔力使月亮营地里的男子们有理由来制造事端，就像这几年，月亮谷里每年春天开的第一朵鲜花，都是由男子们争斗后的胜利者来摘下献给茜达的，这是男人的光荣，这位胜利者可以据此而夸耀整整一年，他在这一年里可以享有快乐酒馆里靠茜达最近的一个位置。

可是今年这种墨守陈规的规则却发生了有趣的变化，文布巴是摘到鲜花的胜利者，然而茜达却选择从未为她献过鲜花的麦尔贡做了她的未婚夫，这无疑是对别的男子最沉重的打击，尤其是阿·文布巴，但他仍然坚持对茜达大献殷勤，因为他坚信是茜达糊里糊涂地搞错了。

现在，一方是自认为应该是未婚夫的文布巴，一方是已经成为未婚夫的麦尔贡，在男人们高声的呼哨中，杀气腾腾地向对方逼来……

十二、赭色群山

甲桑带着乔，行走在赭红色的群山之间。达佤曲河冬天是冰封的，一到春天，就渐渐变成潺潺而流的浅溪，雨季到来之前，达佤曲河就已经成为锐不可当的激流，在宽阔的河床里，日夜呼啸，奔腾不息。

甲桑穿着麋鹿皮短靴，右边靴后挂着粗糙的铁制马刺。头顶驼色呢帽，长长的头发在帽后蓬松地曲卷着，肩上是一块方形的粗纺大氅。他的那匹名叫罗米的快马在正午的阳光下跑出一种别出心裁的步态，罗米浑身纯黑色，只有眼睛周围是赭黄色，四条修长的细腿上绕着一圈略带暗红的绒毛，仿佛戴着谁也无法模仿的饰品。

快马罗米的步态轻盈中含着高贵，慢慢飘起的长尾犹如一匹闪光的黑亮绸缎，在强烈的光线下熠熠夺目。每当罗米迈出前腿，长尾就像一道闪着水花的浪头，一浪接住一浪，在风中张开，又在风中合拢。

紧跟着罗米的是狼犬沙利。沙利在镇子上的孩子们中早已有口皆碑，它被称作是最凶恶的野种，它虽不伤害孩子们，但它那凌厉的眼神和尖削的嘴巴，却使人们不寒而栗。沙利是罗米最好的伙伴，它们常常沉默地守在一起，一方奔向前时，另一方决不后退，罗米以善良的本质，沙利以凶恶的外貌，有机地统一在甲桑的麾下，只有甲桑，才是它们最引以为豪的主人。

脚下的青草散发出馥郁的芳香。天太热了，甲桑看到坐在前面的男孩头发里冒出热腾腾的汗雾，衬衣后背的肩胛骨之间已被汗水焐湿了。只有小孩子才对气候如此敏感。甲桑心想。天热的中午，他们总是第一个褪去袖子，而到了寒冷的夜晚，他们又会朝有火的暖和地方跑。

乔说："甲桑，你不热么？"

"不。"甲桑仍然板着脸，额上没有一滴汗渍。

乔对他钦佩不已。他望着端坐在大氅里的甲桑，他也想成为不轻易出汗的男子汉，但目前他还做不到。他同甲桑在一起已经待了一天一夜，他觉得自己非常喜欢这个沉默着的男子，他就像父亲一样，有一条直挺细长的鼻子，一双冷峻的眼睛，还有一副傲慢待人的下巴。

甲桑对一切无动于衷，乔猜不透他在想什么，但他确实似乎在想着什么，他一直看着远远的群山，可是目光却空洞无物，仿佛并没有看到眼前的一切，这不由得使乔更加好奇起来。

乔说："喂，我们快走出月亮谷啦！"

甲桑不置可否。随着树影的渐渐淡去，一片开阔的草原出现在眼前。甲桑突然懊丧起来，他不知道出了月亮谷后他们将去哪里。他茫然的目光随着乔的手指望去，天空一片蔚蓝，在与地平线接近的地方，有无数团淡淡的云朵在飘移。

甲桑脱口而出："这是到哪里啦？"

早已兴奋的乔说："过了月亮谷，就快到我的家啦，我就要见到我的庄园了，阿妈知道后不知会怎么样！"

乔的激动实在不亚于前一天甲桑答应带他出门时的样子，他张开臂膀，在甲桑的眼前乱指一通："过了这片草地，就该到章代家的地方啦，章代家的羊群我还认识着，小时候我骑过章代果日，就是我们家的头羊，羊角上挂着红绸子，带劲得很哩！"

甲桑突然感到一阵急促的胸痛，他放开从后面抱着乔的双臂，捂在自己的胸口上。这是怎么回事？他从没感觉到身上有什么不舒服，他这么年轻，身体又好，母亲在世时，所有好吃的东西都会留给兄妹三人的，他是老大，经常打猎贴补家用，这种特殊的锻炼给了他强健的体魄和坚毅的能力，可是今天怎么啦？母亲去世对他的打击虽然非常大，但是他还没有如此感到胸痛过。

蓦然想起昨夜在林子里睡觉时做过的梦，他明明听见自己在不停地打呼噜，可是分明是睡着了，他梦见有人在拼命用刀子捅他的胸口，他痛得不得了，却没有力量拔出自己的腰刀来反抗，那杆月亮营地里最好的猎枪就在身后，可他无法腾出捂着胸口的手去握住它，等到醒来，他仍然感到胸部在隐隐作痛。

现在，他感觉到疼痛的，正是昨夜梦里被击中的地方。甲桑暗暗惊奇，莫非梦是在预示着什么吗？胸痛一会儿就止住了，他被乔的兴奋所感染，很快忘记了昨夜的梦和断断续续出现的胸痛。

在新的一道地平线升起时，随着乔的高声叫喊，一座繁荣的村庄出现在甲桑的眼前，袅袅炊烟缭绕在白杨林的上空，缓坡上的白刺灌木丛散发着诱人的清香，炎炎烈日下，这座村庄所富含的意义比任何清凉都具有诱惑力。

摆脱了胸痛的甲桑这才明白地听到乔一直在叫喊着章代这个名字，这里是乔曾经待了十年的地方。

乔已经从马背上溜下，朝村庄奔去。甲桑从后面看着他。乔有些罗圈腿，但这并未妨碍他，他跑得很快。沙利紧跟着乔。沙利跃起身时，差不多和乔一样高。它显然比乔快得多，却老老实实地跑在乔后面。在甲桑看来，沙利比自己更乐意受到乔的鼓舞，乔拍拍右腿，沙利就绕到了他的右边。他们一同奔跑，乔张扬着头发，而沙利则紧紧地夹着尾巴。

同乐不可支的沙利比起来，罗米就冷静得多，它没得到主人的暗示，就绝不擅自跑动，那条黑缎般美丽闪亮的马尾在不安地抖擞，它知道目的地就要到了。甲桑果然轻轻给它一个暗示，罗米便像箭一样冲向乔和沙利的方向。

正是傍晚，一些牧归的牛羊在圈里发出温饱的响声，鸦雀们也已归巢，只有几个老人还坐在高高的白杨树底下，等着自家的媳妇来叫回去吃晚饭。

乔跑过了坐着的老人们身边。沙利紧跟着跑过去，罗米带着甲桑，也穿过老人们诧异却沉默的视线，朝乔跑去。乔跑向东，又跑向西，终于在一所早已倾圮的院落前停下来。

骑在马上的甲桑敏感地感觉到气氛有些不对，但他并未准确地意识到什么。他下了马，看到兴奋的乔已经变得泪流满面了，不由得问道："怎么，乔？"

乔指指一处塌陷在杂草丛中的残木烂瓦，说："我的家已经不在了，这你看得出来！"

甲桑第一次见到章代头人的庄园。这座庄园虽然变成了废弃的一堆残砖剩瓦，但依然能看出昔日的辉煌和庄严。他忽然想起在月亮营地的集市上听到的传言，一下子惊出一身冷汗：章代已经被占领！自己怎么会忘记这么重要的讯息！

甲桑顿时明白刚才经过村头时老人们沉默的目光。这真是太冒险了。当他下意识地把手放在乔的肩上时，他感觉到男孩瘦削的肩膀正在发抖，有些枯黄的头发被汗水紧紧地粘在他的额头上。甲桑的手指扫过乔的头发，说："会找到的，我想你的家人不会走远。"

他看看长满了杂草的院落，心里有些凄惶：该怎么说服这位章代公子迅速离开这危险境地？

"怎么会这样？"乔哭出声，他常常引以为豪的章代家族现在就在自己的眼皮底下，可这又明明不是他记忆中那副样子，他记忆中那个温暖、富足、充满男性光辉的家园早已不复存在了。

甲桑把男孩搂进怀里。这时的乔，已经不再装成大人模样了，他显得比自己的实际年龄小得多，他刚好被甲桑的灰色大氅裹住，在里面尽情地哭了个够。甲桑的下巴仍然傲慢地朝上举着，但冷漠的眼神里有一些温情在游移。

甲桑拍拍男孩的头，缓缓说道："乔，我看我们该走啦！"

乔抬起脸，那张脸上满是泪痕。"我们只待一晚，求求你，让我们只待一晚吧！"

做出这个决定是艰难的。一旦占领者发现章代头人的继承者就在眼皮底下，那后果实在不堪设想。但是甲桑却无法面对乔的泪眼，他违背自己的意志，答应了男孩的请求。

这是个危险的夜晚。

这一晚，甲桑与乔露宿在这座败落的院墙下。月亮走到中天时，甲桑突然醒来，他发现躺在身边的乔不见了，再一看，乔正站在不远处的一垛残墙边，脸色惨白，神情恍惚，幼小的身体在瑟瑟发抖，两只眼睛呆滞地望着脚下的一块空地。他就站在那里，来回走走停停，不时地念叨着什么。甲桑本以为他睡不着，便走过去想安慰安慰他,当甲桑走到乔身边,拍拍他的肩膀时,才感觉到事情并非想象中那样,乔是睡着的,他站在那里,眼睛里空无一物,但那种悲伤的眼神任何人看了都会起恻隐之心。

甲桑轻轻抱起站着睡觉的乔,把这个突然患了梦游症的男孩抱到铺着大氆的墙角,这是乔该睡觉的地方。可是过了一会儿,当甲桑再一次被一种下意识惊醒时,发现乔又在重复几个时辰前的动作,他依然站在那里。现在月光照不到那里了,那里一片阴影,废墟的瓦砾仿佛一座黑暗的迷宫,乔站在迷宫的中央,被某些特别的梦魇纠缠着,简直快不能自拔了……

当甲桑再次抱起乔时,乔醒了,他不明白自己怎么站在远离睡铺的地方。甲桑重新把他放在灰色大氆上,乔在黑暗中睁了睁眼睛,很快又睡眼蒙眬了,甲桑忍不住问道:"乔,你怎么啦?"

乔迷迷糊糊答道:"我梦见了阿爸,他叫我到他那里去,可我一过去他就不见了,我一直在喊他,他说我把生人带到章代家里,他不高兴……章代·吉跟着阿爸玩哩,我说的是我妹妹……"

乔睡着了,可是甲桑却再也睡不着了,他被一种阴气森森的感觉所包围。那是乔的梦呓造成的结果。他点起烟卷,忍耐着脊背上的冰凉,甲桑就这样被乔的梦境折磨了一宿。快天亮时,那片阴影已消失得无影无踪,代之而来的是一片温暖的、淡蓝色的、看上去一点儿也不特别的碎石烂瓦。

可是甲桑却躺不住了,他被夜里乔的那种怪诞行为所迷惑,他不能再这样躺着了,心里的疑问越来越重,他决心弄个水落石出。于是,甲桑坐起来,在朦胧的光线中,走到乔曾被梦魇纠缠的地方,开始挖掘起来。

起初是碎石烂瓦,后来挖出的土有些潮湿。甲桑觉得自己的手上黏糊糊的,他心虚得厉害。接着,在离地面大约一尺的地方,甲桑挖出了一堆婴孩的骨骸!

十三、左耳朵

夜已很深,月亮营地里的快乐酒馆却充满了热火朝天的气氛,男人们围着麦尔贡和文布巴,女人们已经无力阻止这场酝酿了大半夜的即将发生的决斗了。

混乱中,不知谁把自己的腰刀递给麦尔贡,麦尔贡握着别人的刀子,几个时辰前那种陡然而起的勇气早已烟消云散。通常,总是挑起决斗的人在心理上占有优势,被动地接受决斗的人如果没有良好的心理素质,难免会落入对手布置好的重重圈套中,先被那种挑衅的气焰所吓倒。

几个时辰前麦尔贡是挑战者,那时他是酒店里饮酒最少的一个,他头脑清醒,在心理上做好了准备,身体的协调也达到最佳状态,可是他准备好的一切却在茜达的一句质问下土崩瓦解,茜达所问的正是他试图通过武力来证明的答案,既然茜达已当众表明立场,那么麦尔贡的决心和勇气便在宽宏大量的和解中松弛下来,他为自己还没有决斗就已经取得胜利的结果而开始狂喝滥饮,一直到他醉眼蒙眬、拿不住杯子时候,文布巴忽然令人惊讶地向他提出了决斗的挑战!

文布巴说:"以阿这个姓氏的名誉!"

他这样说,自己先"哗哗"大笑。对他而言,阿家既不使他感到光荣,也不使他感到耻辱,只不过他因为是阿家公子而有钱可以理直气壮地进入酒馆寻欢作乐而已,他可以用钱买来美酒和女人,他的生活里不能没有这两样,除此之外他对任何事都毫无兴趣,他在美酒和女人身上所花费的钱财足以买下十个快乐酒馆,他这种挥霍的态度常使老阿·格旺大骂其败家子。现在,这位败家子正准备用生命来换取月亮营地里最漂亮姑娘的钟情了。

文布巴笑得上气不接下气,他手里的腰刀仿佛是个摆投,他不当回事地晃来晃去,直晃得麦尔贡眼前一片白光。刀子的寒气便在文布巴的笑声中袭击了麦尔贡身上的每一块肌肉,麦尔贡在极力推托文布巴的挑战,他摆动双手的同时,轻易地后退了几步。在酒馆中央的两根立柱之间,文布巴早已占领了地理的优势。

由于麦尔贡的后退,围观的人开始发出嘲笑的嘘声。茜达被堵在酒柜里不能出来,她大声叫着麦尔贡的名字。她第一次见到他拿着腰刀跟人决斗,她心里明白,他没有决斗的经验,也没有决斗的凶狠。麦尔贡一开始时的挑衅使她大吃一惊,在她看来,他根本不是文布巴的对手。

文布巴天生就长着一副打架的身体,种种艰难的、对他极为不利的形势,都会被他成功地摆脱,他最终成为月亮营地里第一流的高手,绝非偶然。所以麦尔贡最初的挑衅不战而胜的结果是一个少见的机会,茜达认为麦尔贡应该尽早急流勇退,赶快离开快乐酒馆。谁知麦尔贡被喜悦冲昏了头脑,他要来大杯喝酒,高声大唱下流小调,根本不领会茜达急速转动的眼神。麦尔贡尽情享受着美好的夜晚,茜达终于绝望地看到文布巴的挑衅,她知道麦尔贡已无可救药。

阿·吉俩姐妹在阿·格旺的深宅大院里长大,从未见识过荒野街巷中男人之间的挑衅流血,此时她俩眼睁睁地看着自己的兄弟文布巴在酒馆里出尽风头,她俩喊破了嗓子也无用,只能暗中恳求上天保佑文布巴。

阿·文布巴仍在纵情大笑,他的醉酒后的各种无耻行径令大家深恶痛绝,但是他此时的大笑却激起众人的兴奋,他那种把决斗当儿戏的模样是他们的开心钥匙,他们同他喝酒的唯一乐趣便是激怒他,然后看他怎样站在众人的中央,怎样抽出腰刀,怎样巧妙地、不费力气地取得胜利。

麦尔贡茫然地看着文布巴的腰刀在他眼前晃出的一片白光,心中没有一点儿谱。他毫无准备地拿起刀子,两只软绵绵的臂膀仿佛要去拥抱情人,形成一个温柔的圆环,尽管他万般不情愿,到此时也没有回天之力了,他只有挺身迎战,像个男人一样,让自己的刀子沾上情敌的鲜血。

文布巴根本没有听到姐姐与妹妹在耳旁的叫喊,他微微弯下脊梁,眼神中流露出好斗的凶光——好,现在,他又是一个站在决斗场上的英雄好汉,令月亮营地里的懦夫们闻风丧胆的铁骨勇士,他正是以这样的本色战胜了无数对手。麦尔贡在他眼里,只不过是一个让他大展技艺的最佳人选,他要在麦尔贡的身上舞弄出几个令大家眼花缭乱的潇洒俊美、准确无误的姿势,他是月亮营地中的斗士之王,他将永远保持这个光荣的名誉,这是他最看重的。

麦尔贡在决斗之前最后看了一眼茜达,那眼神里充满了绝望与求助,那位他准备娶来做新娘的姑娘,就要在他的无能下被人夺去啦,她那双绝世无双的美目正惊恐地望着麦尔贡,她太了解他了,她知道他将在这种无法挽回的局面中,在文布巴冷酷矫健的身躯前,令她大失所望。

可是聪明的麦尔贡突然读懂了姑娘的眼神,突然就明白了自己的处境,他从狂喝滥饮的醉酒状态中突然清醒,刹那间变得警觉起来。但是现在他后悔已晚,况且他没有足够的智慧摆脱文布巴,更不能放下腰刀乞降,但他受不了让茜达在惊恐中等待事情的结局,虽然他还没来得及了解这个姑娘的内心,没来得及得到姑娘的温存,但这早已注定的婚姻事实却已经深深地铭刻在他的脑海中,她将是他的新娘,月亮营地里最美的姑娘,将是他的新娘。

麦尔贡的天葬生涯已经开始很多年了,但直到今天为止,他还是第一次拿着刀子面对一个活人。而且这个活人并非等闲之辈,而是镇子上最大的富豪阿·格旺的公子,臭名昭著的阿·文布巴。此人没有过一次失败的记录,更没有一个人能从他的刀下轻易躲掉。文布巴最大的特长,就是在对手身上留下一个永远也无法洗掉的记忆,要么是脸上,要么就是男人们常常袒露的右臂上。

麦尔贡突然清醒了。他开始清醒地面对文布巴，因为他不想带着伤疤同茜达结婚，伤疤本身对男子并不是耻辱，但当这伤疤是情敌的刀子所为时，那才是一个男人的最大耻辱，体面的天葬师麦尔贡是不能让这样的伤疤留在自己的身上的，他宁愿奋起还击。

就在文布巴得意地晃着腰刀、粗心大意地放过了麦尔贡转瞬而来的激情时，麦尔贡那张脸在白光中变得更加煞白，他的勇气便在这一瞬间诞生，只见他趁文布巴扬头大笑时，忽而窜上去，朝对手的下巴一拳猛击，文布巴在仓皇中应接不暇，他的腰刀并没有在关键时刻派上用场，而是在趔趄中掉在了地上。

这一记猝不及防的拳头把文布巴的矫情打了个落花流水。热切地等待着高潮的观众立刻不失时机地大声吆喝起来。他们的吆喝无疑使文布巴恼羞成怒，他的没有一次失败的光荣记录面临着最严峻的挑战，是立刻还击，还是经过冷静的思考后再投出致命的撒手锏？被打的文布巴紧张地瞪圆了猩红的眼睛。看来，麦尔贡并不是自己想象中那样好对付。

麦尔贡看到欲置自己于死地的对手的腰刀已经砰然落地，他的男人的虚荣立刻占了上风。毫无疑问，麦尔贡与阿·文布巴的较量已经变换了劣势与优势，麦尔贡从一开始的劣势刹那间就转成了优势，在这种优势中，他的虚弱的腰背挺拔起来，他大度地扔掉手中的刀子。现在，他同对手一样没有武器了。男人应该在平等的条件下对付对方，这样的胜利才是真正的荣耀。

文布巴在麦尔贡强大的攻势下已经来不及考虑什么了，他在手中空无一物的状态下不再哈哈大笑，他只能凭借腰刀的威力才能发挥自己的凶猛，可是腰刀已不在手上，他那阵笑声犹在酒馆上空缭绕，仿佛一个虚幻的梦境，根本和他目前的窘况无关。文布巴面红耳赤，他不能容忍有人胆敢打落自己的利刃。

这回轮到麦尔贡笑了。他面带微笑，身体却警惕地同对手迂回在空地间，他的耳朵里清楚地传来茜达的欢呼声，也清晰地听到阿·吉姐妹俩的尖叫，但更多的是男人们怂恿的、恨不能插手趁机痛打失败者的嚣张的呼啸。他们围着决斗者的圆圈越来越小，直到那圆圈小得不能使两个对手尽情发挥拳头时，忽然不知谁的手把麦尔贡朝前推了一把，与此同时，也有人推了文布巴。

麦尔贡和文布巴莫名其妙地拥在了一起，开始将错就错地朝对方身上击出效果不明显的拳头，两人又撕又打，就像两个为了糌粑分配不公而打架的小男孩，双方都被对面离得太近的眼睛搞得稀里糊涂，文布巴自认为从没有像今天这么窝囊过，他狰狞着脸，却在这种可笑的局面中丝毫使不上力气。

麦尔贡的面孔在微笑中凝滞了，他感觉到文布巴粗糙的拳头击来的疼痛，他毫不犹豫地将自己曾经在天葬台上大显身手的双臂朝前挥去，他知道他打中了，也知道这次击打并未使对方产生铭心刻骨的记忆。他俩就这样徒劳地、精疲力竭地挥动着渐渐无力的拳头。

就在这时，人群中忽然起了一阵强烈的骚动，有人故意在混乱中使用了拳击和脚踢的功夫，这一下整个战斗形式发生了戏剧性的质变。人们不再把注意力放在文布巴和麦尔贡的决斗上，而是立刻抓住时机，朝站在身旁看热闹的酒友发起了进攻。刹那间，快乐酒馆里酒瓶乱舞，木凳乱飞，袭击者和被袭击者都在嗥叫中得到了最大的满足，找到对手的和正在找对手的斗士使快乐酒馆一下子便成为一个永远也无法模拟的战场，他们在这个战场中尽情地拳打脚踢，把认识与不认识的人都打倒在地。

这是快乐酒馆自开业以来的第一个快乐高潮，每个客人都在其中乐此不疲地消化着酒精给予的激越、热烈、纵情和忘乎所以，他们把这次战斗的肇事者忘了个一干二净。直到这场混乱的打斗足以把每个人的拳头发挥得淋漓尽致的时候，才慢慢停下手来。

此时，尽兴而止的人们惊奇地发现文布巴已经伏在酒柜上睡着了，而躺在地上的麦尔贡晕了过去。只见麦尔贡的左边脸靠在一堆血泊中，那只被茜达称之为最爱的左侧耳朵，早已在混战中不翼而飞……

他将把她带上马背
朝着前定的方向飞奔

第四章

十四、外乡人

茜达尚在酒柜里侧,她看到众人退去的空当中,麦尔贡仰面躺在地上,脸庞朝向左侧,脸下漫漫渗开一汪鲜红鲜红的液体……

茜达尖声叫起来……

酒馆内狂乱的斗殴便在这声尖叫中停止了。阿·吉姐妹俩早已护在阿·文布巴的身旁。她俩同时注意到事态的严重性,而且同时认定这事态是文布巴一手造成的。

阿·文布巴似乎还未从醉意中彻底清醒。他挥舞双手,仍然沉浸在刚才那阵混战的快感之中。他大张嘴巴,种种莫名其妙的怪声乱叫便从他那大张着的嘴巴里倾泻而出,充斥于酒馆的各个角落，使人毛骨悚然。

那些混战的男人们听到茜达的尖声一叫，立刻从勇士的好梦中恍然惊醒。他们很快看清局势，纷纷丢下武器。怦然落地的有腰刀、酒瓶、木凳腿和甩石索。

现在，这座刚刚混战过的酒馆里，所有真正参加战斗了的男人都放弃了武器，只有一人除外。

这是一位男子。这男子高个儿，身穿紫羔皮衣，腰间紧紧束着一条暗色的带子，头上是一顶压得很低的灰色宽檐帽，脚上是一双短腰鹿皮靴，他的身上佩着一把不带任何装饰的七寸腰刀，此时此刻，这把腰刀在快乐酒馆里有着不同寻常的意义。

茜达也看到了那位男子，同时看到他身上的佩刀。她看看他，再看看酒馆的木栅栏。

男子正斜倚着一张酒桌，手里举着的杯子里还有半杯浓浓的青稞酒，泛着乳色的光泽，这是快乐酒馆里特有的、任何别的酿酒人都无法模仿去的光泽。那男子就在这样一种光泽里，正逸然自得地品尝着佳酿。

茜达的惊讶和愤怒达到极致，她一点儿也不记得自己曾给这个陌生人倒过什么喝的。她说："你！怎么进来的？"

她的意思是说，她作为主人，没有听到木栅栏的响声，这位陌生人就居然站在她的地盘上喝酒，简直就是非法侵入。

被简单地称作"你"的男子抬起眼睛。那双眼睛很耐看，有一种特殊的魅力。他大约三十岁，但看上去要显得老成一些，眼睛里的明澈清光才能暴露他的真实年龄。

酒馆里已静下来。刚才还在彼此乱打的男人们松开紧握的拳头。从所有人的表情看去，他们中间没有一个人认识这个突然出现的男子。无疑，他是一个外乡人。

他说："我只是路过。"

茜达茫然四顾。她早上精心梳过的头发早已乱得不成样子。她说："这个外乡人，他叫什么？什么路过？"

"就叫我外乡人好啦。"那男子一边呷口酒一边说，"姑娘，我走南闯北，还从没有喝过像你酿的这么好的酒呢！"

突然茜达被点燃了，她蓦地扑上前去，喊道："一定是你害了麦尔贡，我的未婚夫，一定是你割了他的耳朵……"

她扑将上去，与外乡人扭打起来，外乡人不慌不忙地接住，他似乎早就明白终会有这么一刻，他等着的，也似乎正是这一刻。他们扭在一起，彼此抱着胳膊，挣扎，愤怒，转了一圈又一圈，可是不知怎的，他们扭打着，看上去却像是紧紧拥抱着，面孔紧紧贴着面孔，双臂紧紧搂着双臂。茜达看上去有气无力，又义愤痛绝，但她开始的那种大吵大闹，和后来那嘟嘟囔囔的抱怨，不知何时统统化作乌有。他们紧紧抱在一起，最后，茜达气喘吁吁地倒在外乡人的怀里，结束了他们滑稽的扭打。

众人看得目瞪口呆，当最后一幕毫无遮拦地进入大家的眼帘时，终于有人嘘起来。接着，欢快的、幸灾乐祸的、恶意的口哨声此起彼伏，只有昏迷的麦尔贡和醺醺然的阿·文布巴除外。

已经没有人记得这是怎么开始的了，他们只知道接着往下进行，只知道在这场战斗的挑起者麦尔贡和阿·文布巴还没有苏醒之前，仍有没完成的事情要接着来。

护着弟弟的阿·吉面色苍白，众人隔开了她与外乡人及茜达的扭打场面，但她看得比谁都清楚。她暗暗叫了一声天！

在大家的嘘声中，茜达与外乡人似乎都早已置身事外，他们紧紧拥抱着，紧紧盯着彼此近在咫尺的眼睛，这是怎么开始的？这将怎么结束？

茜达不知不觉间抬起下巴，高个子的外乡人，紧搂着月亮营地里最美的姑娘的外乡人，毫不迟疑地把嘴唇低下，当众吻了茜达。

众人大哗。帽子与围巾顿时飞扬起来。铺天盖地的还有飞溅的酒水。酒馆里充满了纸烟造成的雾霭。呼啸声中，那种酒精所不能达到的激越和冲动已使人们如痴如醉。他们尽情狂呼，尽情把酒水高高抛起，把热情的双臂拥向周围的面孔。那些他们刚刚打过的面孔，现在看上去却那么亲切，那么牵动男人的心肠。这是一群心有灵犀的男人，他们在感情的表达方面的确有着不同凡响的共同之处。

阿·吉终于不能坐视了，她上前拉住外乡人的胳膊，说道："你不能这样……"

正在用劲吻着茜达的外乡人被迫停下来，他那双看上去有些不满的眼睛漠然盯着阿·吉，他说："这位夫人是谁？"

外乡人说话的语气里含着嘲讽，那种只有阿·吉才能听得懂的嘲讽。但是阿·吉似乎已经顾不得这种侮辱了，她结结巴巴地说:"你不能这样……"

"想不到这位夫人只会说这句话!"外乡人说。他毫不在意地笑着,胳膊弯里躺着茜达。茜达好像已经昏了过去,她一点儿也没有听见别人在说什么笑什么,她只知道自己在沉下去、沉下去。

外乡人看看胳膊弯里的女子,他已经从疯狂的热吻中清醒,他冷冷地说:"看来我得把她送回家,这费不了多大劲!"

阿·吉的嘴唇哆嗦着,她说:"快走吧,离开这儿,这里不是你的地方。"

"这得我说了才算!"外乡人又笑了。他的冷漠使他平添一种英武之气,即使笑着,也让人有点儿生疏之感。要不是他的帽子压得太低的话,人们可能早就看出他压在热情的面孔之下的冷漠了。

"好啦!"外乡人朝大伙儿看一眼,又说:"请你们照顾那两个人吧,我带这位姑娘先走一步。"

谁也不明白他在说什么,因为没有人知道他将把茜达带到哪里。茜达是属于快乐酒馆的,难道他不明白吗?但是现在没有人提到这一点,大家只知道这场午夜发生的好戏已经收场了。任何好戏都会收场的。在月亮营地,只有茜达永远是戏中的女主角。

高个子的外乡人扶着茜达,于众目睽睽之下走向木栅栏,那声大家十分熟悉的木栅栏发出的尖利叫声使外面的夜空不再静谧。紧接着,男人们听到了一阵轻快的口哨乐曲,那无疑是外乡人的声音。

阿·吉依然愣在那里,直到阿·玛姜喊着她的名字,她似乎才清醒过来。阿·吉的表现并未引起人们的注意,他们的注意力全都集中在那外乡人的身上。在他们议论纷纷的时候,阿·吉和阿·玛姜姐妹俩把迷迷糊糊的兄弟阿·文布巴扶出了快乐酒馆。

酒馆里已经静下来。酒桶不知什么时候空的,人们拿着空酒杯找不到该添上什么。有人终于重新提起被冷落多时的麦尔贡,他仍然躺在酒柜旁,已经苏醒了。

"喂,瞧啊,没有耳朵是什么样子!"

麦尔贡坐在地上,摸摸鲜血淋漓的左边面颊。他刚刚从噩梦中醒来。当他从痛楚的、失过血的噩梦中醒来后,发现身边没有一个善意待他的朋友,周围有的尽是捉摸不定的、心怀恶意的、纵酒斗殴的饭桶们。

他伤心起来。脸颊上的血已经变成黑色了。父母曾赐给他完美无瑕的身体,可是现在,他身体上的一部分已经永远失去了。将来,他怎么对逝去的父母亲交代呢?他痛楚地喊道:"求求你们啦,帮我找找我的耳朵!"

男人们笑起来,他们开始打着呵欠,用巴掌拍拍自己的头发,或是揉揉眼睛,没有一个人愿意帮助麦尔贡。

伤心着的天葬师麦尔贡被自己的血吓住了。他见过的血可真是太多啦,老人的,孩子的,男人的,女人的,瘦人的,胖人的,可他没见过比自己身上的血更红、更残忍、更无法忍受的了。他简直要疯了。啊,天啊,茜达会怎么想呢?他摸摸索索地站起来,仿佛失去的不是耳朵,而是除了耳朵之外的一切。

"我永远也找不到它啦!"麦尔贡四面张望,伤心至极。

有人打趣道:"天啊,谁让我们的天葬师成了这副模样?"

"哎,说说看,真的,到底是谁?"有人则认真地问。

这个问题还真把人问住了。没有人注意到当时是谁的刀子剀走了麦尔贡的左耳,那时人们都处在疯狂的战斗欲中,每个人都在忙着打自己的对手,他们的全部精力都用在对付刚刚还在相拥而饮的左邻右朋的攻击上,他们正得心应手地尽情发挥着自己的拳头、腰刀和别的武器。谁也没有及时发现麦尔贡已经躺倒在酒柜的一旁,直到茜达的那声尖叫把大家从狂热的战斗中惊醒为止。

"是谁?"麦尔贡也茫然地问道。

大伙儿面面相觑,没有人能证明天葬师的耳朵是被某某剀下的。麦尔贡此时还天真地以为哪位朋友在同他开玩笑把他的耳朵给藏了起来,他央求道:"快拿出来罢!"

酒友们这才低下头去,认真地在地上找寻着那只耳朵。有人找到了,它在酒柜的下面,被一位大男人的靴子一脚踢了出来。

麦尔贡疼痛地喊了一声。他拿起自己的耳朵,那是个已经失去生命的东西,白白的,没有血污,刀口准确平整、光滑无比,是很锋利的刀子干的。耳垂上有个细长的小眼儿,是很小时母亲为让他戴耳环扎的。他想起来了,他是戴着耳环来到这座快乐酒馆的。可是现在耳环并不在耳垂上。那是只镶着绿松石的银耳环,是茜达送给他的。茜达曾说,女佩金男佩银……

麦尔贡捧着丢掉了耳环的耳朵,绝望地朝四面看了一眼,他喃喃地说:"真对不起,茜达,耳环丢啦……"

他的酒友们"哄"的一声笑起来。

"茜达?茜达已经不是你的茜达啦!"

麦尔贡也立刻发现了这个严峻的事实,茜达并不在酒馆里,不在的,还有阿·文布巴。

"狗东西文布巴,他就知道乘人之危……"麦尔贡恼怒道。

"不是文布巴,你又弄错啦,你怎么总是弄错呀?"一张快嘴嬉笑着说,他并不是想激怒麦尔贡,只不过他习惯于捉弄从幸福的巅峰上掉下来受苦的人。

麦尔贡又不明白了,他在不知不觉间跟上了别人的思维。

"还会有谁?!"

他的自信早已被人打得七零八落,连同左耳一样不再属于自己,他不能再承受什么坏消息了,他已经快疯狂了。

"快说!什么意思?!"麦尔贡吼道。

"嗨,你急什么?不就是个陌生人么?我们都不认识他。"

麦尔贡暗想,这下可真完啦。

十五、骨　骸

甲桑站在朝阳下，清晨的凉风袭上他的面颊，他望着自己的脚下，脚下是那座他刚刚发现的婴孩的骨骸。

这是一个好天气。晴空万里，远方的雪山在朝暾中飘逸着清新亮丽的晶莹。徐徐的凉风袭来，在这片瓦砾残砖中，甲桑脊背上的热汗已经凉却，他背对朝阳，脸上带着昨夜失眠的困倦和忧悒。

我的手已经接触过了。

他想。他的双手在屁股上擦了擦。刚才用过的锹子已经腐锈了。他用它很费劲，可还是挖了出来。他不知道自己是否就想要这个。这是什么？他想要这个吗——一个婴孩的快要烂掉的骨头！

他看看锹子，又擦擦手。这把锹子本来就在这座破败的院子里，他用它打开了昨夜一直搅扰着他的秘密。或许，那个人当时正是用这把锹子埋藏了这个秘密吧？那个人是谁？那个人有着怎样的双手和心肠？

他一向相信自己的直觉。

他重新低下头，仔细瞅瞅那堆骨骸。骨骸呈月白色，很干净，是那种尚处在不会说话的小孩子的骨头。大约骨髓已经干枯了。看上去很单薄。甲桑想，它看上去很单薄，是男孩，还是女孩？

甲桑在心里已经想着它是女孩儿了。女孩儿的骨头就在眼前，但还是难以想象她活着时候的容颜。骨头是死的，没法设想血肉丰满的样子。

他只看到了几块这样的遗骸。他不想再挖下去了，他知道那女孩儿的头颅就在下面，但他不想再抓起锹子，把那具头颅挖出来了。

他的双手已不知在那条粗糙的裤子上擦过多少回了，有些火辣辣的。他喜欢自己的手干干净净的，他有这样的习惯。从前他总有别的法子让两只手保持干净，可是近来他这样擦手的次数却越来越多了。这种时候不会长久的，他想，用不了多久，自己总会回到从前的习惯中去。

甲桑这样想着，又看看那女孩儿的骨骸。或许这只是个开始吧？

正在胡思乱想的甲桑被身后传来的声音吓了一跳，他掉头一看，是乔。不知什么时候乔已经站在甲桑的身后了，甲桑看到的乔满面尘土，眼睛里流露着惊慌，那块褐色的大氅还斜挂在他的肩头。

甲桑说："怎么，醒了么？"

乔看着甲桑的前面，他说："你在干什么？你挖什么？"

"乔。"甲桑说，"我只是睡不着……"

男孩根本没有听甲桑在说什么，他已经走到甲桑挖的土坑前，脚下踩着堆起来的瓦砾，站不稳的样子。他看见了骨骸。

甲桑又说："有把锹子在这儿，都快锈烂啦！"

乔的眼睛一眨不眨地望着那几根白灿灿的骨骸。

甲桑不再说什么，他重新抓起锹子，走上前，准备掩埋掉在阳光下看起来有些残忍的东西。自己本不该把它们挖出来的。这简直有些莫名其妙。

乔突然俯身上去，他的头几乎快要挨到土坑了，那块大氅已经拖在地上，他的后背正好挡住甲桑的视线，甲桑看不见他的面孔。

乔说："你看，甲桑，你都干了些什么！"

甲桑不明白他在说什么，但他马上知道这与乔有关系，莫非这骨骸真的是乔梦游的原因吗？在这之前，他并没有发现乔是个患有梦游症的孩子。

甲桑拿着锹子，说："好啦，乔，走开，让我埋了。"

乔伏在坑边，他在甲桑全然没有反应的情况下，迅速地伸手抓起了其中的一根白骨。那是一根胫骨，已经完全与其他部分脱离了。

乔牢牢地握着那根胫骨，回转身来，说："你是怎么知道的？"

甲桑立刻明白遇上麻烦事了，他看着突然沉静下来的乔，说道："你昨晚梦游来着，我看到你朝这边走……"

乔说："你撒谎！我不可能朝这边走的！"

甲桑不知该说什么。他拍拍乔单薄的肩膀，然后把大氅披到他身上。说："乔，如果你不介意，可以和我说说。"

乔一扭，挣脱了甲桑披给他的褐色大氅，声嘶力竭地说："真的吗，甲桑？我真的到这里了吗？"他的少年的眼睛里充满了悲伤和哀怨,面颊上也似有似无地刻着记忆留下来的伤痕。

啊,我又到这里啦!我又不放心啦!不管我到哪里,章代·吉,我的妹妹,我都不能抛下你啦!

甲桑小心翼翼地望了一眼乔,再望望深深地沉在地下的那具骨骸,说:"你不想谈谈就算了,不过,你什么时候想谈都是可以的,我永远是你的朋友。"

他说完,便转过身去。他想离开这儿了,他不愿意再这样被这些莫名其妙的事情纠缠不清。正在他离去的时候,忽然听到乔的声音,乔说:"请你等等……"

乔紧紧握着那根看上去有些令人不安的白色胫骨。他身上那件干净的皮衣经过这几天的长途跋涉已经显得有些肮脏了。但他仍然是个清洁的男孩,他眼睛里闪烁着明亮的光芒,那种只有年轻的心灵才拥有的光芒。乔是个沉默的男孩。如果妹妹章代·吉还在的话,他一定生活得比现在更快乐。

"甲桑,你是我的朋友吗?"乔迷茫地问道。

"当然!"甲桑诚心实意地说。他知道自己说的是真话,也明白站在对面的少年听得懂。

"甲桑,你是明白的,如果一个人爱自己的妹妹的话,他是不放心她一个人留在别的地方的,我跟你说过她吗?"

"没有。乔,你没有跟我说起过她。"

"大概是吧,可我觉得我已经说过一百遍一千遍啦,她是个漂亮的小女孩儿,名叫章代·吉,跟我母亲同名,但姓是我父亲的姓。能姓章代,这多好啊。她是姓章代的,她自己很乐意。谁也不能不让她姓这个姓,她常常也这样叫这个名字,章代·吉,章代·吉,多好听的名字。可是她已经有很长时间不出声啦。我听不到她在说什么,已经很长时间啦……"

乔梦呓般地说。他慢慢地蹲下去,紧紧搂抱着那支胫骨。他把胫骨安全地放在怀中,仿佛生怕什么人会把它夺去。他那么蹲着,样子楚楚可怜,他弱小的身体在朝阳下显得更加苍白。是的,他在梦呓,那个噩梦已经折磨了他很多年,直到今天,他还不能从噩梦里走脱。曾有一段时间,他以为自己走脱了。可是现在,他又回到这阔别很久的家乡,回到产生噩梦的地方。他回来了,噩梦紧接着也来到他身边,它是不想让他忘怀的。噩梦这东西,是不想让人忘怀的。

乔梦呓般地说,他说起从前,说起小时候,他同妹妹章代·吉常在一起玩耍,直到有一天,他背着她,把她放在自己家院子的井台边,他对她说:"妹妹,你等着我。"他说着,返身到屋里取一些油炸果子。那是他为了讨她欢心去取的。章代·吉最爱吃的不就是油炸果子吗?但是当他回到井台边时,却看不到妹妹了。那时,部落里的每一个人似乎都在窃窃私语,议论是他使妹妹掉下了深井……

这是怎么了?他常常把妹妹放在井台边的呀,章代·吉总是好好地待在那里等他回来的呀,可是今天这是怎么了?

母亲哭泣着。父亲不知去向。在他看来,本是一个完美和谐的家庭,此时只剩下痛苦的外壳。乔并不知道是战事来临之前的紧张抓住了每个家庭成员的心。有人把章代·吉埋在了山上。乔常常到山上看她，和她聊天。可是没过多久，乔就有些不放心了，他总疑心有人会使妹妹感到不安全。他为她担心，可是他没有办法，因为她在山上，离自己太远了。后来他就有了一个好主意，他把她从地底下取出来，然后把她埋在自己家的院子里。

好了，这下放心了。再也不会有人伤害章代·吉了，没有人能在乔的眼皮底下伤害她，他每天都同她待在一起。时间过得真快，如同从前一样了。他笑着，排斥邻家玩伴的友谊，排斥与章代·吉无关的任何游戏。他只属于章代·吉，章代·吉也只属于他。

可是后来，母亲终于发现了儿子的秘密。她的任何苦劝和声色俱厉都无济于事。乔始终无动于衷。每当母亲转身离开，就总有章代·吉会在黑暗的地方安慰他，她说：哥哥，别伤心啦……

后来，乔在不明白原因的情况下，被母亲带回月亮营地，离开生活了近十年的章代家族。乔哭别了妹妹，漂亮的章代·吉，别了，妹妹，我还要回来，等我找到新的地方，我马上回来接你……

好了，现在，我回来接你啦，真抱歉，我差点儿忘记你，要不是甲桑带我回到章代，我就要忘掉你啦，章代·吉，漂亮的妹妹，跟我走吧……

甲桑看着他，这个自称章代·乔的男孩。这个姓氏为什么对他那么重要呢？他是不喜欢别人称他阿·乔的，他明白自己姓章代，并且出于某种原因而感到非常自豪。

甲桑问道："你喜欢章代这个姓是吗，乔？"

"是嘛。"乔说，"我流着章代的血嘛！"

惊异的甲桑停顿了半晌，不明白对面的小脑袋里究竟有什么不可知的东西。

那把锹子仍然躺在脚下。甲桑想到那把锹子可能正是乔用过的。乔用这把锹子的时候是想着妹妹的。他存在于章代·吉的世界里。那是个美好的世界，拥有心爱的人，便拥有一切。

甲桑艰难地说："乔，其实你是个幸福的男孩，你不觉得吗？"

乔抬起眼睛。那双转动着泪水的眼睛看上去有些晕红，但那并不妨碍他的俊美。他是个俊美的男孩。如果甲桑认为他幸福的话，他会认真回想一下的。

"现在是的，我是幸福的！"回想了一下的乔说。

甲桑咽回他想要说的话。他突然想知道有关乔的一切了，他开始关心他，开始对他的生活感到好奇，对那头有着乌黑卷发的男孩有了新鲜的感觉。但就在这个时候，他的理智蓦地起作用了，它告诉他不必拥有关于这场赌博之外的情感，这对自己没有任何好处。

于是甲桑咽回了想要说的话。几天的流浪使他有些疲惫和憔悴。他累了。他甚至忘记了把乔带出月亮营地的目的。他是为什么来的？伤心着的乔与他有什么关系？章代这个姓氏，对自己有什么意义？

他什么也没有。他是什么也不会得到的。甲桑低垂着脑袋，忽然烦恼起来，原来不是这样的，他带乔出来，并不是为了喜欢上他，这个男孩只不过是张赌牌，是这场赌局中的一个砝码，他带着他，信马由缰，为的是等待一个适当的机会。

可是现在却全变了，他竟然会听凭乔来到这个叫作章代的地方，竟然意会了乔的梦呓，帮他做了一件莫名其妙的傻事，让那脏兮兮的铁锹污染了自己的双手。甚至，最糟糕的是他甚至满怀着慈父般的心情喜欢上了面前这个眼含泪水的男孩。

甲桑叹息着，从腰间摸索出一支纸烟，点上。可是他瞬息间似乎忘了吸它，纸烟很快就灭了。

章代这个地方是个什么鬼地方呵……

甲桑说："乔，我看我们回去怎么样？"

乔重新抬起脸庞。那是一张充满了信任的脸庞。他点点头，说："真对不起，甲桑，要不是我想到这里来，你、沙利，还有罗米，都是不会来的。"

"当然可能是这样。"甲桑含含混混地说。

乔仰望着他，说："谢谢你！"

"啊！"甲桑转过身去，他无法面对感谢他的乔了。

乔看看不远处的罗米，卸了马具的罗米正在安安静静地吃草，而沙利总是绕着它跑来跑去。

朝阳正在升起。可是村庄里并没有飘起炊烟。远方的黛色青山已慢慢变成绿色。暖洋洋的空气迎面袭来。这个部落已经死去，因为既看不到人走来走去，也看不到牛群和羊群。

乔固执地重复道："我得谢谢你，甲桑！"

"嗨，可能是你和罗米已经成了好朋友的缘故罢，不然它怎么会带着我们大家到章代呢？所以你不用谢我，应该谢罗米。"甲桑故作轻松地说。

他想，这倒是真的，并不是自己指引罗米到这儿来的。他真的是信马由缰，因为他的目的不在于出走的目的地，而是出走的时间。他在这段时间带乔走得越远越好，目的地并不重要。可是，他怎么偏偏来到章代了呢？大约是罗米鬼迷心窍了罢！

乔仰望着他，郑重地点点头。他是信任甲桑的。从一开始起，甲桑就使自己想起一个人，一个曾在他的生活中很重要的人……

乔忽然说："你知道你像谁吗？"

"谁呢？"甲桑不明就里，但他已经不再想了解什么秘密了。

乔似乎明白了他的意思，没有再接着说下去。他仍然蹲在那座在天亮前掘开的坑边，褐色大氅已掉在他的脚下，他的双腿已经麻木了，可他还是不愿意离开。

暖暖的阳光照在甲桑的脸上。暖暖的。他的心里就暖和起来，一种柔软的情感拂过他的心灵。他以那么柔软的目光瞧着乔。这个已经离家很久了的男孩，是不是该回去了呢？

"乔，你看咱们回家怎么样？"满怀柔情的甲桑便说。

乔说："我想我到这里来的目的就是想看看章代·吉的，现在我已经看到她啦，当然要回去，我还要带她回去呢！"

这时，甲桑似乎已是一位纵容儿子随心所欲的父亲了，他面孔慈祥，心里填充着柔软的情感。所以尽管他听到乔的回答后非常吃惊，但仍然不由地说："好的乔，你想怎么样就怎么样。"

甲桑扶起乔。乔感激的目光恐怕是甲桑永远都难以忘怀的。甲桑重新把大氅披到乔的肩头，说："你收拾一下，我去给罗米戴上肚带，然后我们就上路。"

"好的，上路，这句话真好。"

乔一边说，一边看看那片坑地，接着说："好的，章代·吉，我们这就上路。"

随即，这个男孩便央求甲桑帮他缝一只特别的布袋子。他现在已经知道甲桑对他有求必应。他说他不放心章代·吉一个人留在这片荒芜的院子里，他要带她离开这儿。

甲桑递给他一只布袋子，白色的，那是他打猎时装干粮用的。他看到乔仔细地把那根白色的胫骨装进袋子，那是章代·吉的胫骨，那漂亮的女孩儿的胫骨。

十六、阿家大院

阿·格旺派出的家丁一个个无功而返。他们没有得到任何有关乔的消息。阿·格旺大发雷霆之余，又一次只身来到后院的牛棚里。

那头白尾牦牛已被单独圈养。它被收拾得干干净净，身上的皮毛油光闪亮，眼前堆放着上好的草料。

"我不知道该怎么做。"阿·格旺瞧着它，心里摸不透它的脾气。

白尾牦牛静静地反刍着，它根本不在乎是否有人在观察自己。

阿·格旺来了气，一屁股坐在对面，臃肿的身体使他难受得要命。"这不是我想要的。"他气呼呼道，"这你知道。你什么都知道，可就是不肯开口告诉我。你一贯如此，让事情到了不可收拾的地步，好让我难堪。"

一切都是你自己的错。

白尾牦牛的眼睛慢慢转向他。正在生气的阿·格旺，这座高墙大院的主人，从前年轻英俊但现在已失去斗志的老头儿，似乎已被困境紧紧捉住。

那双眼睛里含着宽容，还略略带着惊讶的神情。它停止咀嚼，望着他，仿佛在望着另一个世界。

"他在哪里？告诉我乔在哪里？"阿·格旺无力地吼道。

这也不是我想要的。我们的状况已无从改变。

阿·格旺艰难地喘着，牛棚的空气似乎无法满足他的肺部。

他忽然发现虽然和尼罗有过一生的情缘，但自己根本不了解她。除了她曾经美艳若花的容貌，轻捷扶风的体态，至于她的性情、她的心境、她略微幽怨的双眼深处的期望，他都一无所知。

阿·格旺终于妥协道："好吧，我承认，是我的错。"

这曾是我希望过的，但现在已经太晚啦……

牦牛的尾巴轻轻拂向阿·格旺的身旁。在空中留下一道白色的幻影。阿·格旺眼神蒙眬，但他真切地感觉到了丝丝缕缕的尾毛掠过时流传到身体里的温暖。这种温暖他是熟悉的，他曾经差点儿以为自己不能没有她。

可是没有她的日子里他竟然胖了起来。营地里人人都认为他是天生就会享福的贵人。他追逐福气，让福气在自己身边形成一个气场，让一切与这种福气不相干的人和事走开，包括他自己的青春，包括他曾生死相许的尼罗。

阿·格旺困惑起来。难道他一生追求的目标已经穷尽了吗？难道他的取舍在他的晚年才显示出绝对的错误吗？难道这一切都已无可更改吗……命运是不公平的，甚至对一生都希望公平的人也是如此。

"你总得给我弥补的机会呵，说说看，怎么样你才安心呢？怎么样你才能让我也安心呢？"

阿·格旺摸摸面颊。那里还留着来自另一个世界的抚摸。

他是无奈的。人上了岁数，才发觉用青春、用精力、用殚精竭虑争得的地位和名誉都是那么不牢靠，甚至显得有些可笑。

白尾牦牛转动着身体，用另一侧的眼睛望着他。它是安静的，若不是阿·格旺来搅扰，它仍然会安安静静地享用干净的草料和清洁的水。它别无所求。

愿上天原谅你的一切过失。

"我耽搁得太久了,我得回到前院去。"阿·格旺说着站起身。他的衣服得用掉两人能穿的衣料。他拖着笨重的双脚,靴子上的皱褶说明主人的体重已经不堪重负。"因为我请了切吉喇嘛为你念经超度,我想你是喜欢的。"

白尾牦牛静静地望着他。它对他的话始终显得无动于衷。

"怎么?你不喜欢?"阿·格旺疑惑着,掸掸粘在袍子上的草料,奇怪着牦牛的态度。"你每天都点灯燃香,长拜短叩,一生虔诚信佛,难道我请切吉喇嘛不合你的心愿吗?"

在您的府上为一个不相干的女人诵经,这不太合适吧……

阿·格旺一贯的大家风度回到了自己的身上:"解脱大事,岂容他人多嘴?!"

阿府前院的小佛堂里已坐满了身穿红色袈裟的喇嘛们。他们分别坐在四条长长的卡垫上,前面的小矮桌上摆着长条经书,击鼓和敲锣的喇嘛坐在一侧,上首是切吉喇嘛,他正在领诵。

深沉的、圆润的、发自切吉喇嘛心灵深处的声音传来。据说他练就狮子吼功法,附近寺院每当有重大佛事活动的时候,都会特别请他领诵经文,他的声音能传向山下,方圆几里都能听到。他的声音不是从高空传来,而是从脚下的土地上传来,不是从耳朵能听到,而是从心灵里感受到的。

沐浴在切吉喇嘛的声音中,每个人的身心都有一种洁净之感。

切吉喇嘛带领众僧为名叫尼罗的凡俗女人祈祷。

阿·格旺供了一千只酥油灯。释迦牟尼佛像前，一千只灯盏搭成山形的灯架，闪烁着幽幽的青焰。

整个仪式花费了整整一天的工夫。仪式刚刚结束，阿·格旺便请大家到餐厅用饭。切吉喇嘛坐在阿·格旺身旁，久久不碰碗碟，显得心事重重的样子。

"怎么？切吉喇嘛有什么不对胃口的东西吗？"阿·格旺立刻发现他的主宾的反常情绪。

切吉喇嘛道："我正要向您请教，咱们营地的名字叫什么？"

"月亮营地啊！"阿·格旺笑起来。

"不对。您错了。"切吉喇嘛忧心忡忡地说，"咱们把名字丢啦，这是最严重的问题，我们错就错在这儿。"

阿·格旺深表不解。

"我已翻阅《千年莲花宝典明鉴》，我们的祖辈早已预示有这么一天，我们会丢失部落的名字，甚至会丢失家园。这一天就要来了，部落名字一丢掉，部落不也就丢掉了吗？快想办法保住名字吧，一个人丢了名字不要紧，可是整整一个部落不能丢名字啊！"

切吉喇嘛紫红色的脸膛由于激动而变得有些蜡黄。他结结巴巴说完，等着阿·格旺赞同他的观点。可是阿·格旺埋下头去，使劲将餐桌上的美味佳肴往切吉喇嘛的盘子里送。

切吉喇嘛怒道："您作为营地德高望重的人，理应有责任承担重任，尽快想办法杜绝这个残酷事实的到来，可您却还在高墙大院里大吃大喝，高枕无忧，看来名字是丢定了。"

切吉喇嘛拂袖而去，留下阿·格旺气喘吁吁地望着他的背影。

乔背着一只布袋子，站在阿家大院门的台阶上，他对站在台阶下的甲桑说："你真的不进去了吗？"

甲桑看着他。这个小男孩，在他们一起相处的几天里，他对自己已经有了一种非常亲密的感情，或许自己也同样吧。甲桑是个不喜欢轻易表达感情的人，但这会儿，他却对乔笑笑，摇摇头。

乔把布袋子从左肩换到右肩。这时候天已经暗下来，甲桑不便再耽搁了。他对乔说："好，就这样，我们分手吧！"

乔说："好的，希望再见到你。"

甲桑正要回身走掉，忽然听到乔又说："甲桑，你知道你长得像谁吗？我曾问过你的。"

甲桑说："这我不知道。"

"你像我的父亲。我已经很久没有见过他了，也记不得他长什么模样，不过我想他应该和你一样。"

他说完，背过身去，他知道甲桑仍站在原地看着自己，便头也不回地进了气派非凡的阿家大院。

大家对待乔的到来各有各的态度。阿·格旺先是惊讶，后来便"嘀嘀嘀"地笑道："觉卧佛呵，我会还愿的。"他望着他最喜欢的小外孙，并不去拥抱他。这是一种奇怪的感情，他对乔的爱甚至胜过自己的儿女,也许是他年纪已长,渐渐把注意力放到家庭里的缘故吧。他清晰地记得乔的一颦一笑,却忘记了儿女们小时候的模样了。

阿·吉却早已飞身上来,抱住了乔的小脸蛋,乔第一次见到母亲的眼泪从面颊上流了下来,她哭着说:"啊,乔,我真不敢相信……"

哭着的阿·吉发现儿子并不如自己那么激动,她感觉不到他的双臂的拥抱,这才看清儿子的两只手都在紧紧地抱着肩上的一只白色的布袋子。

"这是什么?"

"这是章代·吉。"

阿·吉大惊失色,她张着嘴巴,半天说不出话来。恐怖的气氛立刻笼罩着阿家大院。娜波摆着杨柳般的腰肢,连连朝屋外啐唾沫以示祛除不祥。阿·文布巴一甩头,又去钻快乐酒馆了。只有阿·玛姜仍然带着她特有的善良的笑脸对待小外甥乔的到来。

一直"嘀嘀嘀"地笑着的阿·格旺终于说:"我就知道,咳,我就知道要出岔子啦!"

后来的几天,阿·吉总是在想方设法使乔相信他那样背着妹妹走来走去实在不是明智之举,她说:"你妹妹累着啦,你放下她,让她休息罢!"

乔遇到这种问题时,总是不发一语。他现在背着妹妹到处走已经习惯了，仿佛他天生就是背着东西走路的。那布袋子已经由原来的白色转变成灰黑色了，但他一贯不主张换掉或拿下来，他母亲哄他拿下来洗一洗更是难上加难。

自从乔回到家中后，有了一个新的习惯，那就是每天傍晚他都要到外面散散步才肯回来睡觉。每当他走出家门时，那布袋子里发出的"嚓嚓"声使阿·吉彻夜难眠，她头痛得厉害，怎么吃药也不管用，终于，她明白，她必须和儿子谈谈了。

"乔洛。"她用昵称这样叫着儿子，她的心肝宝贝，她现在有点摸不透他了。她说：

"乔洛，我们找个地方好吗？找个最安静的地方，让你妹妹好好睡一觉，那样对她好，她会早日解脱转世的。"

乔慢吞吞地抚摸着布袋子，那袋子里正在"嚓嚓"作响，那是他短短人生中唯一的音乐。他说："不管我们把她埋在哪儿，埋得多深，我总又要掘出来的，这你知道。"

母亲艰难地说："不会，再也不会了，你得放下她。"

"不能，妈妈，她是我妹妹，我这样背着她，心里很安生，我很早就习惯这样背她的，要不是那天在井边玩，或许她现在还可以叫我哥哥的……"

"别说了，你就背着罢！"

阿·吉面目惨白。她望着儿子，乔洛看上去那么令她感到陌生。她不知道过去的阴影还要持续多久，更不知道自己的忍耐还得持续多久。岁月无情，儿子的固执更使她无能为力，她不愿意想到更多的往事，更不愿提起发生在章代家族那座高大院墙里井台边的令人心痛不已的事情，那是她心中再也医治不好的创痛。

那是些遥远的往事。使她伤心欲绝的意外。她一度与生命中最珍贵的情感远离，这让她无法忍受，她死也不愿意再回到那个记忆中去了，尽管那记忆仍在她的心灵深处发出蓝色的光芒，迫使她常常闭上眼睛，独自承受来自遥远往事中星星点点的痛苦片段。我曾拥有她！我曾真切地拥有过她！

……现在能有什么比回到月亮营地更好的事呢？她是在这里长大的，这里的每一根草她都记忆犹新，每一棵树她都叫得出她给起的名字，每一寸土地上都有她欢乐童年的足迹，她怎么能丢下这一切离开呢？怎么能永远不再回来呢？

每当夜晚降临，乔都会背着布袋子，慢吞吞地踱出门去。他总是游荡到半夜才回到阿家大院。有时，伴着他游荡的是姨娘阿·玛姜。玛姜陪着外甥，从营地的一头，踱到另一头。乔渐渐喜欢同姨娘在一起了，他们在一起有说不完的话，多半是关于甲桑的，乔常常谈起他，谈起他们在一起时发生的种种故事，而姨娘阿·玛姜总是小心翼翼地鼓励乔谈起甲桑……

不知道从什么时候开始，阿·格旺特别注意着那头牛了。正是这头牛，使老头儿差点儿失去孙子，使阿·吉差点儿失去儿子。但是，阿·格旺还是吩咐仆人要好好照顾那头牛，给它吃最好的料，饮干净的水。他不再允许仆人挤它身上的奶，不许别人鞭打它。最奇怪的是,他根本不能离开它了,他每天都得看着它吃喝,那样他似乎才舒服。他简直快把它供成神牛了。

阿·格旺经常往牛棚里跑,引起女儿阿·吉的注意。她看到父亲那副魂不守舍的样子,就忍不住劝道:"阿爸,虽然乔洛这次平安回到家里,但是您看他现在到处乱走,保不定又要出什么岔子啊,您就把那头牛放了吧!……"

新夫人娜波却不以为然,她说:"我看乔挺好的,小孩子家,总该有自己玩的习惯。至于老爷,他的习惯就是喜欢往牛棚里跑,这也是没有办法的事……"

娜波一转身,走出了伤心着的阿·吉的视线。她有自己的心事。娜波转出阿家院内的花廊,许多花朵轻轻拂过她的鬓发,使她浑身散发着一种温馨的芬芳。她的心里充满了甜蜜的幻想,这所大门是无法禁锢她的幻想的。在幻想中,她自由而浪漫,她属于自己。现在,她要去找乔,她要单独和他待一会儿,她想知道有关那几天的一切。

它的两只犄角之间

系着一条朱红绸带

第五章

十七、女药人

  阿·格旺一抬头,就看到了一个月明星稀的夜晚。这是他的处境。他在这样的夜晚会照例穿戴整齐,佩上刻有十相自在的木制护身符,嚼着一根从不离口的烟草,来到快乐酒馆。

  尼罗美丽的眼睛从酒柜后面望着他。他知道她在等待着自己的到来。酒馆里拥挤嘈杂的情景顿时有了改观,人们为他让开一条通往酒柜的道路。

  阿·格旺从尼罗的眼睛里看到一位英俊、挺拔、步履稳健又略显张扬地走动着的年轻人。那是他自己。

  尼罗早已为他准备好了一杯美酒。阿·格旺举杯的同时,举起了酒馆里所有年轻人狂热的欢呼。就在这时,他的耳朵轻微地颤动了一下。他看到尼罗微启朱唇,朝他说了句什么。

"什么?"他没听清,向她俯身过去。他听到尼罗胸前珊瑚珠链的"沙沙"声,又看到尼罗的嘴唇动了动,但依然没有听清她要说的话。

酒馆的嘈杂声影响了阿·格旺的听力。他费劲地朝前俯着身子,以致身体突然失去重心,眼看着就要仆倒下去……

惊出一身冷汗的阿·格旺挣扎了一下,双腿踢得草料发出很大的响声,这才明白原来是一场梦。从梦境中挣扎出来的阿·格旺发觉自己刚才坐在牛棚里睡着了,眼前除了那头悠然反刍的白尾牦牛外,还有女儿阿·吉在疑惑地望着他。

阿·格旺愣怔了片刻。尼罗年轻美丽的面庞依然那么清晰地显现在他的面前,使他无法一下子从梦境回到现实。

"阿爸,没事吧?"阿·吉小心翼翼地问道。

阿·格旺站起来。"当然没事。"

"阿爸,我看您太操心这头牛了,不如把它放掉。"阿·吉说,"乔是小事,您应该关心部落大事呀,万一营地紧步章代后尘……"

"好啦,这些事我会处理的。"阿·格旺走出牛棚,外面夜空里清新的空气给了他一口新鲜的呼吸,"至于这头牛,只有我自己才能照管好它。"

丢下女儿的阿·格旺径直走出阿府。夜空下他再一次清晰地看到尼罗年轻美丽的眼睛在注视着自己。他打定主意要听清刚才在梦里他未能听清的话。

阿·格旺刚刚踩上乱石滩,女药人就从石头缝里蹦出来,连说道:"是谁半夜来吵我?快走开,我要睡觉。"

阿·格旺恭恭敬敬地说:"是我,来看望老朋友。"

"明天吧,我要睡觉。"女药人说完就又钻回到石头堆里不见了。

阿·格旺还想坚持,等他的脚一落到石头上,女药人又立刻弹出地面,怪声叫道:"快离开,鱼儿刚游到我头顶上的王冠,它要献给我世上最大的珍珠,可你又来吵我,好啦,珍珠变成了石头,来世你要赔给我一颗。"

阿·格旺再不敢造次,静静等在石头堆里,埋头嚼着食指。

一直到天快要大亮,阿·格旺困得都快要睡过去的时候,突然听到女药人嘟嘟囔囔地钻出石缝,她把石头推得山响,好似山崩一般,再没有比这更大的声音使阿·格旺惊心的了,他呆呆地望着从石缝里钻出的老女人。

女药人已老得不知有多大年纪,乱蓬蓬的头发垂在双肩上,一袭长袍脏污不堪,紧紧裹着她瘦骨嶙峋的身体。她脸上的皮肤松弛地耷拉着,上眼睑盖着眼睛,她已经老得抬不起眼皮了。

女药人笑眯眯地用左手的食指掀起左眼,说:"虽然你吵得我不得安宁,丢失了一颗稀世珍珠,但我又得到了另一颗水晶,这才是真正的宝贝。"

阿·格旺看见她的右手中紧紧攥着什么。

"我才不信你的鬼话哩。"他说。

女药人伸出右手。手背上的皮肤犹如千年老树的树皮,皱裂、干涩、枯黄，长长的指甲朝手掌卷曲着。她缓缓打开手指，手掌里静静躺着一颗拳头大小的紫色水晶。

阿·格旺长吸一口气，说："你总是不断地让我们惊奇。"

"它能让你看到自己的命运。"老妇人说，她张大嘴巴，嘴巴里没有一颗牙齿，但那一条如簧巧舌正在不停地翻动。

阿·格旺无力地说："我才不信命哩。"

女药人仍然笑眯眯地重新掀一遍眼皮，她看到了对面站着的男人的恐惧。

她的手突然指向他的身后。"她看着你呢。"她说。

阿·格旺神色慌张，瞧一眼身后，那里什么也没有。

"我说的是尼罗，这你知道。"老妇人慢条斯理地收好紫色水晶。"如果你不忘情负义，那位好女人会替你生更多的儿子。现在是需要儿子的时候，儿子们能让你的胆量增加，能为你效命沙场，让你重新获得荣誉。"

"你是唯一的知情人。"

老妇人道："天地作证，还有别的眼睛哩。"

"让你的老朋友安静吧。"阿·格旺说，"她生前受了不少苦，死后又让甲桑走火入魔，干出蠢事，拖累乔和阿·吉，可我有什么更好的办法呢？我有我的苦衷。"

"闭嘴吧，老吝啬鬼。"女药人说，"你搅了我的好梦，你使我失去了和鱼儿交谈的大好机会，快离开这儿。"

女药人说着就返转身去准备走开。阿·格旺这时突然闻到一种奇异的香味，他张大鼻孔，跟着她走了两步。

"请等等，你在为谁制作迷香？"他问。

女药人回头诡谲一笑。她下垂的眼睑上挂着两滴清晨的眼泪，耳朵边则悬着一对五颜六色的石头，彩石的重量使得耳垂搭在了肩膀上。她有一副瘦削但宽阔的肩膀。

"当然是为女人。"她说。

阿·格旺仔细回想了一下，突然明白过来似的，问道："请你一定照实告诉我，三十年前我是不是误服过你制造的迷香？"

女药人说："现在已经可以证实没有。要不然你会一心一意只爱她一人。"

"我真的没吃过迷香？"

老妇人不置可否。

"那不是爱吗？"阿·格旺说。他对于否定过去的一切感到很懊丧。那是美好的往事，但以这种腔调议论，根本不是他的本意。

女药人抬起眼睑，说："我断定你一生都在撒谎。说吧，说吧，你撒谎吧！"

"我只是挂念！"阿·格旺脱口而出。

女药人不屑道："呸！"

阿·格旺的尊严刹那间烟消云散。他手足无措地站了一会儿，从怀里掏出一条白绫阿喜哈达，还有一只小巧的白铜酒壶，里面盛满着阿府祖传特酿的青稞美酒。

"我们不要再斗嘴了，我来是想请您占卜营地未来的命运。切吉喇嘛说咱们快要丢掉名字啦，我想知道是怎么回事。"

美酒的香味早已飘进女药人的鼻孔。她笑眯眯地掀开双眼，把酒壶抢了过去。

"不要相信他的鬼话。我们什么也不会丢，除了性命。"

女药人满不在乎道。她灌了一大口酒后又说："这是最好的东西，只有它能给我安慰。"

"你仍然嗜酒如命。"阿·格旺眼看着她将壶中的美酒来了个底朝天。

女药人甜蜜地吧嗒着嘴巴，说："谁说不是呢？它能使我长寿，能让我看到你们永远也看不到的未来。"

她把空壶一扔，就扔得阿·格旺看不见了，他是心疼那只白铜酒壶的，他喜欢它小巧的模样，但女药人更看重盛在它里面的东西。

他遗憾地望着那条停留了片刻的白色弧线，说："既然你已经喝了我的供品，我们可以开始了吗？"

女药人笑眯眯道："你真狡猾。愿尼罗原谅我。"

她说着，转身离开。阿·格旺紧紧跟在她身后，他们相继来到女药人的栖身之处。

乱石丛中立着女药人的帐篷。帐篷是黑色牦牛毛线编织而成的。帐篷顶上覆盖着一层青草与野花，这真让客人觉得稀奇。门帘一掀，尘土便扑面而来，阿·格旺用力地咳着，他的气管简直受不了如雾如幔的灰尘的袭击。

帐篷正中的灶墙上摆着各种各样稀奇古怪的器皿。两根野羚羊的尾骨挂在帐篷的支柱上，尾骨的尖部还装饰着银托的宝珠和一只小巧的银铃。一柄长长的男式藏刀斜倚在灶墙外侧,看得出这是避邪用物。火灶上正有一壶浓酽香茶冒着热气。

"自己倒着喝吧。用那只碗。"女药人觉出客人的目光停留在茶壶上已有很久。

阿·格旺口干舌燥,也不在乎老妇人指给他的碗是什么样子,连忙盛一碗一口气喝掉。那浓浓的酽茶从他的舌尖流转而下,喉头的感觉顿时舒畅起来,他喝出了很多味道,麻椒、千里香、青盐、姜片和茶叶的混合香味使他心旷神怡。

"很久没有喝过这么香的茶啦!"阿·格旺说着,忽然发现他用的碗是一只碗口有裂缝的骨碗。

"这是什么骨头?"他不由惊道。

老妇人眼睛闭着,一手执壶,一手执碗,茶水"哗啦啦"倾倒在碗底,她麻利地为自己盛上一碗茶。"你用不着担心,这是最干净的骨头。至少比你的骨头干净。"

阿·格旺的舌尖上仍然留着茶水的芬芳,但他心里却百感交集。他说:"我当然知道我这把老骨头你是看不上的。"

"除非人变了,茶水是永远不会改变的。"主人说。

阿·格旺坐在一块卡垫上。卡垫是三十年前手织的旧物。他知道,帐篷里的一切,都和三十年前他初识女药人时别无两样。

"物是人非啊……"他肥胖的双腿再也不能像三十年前那样盘膝而坐了,他只好长长地伸着,脚掌都快抵到灶墙上了。

阿·格旺望着自己伸出去的脚尖,软牛皮的靴子上沾满了尘土。他问:"你一个人,远离营地,这么多年,不寂寞吗?"

"有神灵相伴，我比你快活。"老妇人毫不客气地回答，"况且，还有另一个世界的老朋友常常来看望我哩。"

"那是。"阿·格旺不禁偷觑一眼挂在帐柱上的野羚尾骨。他知道那是她做法时少不了的法器。

两人都不再说话。女药人使劲朝火膛里吹气。灶火旺盛的火苗腾起青焰。茶壶"嘟嘟"冒着热气，灶墙上稀奇古怪的器皿也变得柔和起来，帐篷里昏暗的空气改变了，代之而来的是一阵沁人心脾的家庭气氛。

阿·格旺与女药人相对而坐，他虔诚地合掌道："请吧。"

女药人嘟嘟囔囔地唠叨着他带来的美酒太少，不够她享受之类的话，一边戴上一顶模样奇特的法帽，帽顶缀饰着两颗圆圆的鸡蛋大小的彩石，帽子的前沿有一排黑色流苏，遮住了她本来就不甚明晰的双眼。阿·格旺的全部注意力都在她那顶法帽上，等他回过神来，她已经在自己面前摆好了各类形状怪诞、色彩晦暗的法器。

"看好了，看好啦！"

女药人右手握住野羚羊的尾骨。一会儿工夫，尾骨就抖动起来，渐渐地，尾骨的抖动似乎不以主人的意志为转移，她好像都快握不住它了。银铃清脆地响着，银托的宝珠奇异地变换着色彩。看得出剧烈地抖动着的野羚骨使得女药人使足了力气。

她开始念念有词。多皱的鼻头上显现出大颗大颗的汗珠。

"快去阻止敌人吧，快去……"她呓语着。

阿·格旺略显迟疑道："我不知道……"

"我知道你的内心里充满了痛苦,但痛苦是好东西,它让你觉得自己还活着。"女药人突然掀开双眼,紧紧盯着阿·格旺说。

十八、达曲河畔

甲桑目送乔进入阿家大院门。他看到与自己朝夕相处了几天的男孩终于离他而去,心里惘然起来。那孩子,那句话是什么意思?那是道别吗?他不知道今后能否再见到乔,更不知道阿·格旺对他的这种冒犯将作何反应。

沙利一个劲地朝阿家大门望着。甲桑明白沙利喜欢上乔了。但是这个孩子会带给他们什么命运呢?甲桑轻轻地拍拍右腿,沙利无声地回到甲桑的腿边。甲桑骑上马。罗米是那么出色的一匹马,它知道主人的心思,它知道自己此时此刻应该把主人带到什么地方去。

沙利也一下子明白了,它紧贴在罗米的左侧,一起奔上了大路。

甲桑来到月亮营地的西部,那里有他妹妹茜达的快乐酒馆。

甲桑忽然发现快乐酒馆不像平时那么人声鼎沸,正暗自奇怪的时候,听到沙利尖声地叫起来,它朝快乐酒馆的一扇低矮的木板窗尖声叫起来。

甲桑紧接着来到木板窗前,透过锈迹斑斑的散发着霉味的木格窗的空档,出现在甲桑眼前的情况简直令人难以置信,他看到妹妹正被一个陌生的男子搂在怀里狂吻！

甲桑吃惊极了，他来不及思索什么，只是一下子想到麦尔贡，那个老朋友，他是怎么回事？

甲桑匆匆离开窗口，他不能以这种方式贸然地对待妹妹，他想回到家就会知道事情的原委。

甲桑回到家里时，夏布正在低矮的屋子里磨刀。那是一把他最心爱的刀，是用两条水獭皮筒换的。他们的母亲尼罗曾经十分担心夏布会有什么激越行为，便请喇嘛念经祝福，夏布曾在喇嘛面前起过重誓，他答应永远也不会让这把刀子沾上同类的鲜血，尼罗这才放心。可是现在甲桑看到弟弟正在磨这把刀子，心里就有种不祥的感觉，但他没说什么，只是以哥哥特有的目光看着他。

夏布见到哥哥，很兴奋，他接过哥哥手里的马具，其实他早就听到沙利的叫声，但那会儿他没有在意，还以为是自己的幻觉。他是常有这种幻觉的，如果不是他与哥哥有着切实的兄弟情谊，他会把自己所有的幻觉都告诉他的。

"营地里最近发生了什么事？"甲桑明白，如果茜达有什么别的想法的话，夏布应该是第一个知道的，他在这个世上关心的唯一的事就是妹妹。

可是夏布说："没什么啊！"

甲桑又问："麦尔贡上哪儿啦？"

"别跟我提到他，我讨厌他，那个狗东西，总有一天我会给他点儿颜色看看！"夏布依旧无法容忍这位未来的妹夫。

"别这样,夏布,这是茜达自己的事,我们不能这样对她。"

"要是阿妈还活着,他就休想!"

兄弟俩沉默着,夏布仍低下头去,他似乎永远也不能容忍麦尔贡与茜达的婚事,如果有任何可能,他都会义不容辞地否定它。

"对了,你今晚怎么不去接茜达?"

"她说今天她要晚点儿回来,不要我去接,我本来想着去接的,可这会儿磨刀就给忘了。"

"你好像有心事,夏布,说说看。"

"其实没什么,哥哥,我只在想,你带着那个小子,是怎么过的?现在又回来了,阿·格旺老头敢情已经气死一回啦!"夏布开心地笑着。他笑起来很好看,雪白的牙齿,丰厚的嘴唇,鼻梁高挺,面颊有些瘦削,但眼睛非常有神,黑白分明,笑起来的时候显得非常善良。

"是不是在外面待烦了?有个小子在身边,我想你不一定有多自在。"夏布又说。他的腰刀刀柄上镶着名贵漂亮的透红珊瑚珠,两侧各有一颗小小的绿色玛瑙,精致又地道,这可是藏族小伙子引以为豪的好东西。

"那倒不是。"甲桑慢吞吞地说。他心里是明白的,可是似乎一下子难以说清楚,何况弟弟又是那么大咧咧地满不在乎。不过他总要告诉弟弟有关这几天来发生的大大小小的事情的,他们曾情深似海,共同度过了那段艰难的时光……可是后来,由于母亲的去世,他们似乎彼此生疏了许多,到底是怎么回事?当然是那头牛啦,那头牛一直是他们兄弟不能安生过日子的原因。

一想到那头白尾牦牛,甲桑又心烦起来。现在,他不能这样坐等机会,他得出去了。

甲桑想着什么,重新拿起马具要走,夏布问:"怎么?你刚回来又要出去?"

"我想到阿家看看那头牛怎么样了,那老东西不至于这么快就卖掉它吧!"他又想起什么,犹豫了一下,说道,"啊,夏布,我不能相信自己的眼睛,刚才我路过酒馆时,看到一个陌生人在酒馆里,我从来没有见过他,无疑是个外乡人,他正在和茜达调情哩,酒馆里就他们两个人,那人个头很高,我说不清是怎么回事。"

夏布抬头看看哥哥,他的眼睛里布满了血丝,他的目光刹那间仿佛凝滞了,他呆了一会儿,便收起已经磨好的腰刀,沉着地站起身,说:"我这就去接茜达。"

甲桑忧虑地瞧着弟弟,说:"记好了,别乱来,茜达还是个女孩儿。"

夏布并不回答哥哥的话,他走到屋后,去牵自己的马。

甲桑看着弟弟远去,自言自语地说:"你可记好了!"他说着,走到自己的马跟前,系好马肚带。沙利知道主人要走了,紧接着跳上来,可它却听到主人说:"不,你留家里,我和罗米就够了。"

沙利拖着尾巴,极不情愿地留下来。罗米,那匹素以速度见称的快马早已冲出了院子。

奔跑中的甲桑不知不觉来到河岸。这里是他经常独处的地方。

甲桑翻身下鞍,走到河边洗了一把脸。几天来的疲惫,身心的痛苦,仿佛在河水中暂时找到了慰藉。

河水冰凉。水珠滑过他的面庞,留下温馨的湿润。青草的气息随着流水沁入他的嗅觉,他感到那两支口剑穿过面颊时轻微的隐痛。他的春天是口剑带来的,口剑在每年的同一时刻穿过他勇敢仰起的、皮肤紧绷的面颊,这就是他成年后所有春天的记忆。

透过春天的薄纱,他蓦地发觉身旁站着他少年时的情人,他的邂逅之恋——仍然妩媚却仍然要远离的阿·吉。

他甚至在一刹那间怀疑着自己的眼睛。

直到阿·吉矜持地向他问好。直到她走得更近。

甲桑甩掉双手上的水珠,让马儿饮水。然后他生硬地说:"用不着问好了吧,我也知道你过得很好。"

阿·吉的眼睛在夜晚闪动着水一样的光芒。她说:"想不到我们十年后还会在这里碰面。"

"这并不是我的心愿。"甲桑感觉到脸上已开始干燥。

"当然。"阿·吉柔软的声音在流水声中起伏,而窈窕的身影则像水波一样如幻如真。"我想你已见过乔了。"

甲桑沉默着,他不知道该怎样谈起那个孩子。

"他是个不错的孩子,不是吗?"阿·吉问。

"你来这儿就是想问这个吗?"

"我只是觉得乔有些变了,他父亲不常和他待在一起,他周围的男性太少了,因此……"

甲桑终于说:"我并不想伤害他。如果你父亲遵守我们之间的协定,事情就不会是这样。那天只是碰巧……"

阿·吉打断他:"我知道你不是预谋。你为什么不先告诉我呢?"

"你能改变那老头儿的反复无常吗?你连自己的终身都定不了,觉卧佛可以作证!"甲桑激怒道。他没有看阿·吉,但他很快明白她的眼睛已经湿润了。

阿·吉望着他低垂下去的侧影,叹息道:"你还是没有屈服。可你不知道这十年能改变一个女人的一生。"

达伍曲河依然飘然而流,唱着千年的陈旧歌谣,翻卷轻浅的漩涡,溅起朵朵稍纵即逝的光点,从两个百感交集的男女面前款款流过。

"这些都跟我无关。"甲桑的声音里隐含着不坚定。

"当然。"阿·吉又说了一遍。"如果章代部落不出问题的话。"

"这些都跟我无关!"甲桑厌恶那个让他俩分离了十年的地方。

阿·吉慢慢蹲下来。她站得离水太近,流水已浸湿她的裙裾,走了远路而来的双脚也有些凉意。

她看见甲桑扭过去的脖颈上有青筋暴出,但她仍然说:"桑科是个好人。他勤劳、朴实、性格温和,如果我为他生的小女儿和他都还在的话,我们是个很好的家庭。只是世事变迁,女儿出了意外，桑科也为了部落而死，这就是我无法改变的命运。"

甲桑的怒气逐渐平缓下来。他太想知道阿·吉这十年来的生活了，但他出于尊严而一直保持着沉默，现在，他愿意这样倾听，在她柔软的声音的感召下，他倾听到了他曾期望与她共度的那种安静的生活。

"马家政府的目的是想永远占有章代部落。桑科是起来抗暴的第一人。我至今不明白他温和的身体里怎么会有那么大的力量和勇气。他带领马队杀了敌人的首领，直把他们赶到百里之外。可是，他没想到他们设置了陷阱。"

阿·吉停顿片刻，接着说，"他们设置了陷阱，桑科掩护剩下的十余人撤退，可他自己最终未能逃脱。就在那天，桑科被他们用酥油浇了头，点燃后活活烧死。我们用百两黄金赎回他的尸体。他已经不成样子了。可他还是好样的，他父亲为他感到骄傲。我们的送葬仪式无疑就是真正灾难的开始。他父亲老了，不久便为儿子心恸而死，我们失去了部落里最宝贵的力量。"

甲桑无语。他看到远远的骑马的那人倒下。身旁的女人和孩子在痛哭。烈风送来经幡旗帜的嘶鸣，而赭色群山也在起伏着沉默的呐喊。

无语的甲桑机械地为罗米卸下马具。

他在心里默默而快速地念了一句：唵嘛呢叭咪吽！

可是这不是他的错。桑科的死，与十年前他和阿·吉的爱情有什么关系呢？如果阿·吉没有远嫁他乡，那么今天他们毫无可能谈论起那位名叫桑科的第三人的死亡。

甲桑淡淡说道："那么章代公子的部落也就这样完了么？"

阿·吉站起身，她回头望着甲桑的眼睛。她看到他不能面对自己。她说："我只是想回月亮营地寻求援助，你和营地里年轻的勇士们是最好的帮手，如果营地能与章代联手，保住我们的土地才会有希望。"

"这是你们的土地。"甲桑听到自己说。

阿·吉走近他，紧紧握住他的手。甲桑浑身抖动起来。她的双手仍和从前一样温暖，但多了一种他不能够了解的坚强。

"这是我们的土地。"她重申道，"请不要把我们两人的恩怨牵涉进来。我俩的感情虽然重要，但只是微不足道的个人的感情呀，况且，已经过去十年啦……"

甲桑突然暴怒起来。他一把甩开阿·吉的手，怒冲冲的样子令阿·吉吃了一惊。

"你当然觉得无所谓，嫁了章代公子，是多么荣耀的事情呀。现在他没了，你还可以嫁别的什么头人，你那位可爱的父亲又会张罗一切的，就像十年前一样。"

阿·吉略微迟疑了一会儿，最终开口道："甲桑，我们未能成亲并不是桑科的错。"

"停止说到他的名字吧，让死人安息吧！"

"我母亲不许我嫁给你，因为你是阿·格旺的亲生儿子。"

甲桑惊愕地张大嘴巴，连连朝后退去："这不可能！这不可能！"

"相信吧，是真的！"阿·吉哭出声来。默默承受着的阿府千金、尊贵的章代夫人终于哭出了十年的积怨。

甲桑哆哆嗦嗦地牵过正在饮水的罗米，胡乱系好马具。他抖得厉害，以致骑上去差点儿掉下马来。他一溜风离开了哭着的阿·吉。

十九、危险的爱情

夏布骑上他的黑色牡马，旋风一般离开自家的院子。牡马是母亲留下来的，年纪已经大了，但仍不失为一个好帮手。夏布到每个地方，都离不开这匹黑色的、温情脉脉的老马。

旋风般驰出的夏布还没有忘记一样东西，那就是紧紧贴在腰间的腰刀。这柄刚刚磨得锋利无比的腰刀，此时此刻，似乎就要派上大用场了，母亲的担心，喇嘛的祝福，都在耳畔飒飒而过的夜风中烟消云散。

夏布出门时的沉着冷静已经不复存在。那是做给哥哥看的。其实，他的心灵深处焦急如火，犹如一千只雄狮在奔腾跳跃，茜达她怎么样了？她还在酒馆里吗？

夏布赶到快乐酒馆的门口，并没有发现周围有什么异样。油灯依然亮着，木格窗棂上的斑斑锈迹依然散发着霉变的气味，那扇木栅栏的双开门也依然静静地合拢着。月亮当空，一切情况都不如怒气冲天而来的夏布想象的那么糟糕。

夏布下马后，并不急于进门。他首先观察了酒馆周围的动静，然后才拴好牡马，踱着脚步，推开木栅栏。

油灯旁，一张陌生的面孔正好对着推门而入的夏布，那张面孔被低低地压在宽檐礼帽的下面，双唇的嘴角微微上翘，一副盛气凌人但又不失英俊的模样。

陌生人的对面，是茜达妹妹。夏布看到的茜达大异于往常。茜达通常是端庄而娴静的，可是夏布此时此刻看到的妹妹，却腼腆地垂着那张美丽的脸庞，一只长袖半掩着绯红的面颊，另一只手里握着小巧精致的八宝龙碗，里面盛着甘如琼浆的美酒，她正在小声地为站在对面的陌生人唱着歌谣。

夏布惊异地看着他俩。一阵柔和、轻软、温暖的歌声渐渐飘进夏布的耳膜。

……美丽富饶的大草原呵，
放牧牛羊的好地方啊！
我们生来爱唱歌呀，
唱得那马儿飞奔牛羊壮！
朋友幸福地来聚会呀，
尽情地欢乐尽情地唱呀……

那油灯旁的两人如此地执迷于歌唱与倾听，竟然对推门而入的拉孜丝毫也未觉察，木栅栏也似乎明白主人的心情，没有发出惯常的尖利叫声，便放进了夏布。

在这美妙的歌声中，夏布也许是多余的，但夏布并不这样想，他知道自己永远是茜达的保护神，茜达一旦离开保护神的保护，那么夏布对今后的日子便不敢作过多乐观的设想。

夏布明白茜达是最爱唱歌的姑娘，她是月亮营地里的百灵鸟儿，是妈妈的妙音仙女，是哥哥们引以为傲的泉水般鸣唱的夜莺。

可是夏布已经很久没有听到这种美妙的歌声了。自从母亲去世后，一切事情都有了改变，哥哥带着一个不相干的孩子远走他乡，而妹妹却被那个麦尔贡纠缠不休，夏布对麦尔贡深恶痛绝，因为麦尔贡企图从夏布的身边把茜达带走。

这是不可能的。永远不可能。

夏布愤愤不平的心情已经被眼前的事实搅得乱七八糟，他大喝一声，惊醒了油灯旁甜蜜相对的两个人。

"哥哥！"茜达惊呼道。她那碗准备献给陌生人的美酒顿时洒了一地。她轻轻地把八宝龙碗放在柜面上，袖子还未来得及从面颊上放下，而绯红的脸庞更加绯红了。

惊呼着的妹妹在看到哥哥的同时看到了哥哥的右手下面紧紧贴伏着的腰刀。她从油灯旁奔至哥哥的身边，抓住了他那只颤抖着的右臂。

"哥哥！"茜达再次叫了一声。而夏布的目光并没有朝向抓住他右臂的妹妹，他的眼睛定定地望着仍然站在油灯下的陌生人。

陌生人的姿态在夏布闯入后未作任何改变，他仍然保持着沉默，仍然微微翘着嘴角，盛气凌人而又不失英俊，他那顶宽檐帽子依然低低地压着眉毛，一双眼睛炯炯有神。

陌生人镇定地回望着夏布。未等夏布有所反应，他已经从靠着酒柜的斜倚状态下站直了身子，以友好的声音缓缓说道："我叫云丹嘉措，从外地来。"

夏布并不在乎陌生人从什么地方来，他只在乎这个正在表示友好的男人对待茜达的态度。尽管自称为云丹嘉措的陌生人已经对夏布的到来甘作让步，但夏布并不会就此罢休。

"我才不管你从哪里来。你在这里干什么？"

夏布紧追不舍。与夏布气势汹汹的态度相比，陌生人则显得从容得体，镇定自若。这位名叫云丹嘉措的外乡人从帽子底下望着夏布，微微地笑着说："我只是到这里喝点儿酒而已。"

云丹嘉措说罢便望望四周。酒馆里灯火昏暗，房梁上的红色避邪绸带也变得黯淡无光，投一条长长的影子在后墙上，仿佛随时会被什么风吹去。酒柜上已经抹拭干净，没有一滴酒渍。边缘的一些桌椅横七竖八，有的椅子早已缺胳膊少腿，有的干脆连椅面都折成了两半。地上的情景看上去更糟糕，酒水满地，深红的血迹沿酒柜的外侧一直蜿蜒而出，直到木栅栏前才消失。

夏布的目光跟随陌生人的目光在酒馆里游走，这才发现酒馆与平时大不一样，通常茜达总是在闭馆前打扫得干干净净，就像现在的酒柜一样光可鉴人，可是今天这里一定发生了什么事情，不然茜达不会如此对一个外乡人执迷不悟。

夏布不由自主地问道："怎么？发生什么事情啦？"

他的语气温和，自然问的是妹妹，可是陌生人未等茜达说话便抢先答道:"小事情。这种酒馆,总会发生一些有趣的小事情。"

夏布被这种语气激怒了,他不明白为什么茜达不吱一声而陌生人却句句是理,他怒道:"你到底是什么人?"

陌生人似乎也厌倦了,他依旧低下眉毛,说:"我来这里并不是想和你过不去,我只是想要回自己的东西。"

夏布说:"笑话!我们根本不认识你,难道会有什么东西落在这酒馆里吗?"

"当然不是。"

云丹嘉措说。他并不急于离开,但也不再想搭理夏布的无端猜疑了。他举起茜达先前放在柜台上的酒碗,把剩下的酒一饮而尽。

茜达紧张地望着他,双手却丝毫也不放松哥哥的右臂。

夏布嘲笑道:"你是不是想试试你的腰刀呢?"

云丹嘉措饮完碗中的酒,然后把碗举到油灯前细细端详。

夏布的右手一刻也没有离开过腰际。他望着陌生人,不明白他想干什么。

云丹嘉措一边端详酒碗一边说:"瞧,这碗可不是上等货,它既不透明也不均匀,但它还是很可爱,它的毛坯虽然很粗糙,不过做工还算可以,尤其这蓝色的八宝图案,线条和色泽都非常畅美,再没有别的碗能比过它。"

夏布不吱声,他不想再多费口舌。身边的茜达此时哆嗦起来,她知道哥哥对这个人已经腻味透了,哥哥如果不再吱声,那么后面就会有不祥的事情接踵而至。

茜达哆哆嗦嗦地说："哥哥，我看我们回家去吧！"

夏布回头望望茜达，再望望对面的陌生人。云丹嘉措此时已经在整理头顶上本来就很整齐的帽子，不知他想要多么整齐才能满意。

夏布发觉对手在整理帽子准备离去，可是夏布不能放过这个对茜达无礼的人。他轻轻推开抓住他胳膊的妹妹，她的哆嗦是他早已经感觉到的，但他仍然不能放过这个人。

茜达被轻轻推开，她绝望地叫了起来。她脸庞上的绯红业已消失，代之而来的是苍白。她本是个坚强的姑娘，可是自从陌生人出现，她的世界便开始混沌起来，她成了个脆弱的小女孩，她的头发散乱不堪，辫子上结着的红色丝绸被酒汁粘住，两只耳朵上的玛瑙圆珠耳坠也不知什么时候丢失了。

随着茜达的叫声，云丹嘉措不慌不忙地放下酒碗。他望着夏布，神情那么随意，仿佛面临的不是决一死战，而只是相熟的朋友见面后坦然的相聚。

夏布在推开茜达的一瞬，已经熟稔地抽出了腰刀。这是一种无声的挑战。夏布好久没有如此得心应手地抽出过它了，这柄镶着宝石的利刃，从一开始就已经隐隐地闪现出十足的血腥味了……

可是对手云丹嘉措的双手还没有像应战者一样从帽子边离开，他并不急于抽出腰刀，而是漫不经心地望了一眼叫起来的姑娘，他说："你搞错了，我不是来和你过不去的，我有自己要办的事情。"

夏布无心听清这种解释,他的本心里是不愿有什么不愉快的,但是现在不同了,为了茜达妹妹,他情愿违背自己的意愿。

夏布不再回答云丹嘉措提起的任何话题。他已经紧紧握好了武器,只等对方的手握住腰刀后,便准备立刻像矫健的雪豹一样迎身出击。

云丹嘉措的双手从帽沿边缓缓放下来,双肘渐渐贴在肋部,而两只手最后停留在肩膀的两侧,形成一个拒绝应战的手势,他说:"别这样,夏布,我认输!"

夏布则对他那特有的微微上翘的嘴唇里发出的声音持有怀疑态度。他似乎不相信对手刚刚说过的话,哪有男人还未应战就认输的道理?夏布终于开口说话了。他说:"你想给这个营地留个绰号吗?"

云丹嘉措仍然举着两只手,说:"随你的便,我要走了。"

夏布厌烦了云丹嘉措那张英俊的面孔,或许激怒自己的正是他的英俊吧,还有那微微上翘的嘴角的傲慢……

云丹嘉措举着双手,不失风度地从夏布的左侧绕向栅栏门。他的态度是明朗的。他的腰刀仍然乖乖地待在他的腰上,那是一把不带任何装饰的佩刀,看上去有七寸长。他那双短腰鹿皮靴走动起来没有丝毫声响,仿佛一阵风,从夏布的左侧滑过。

夏布随着云丹嘉措的走动也跟着转动身子,直到这位身穿紫羔皮衣、头戴灰色宽檐帽的陌生人最后朝茜达看一眼后离开,夏布还紧紧地攥着自己镶着宝石的利刃。

听到酒馆外老马的咴鸣,夏布才确信云丹嘉措已经走远。他慢慢收拢腰刀，脸上的表情渐渐舒缓。自此，他没有再看一眼妹妹。他把那只云丹嘉措用过的龙碗摔了个粉碎，然后说："走，回家！"

茜达知道险情已经过去，她的身心得到了安慰，她不愿意云丹嘉措和夏布两人中的任何一人受伤，可是现在她必须得对哥哥有所解释。

"哥哥！"茜达的声音不再颤抖，"你听我讲嘛！"

妹妹温婉的话语并不能一下子就打动哥哥，但她知道自己终会打动他的，他是世上最真心待她的人。可是夏布这次却不同，他坚持不听妹妹的解释，已经到了无以复加的程度。

他粗暴地说："真烦人，你就不能闭嘴吗？"

茜达的眼泪顺着脸颊流下来，她没有吱声，可这比说什么都让夏布难过。夏布只好含混地说："好啦好啦……"

他似乎并不是在劝解妹妹，而是在自言自语。他收起腰刀的手拍了拍妹妹的肩膀，再也不知道该说什么。

茜达还是没有受到鼓励，她是想得到哥哥的鼓励的，但是哥哥的举动未能改变她委屈的心境，她只是啼哭不止。

夏布茫然无措了，他对妹妹的哭泣毫无办法，但又不能听之任之，他突然想到了一个人，他自以为说出这个人的名字茜达便会破涕为笑，尽管这个名字是自己深恶痛绝的，可是现在又有什么比这更好的办法呢？

夏布说："那么……麦尔贡呢？"

夏布惊异地听到茜达嗫嚅地说："我不知道……"

二十、放　生

没有目的地的奔跑使甲桑筋疲力尽。

母亲在门前高高地挂起艾草。艾草籽儿掉落到儿子头上。甲桑说:"阿妈,艾草籽儿掉到我头上了。"

尼罗抚摸着只有半人高的儿子,说:"等你长大,不要让别人为你挂起艾草,千万记住!"

"可是艾草是避邪的呀。"不谙世事的儿子说。

"艾草也可以避开你不愿再见到的人。"

艾草的高度是母亲踮起脚尖的极致。她再也没有取下过它。

幼小的甲桑说:"不要怕,我会保护你的。"

甲桑至今不知道艾草为他们挡住了什么。那把艾草是一个秋天挂上去的。那时他刚满八岁,正在学习独自到野外为野兔设置陷阱。每当他低着头紧紧攥住野兔的两只长耳、准备凯旋的时候,常常有一种失落的情绪,因为他始终听不到来自父亲的赞叹。

但他从未询问过母亲。母亲天不亮就把牛粪背回家,灶火总照亮着她憔悴的面容。在甲桑幼小的记忆里,她似乎从不睡觉,她是他睡着或者醒来时唯一的守护者。

甲桑十三岁时学会了一首歌谣,歌谣中唱道:

我没有帐篷,
开阔的蓝天就是我的大房;

我没有坐骑，

草原的野马就是我的坐骑；

我没有靠山，

肩后的猎枪就是我的靠山。

……

  他记得自己唱这首歌谣时，母亲扭过肩头，无声地哭了。

  甲桑在黑夜中奔跑。罗米长长的黑色鬃发轻轻抚过他的面颊。那个被野狼接触过的地方隐隐痛起来。自从狩猎生涯开始，他曾无数次地遭到过袭击，但每次都有惊无险，他常常暗自以为是母亲的祝福护佑着他，可是母亲刚刚去世，野狼便准确而凶狠地为他留下了终生的痕迹。

  那么，母亲的终生未嫁是为了那个不值得等待的人么？

  奔跑中的甲桑穿过一片丛林。这片丛林给他留下过深刻的印象。他还是少年的时候，有一次为野兔下套子，傍晚了，天边隐隐约约露着些淡光，他想象着第二天一早来取猎物时的喜悦，准备回家。丛林在他面前展开道路，这里他再熟悉不过，他沿着来时的路往回走，每走到一棵树前，他都要摸一把。一棵，两棵，三棵……

  他数不清摸到第几棵了，手一伸，却摸了个空。

  他是看得见那棵树的。树是杨树，不高，却结实，浑圆的树身上有枝丫衍出，星星点点的叶片缀满枝头，这是一棵不错的树。但奇怪的是它浑身上下都没有一块完整的树皮。

他再一伸手，依然摸了个空。

惊讶使他不能自己，但他却想搞个明白，他一直摸个不停，看得准准的，可摸到手里的只有空气。

他回家后把那棵树描述给了母亲。母亲是他唯一的听众。母亲听后沉默了半晌。她把他拉进怀里，说："还好，我有个儿子。"

甲桑不解，母亲便慢慢解释给他听。

村子里有个妇人，因为不能生育而被丈夫抛弃，她死在某棵树下，人们发现她时，她手背上的皮肤都已脱落。她就举着脱落了皮肤的双手化作了那棵树。因此那棵树是没有树皮的，它与众不同，这也成了人们辨别它的标志。化作了树的妇人专门等待抓住别人的儿子，以便慰藉她到死也没有过安慰的心灵。

甲桑说："她没抓住我。"

"可下次就说不准了。"母亲道，"野兔固然美味，但没有野兔我们依然可以活得很好，是不是？"

母亲的规劝并不能使甲桑停止捕猎。他是家中长子，他得补贴家用。直到母亲坚持把他送到寺院入寺为僧。母亲对他抱有很大希望，况且这是贫苦人家的孩子出人头地的唯一机会。

母亲常常不厌其烦地对他说："西藏三大寺之一的甘丹寺的历代住持甘丹赤巴，在全藏地学位最高，威望最重，他们大多都是贫苦出身，他们的地位是自己努力的结果，并不是上天赐予的。甲桑，这座寺院里切吉喇嘛学问最好，好好拜他为师吧，男人汉子想要成材，甘丹赤巴的座位为你敞开。"

以甲桑当时的年纪尚不懂得甘丹赤巴在藏族人心目中的崇

高,但他却喜欢上了切吉喇嘛。他以身、语、意三种供养,奉献给上师。切吉喇嘛是不苟言笑的,可他的慈爱使甲桑第一次认真地思考了有关父亲的概念。

"我的父亲是谁?"他终于这样问母亲。

"他在。"母亲说,"他当然在。"

"他在哪儿?"

"他在那边。"母亲指着达日雪山说道,"等山上的雪融化后,他就会来看我们。"

从那以后,甲桑每次望着达日雪山时的神情总是忧郁的。达日神山上的雪终年不化,他默默的期待似乎比母亲还要长久。

难道母亲的终生不嫁真的是为了那个人吗?

精疲力竭的甲桑在丛林里花了很长时间才转了出来。他骑在马背上,双腿累得快要夹不住马肚。好在罗米认得路,一直带他回到自己家里。

甲桑回到家,拴好马,脱下皮袄,蜷起身子便睡着了。

刚睡不久的甲桑忽然被一种奇异的感觉惊醒。他一起身,就看到一位老得不能再老的老妇人坐在睡铺对面,复杂而肮脏的衣服和低垂披散的长发使她看上去显得更老,她正用两只手指掀起眼皮,定定地望着他。

"你是谁?"甲桑既没有听到狗叫,也没有听到马嘶,便疑道,"怎么进来的?"

着眼皮笑眯眯望着他的老妇人说:"我是你母亲的朋友。"

甲桑闻到一阵很久没有闻到过的酒香。母亲去世后他再也没有闻到过。酒香使他顿感亲切，可这并没有消除他的戒备。他从未见过她。散发着酒香的老妇人一点儿也不理会他的目光，自顾自拎起灶下的酒瓶，一口就下去半瓶。那是母亲未来得及喝的酒，酒瓶上已落了灰尘。

"你也来一点儿。"老妇人不容分说把酒瓶递给甲桑。

甲桑似乎被魔棒点了一下，被施了法力的他拿起酒瓶，咕嘟嘟就是一口。这之前他从未饮过酒，但他也没有反对过母亲饮酒。他是知道她有着心事的，有着心事的人容易被真正疼爱她的人原谅。

喝了酒的甲桑脸红脖子粗地说："我已经请人为母亲念过经，她不再需要别人的祝福。"

"你和你母亲一样倔犟。"老妇人笑眯眯道，"我知道你一直被情所困，这是没有法子的事。听说过一种叫迷香的东西吗？"

"听说过。不过我一辈子也不会相信。"甲桑被说了痛处，再一口酒下去似乎便醉了。

老妇人又说道："你和你母亲一样倔犟。我劝说她三十年，可是她从来也不用它。年轻人，你命运多舛，肩膀还会留下刀痕，但将来会好的。本来嘛，好福气总是留给年轻人的。"

夏布带着茜达回家的路上，老牡马总是不停地打着响鼻，搞得夏布心烦意乱。他一个劲地埋怨着妹妹，认定是她让他在黑暗里还要走这倒霉的远路。

可是老牡马的不安宁终于引起了他的注意。他们正行走在丛林的边缘，一望无际的黑黝黝的丛林此时就像一座走不尽的迷宫。

夏布先是看到了从不离开主人的名叫罗米的马。接下来看到了脱了衣服围着一棵树蜷成一团的甲桑。

夏布和茜达费了很大劲才把呼呼大睡的甲桑唤醒。

"怎么回事，你睡在这儿？"夏布在妹妹轻声惊叫中急急问道。

醒来的甲桑还没完全从梦中回过神。他看看睡着的地方，再看看弟弟和妹妹，自己倒吃惊不小。

"哥哥你睡在这儿会冻死的！"茜达替仍旧迷瞪着的人披上袄子。

夏布则闻到酒味；"怎么？你喝酒啦？"

甲桑站起来，围着树走了一圈。这就是他无数次想要躲避开的那棵妇人化成的没有树皮的杨树。"奇怪！我明明睡在家里，衣服这样脱下来，放在身上……还有个老妇人来家里做客，我招待她喝酒来着……可我怎么会睡在这儿呢？！"

三天后的夜里，甲桑在黑暗中来到阿·格旺的深宅大院。门前的台阶依旧像白天那样森严，但他根本不在乎这一点，他把罗米牵到墙角，如同那天一样，他从罗米的背上直接跳进了阿家大院。

潜入院中的甲桑很快辨清方向，他绕过花园和大厅，那些植物的叶蔓轻轻地掠过他的面颊，仿佛在为这个深夜潜入者唱着赞歌，他是那样地敏捷，身手不凡……

当甲桑来到后院的牛棚时，他吃惊地看到老头儿阿·格旺正在牛棚里，他面朝一头牛站着，似乎在说着什么。甲桑起初还以为阿·格旺对牛情有独钟是因为他的吝啬，可当他发现阿·格旺面对的正是他朝思暮想的那头吸引了母亲灵魂的母牛时，那份惊讶简直难以用语言来形容。

更让他不明白的是，他看到那头母牛的两支犄角之间系着一条朱红的绸带，那是只有放生才用的呀！阿·格旺怎么会做出这件事呢？令甲桑百思不得其解，他结结巴巴地说道："天啊天啊！"

正在朝母牛唠叨的阿·格旺突然停止了说话，他静静地站了一会儿，并不转过身来，他说："好啦，甲桑，到这里来！"

早已被惊奇攫住了的甲桑不由自主地走向前，按照他的本心，本来是应该马上离开的，可是他不知被什么紧紧地抓住了，他身不由己，心里充满了对这些乱糟糟的事态缘由的了解的渴望，莫名其妙地走近了几天前还在诅咒的阿·格旺。

阿·格旺说："甲桑，我就知道你会来的，只要乔好好地在我这个老头儿的身边，一切都好说。"

甲桑已经平静了下来，他冷笑道："啊，你也知道疼子孙么？"

阿·格旺并不与他计较，这对甲桑来说又是一个意外。阿·格旺咬着手指头，把右手的食指都咬破了，他一边咬着手指头，一边啐出一口唾液，说："你们年轻人，什么时候才能懂得老人的心呢？什么候才能让老人安静一会儿呢？"

他这样说着，丝毫不理会甲桑的反应，仿佛他们俩是多年的老朋友，正在为一些鸡毛蒜皮的小事而唠唠叨叨。阿·格旺说话的时候，一直没有停止咀嚼手指头，因此他的发音不是那么清晰可辨的，甲桑得费点儿劲才能听明白。

不过，甲桑似乎不大在意阿·格旺的表达，他只在意地看着那头牛犄角上的朱红绸带，那是什么？那是放生的标志吗？

阿·格旺柔弱的声音断断续续地传入甲桑的耳膜："啊，年轻人，如果这个世道变个样儿，我看我们这些老头儿就该先完啦！"

看到阿·格旺变得如此软弱的这一面，甲桑有些不安，但却丝毫不能改变他的斗志，他说："我根本不在乎你讲什么，我只想知道你要把它怎样？"

甲桑用下巴指着那头牛。对于这个话题，他实在没有把握，可是他不得不说出来，他不能再等了。

阿·格旺右手的食指已经出血了，他好像没有发觉，仍然咬个不停。这个老头儿佝偻着脊背，头发乱蓬蓬地覆在脑门上，身上穿一件羊皮背心，已旧得毛都快掉光了，上面布满了斑斑点点的污渍。如果说他平时是个"嘀嘀"喘着粗气的、月亮营地里的显贵的话，那么这会儿他却只是个令人同情的糟老头儿。

阿·格旺吮着指头，忽然转过身来，吓了甲桑一跳，他看见阿·格旺的眼睛里含满了泪水，那种浑浊的、老年人的泪水。

阿·格旺用这双泪眼看着甲桑，嘴巴使劲翕动着，似乎有很多话要说。

但甲桑忽然从这种突如其来的情景中清醒过来，他想，啊，这又是你的一种阴谋吗？可不要哄我啦，老头儿，你的把戏也太多了点儿，怎么能再哄过我甲桑呢……

阿·格旺早已老泪纵横，他呜咽着说："孩子，你把牛牵去吧，快牵去吧，我简直受不了啦！我整天对着这头牛……不知道该怎么办……我说你呢，快走吧！"

阿·格旺很响地擤一把鼻涕，终于停止了咀嚼手指，他的眼睛里是亮晶晶的眼泪，是那种难得见到的不知在为什么而哭泣的眼泪。

甲桑愣在那儿。他百思不得其解，自己苦苦盼望的结果难道如此轻而易举地就获得了吗？这是为什么？吝啬鬼阿·格旺怎么会突发善心，把他求之不得的神牛拱手相让了呢？

这一定是新的阴谋！甲桑想，可是自己在怕什么呢？当然不怕。甲桑的马鞭开始轻轻地敲打靴帮，该牵走牛呢还是等等再说？不，不能再等的……

甲桑说道："那好，牛我就牵走了，回头我把买牛的钱送来。"阿·格旺突然勃然大怒，他吼道："你小子不要不知好歹，牵上你的牛，快从这里滚开！"

甲桑立刻回敬道："我可不会怜悯你！"

阿·格旺的眼睛里已经干涸了，他怒气冲天地奔到那头牛的身后，使劲把牛推出牛棚。那头系着朱红绸带的放生牛本来正有滋有味地反刍着白天的食物，被阿·格旺这么一搡，倒大叫起来，它不明白黑天半夜的，主人要将它弄到哪儿去。

甲桑也不客气，牵起牛鼻圈，向院中走去。

可是正在朝外走的甲桑却忽然听到阿·格旺从后面喊道："不管怎样，甲桑，我永远也不会原谅你带走了乔！"

我赢了。走在院中的甲桑理直气壮地想。他没有想到这件事情竟然会以如此平和的方式得到解决。乔是他自己要放的，现在，阿·格旺老头也懂得回报了。

上天惩罚你吧

你这狼人

第六章

二十一、冰乃树

阿·吉在后院的一丛冰乃树下找到了乔。

冰乃树在傍晚的空气里散发着沁人心脾的清香。这是一种生长在海拔三千米以上的灌木丛，茂密的深绿色树叶，每个叶片上都镶着一圈金色毛边。在昏暗中，这种金色闪耀着神秘莫测的光环，使每一个看到它的人都会情不自禁地相信某种吉兆正在向自己靠近。每当傍晚，冰乃树便散发出特别的树脂的香味。据说很多年前，女人们都是用它的琥珀色的树脂制作某种迷香，然后想方设法地让那绝情而去的情人使用，从而使他迷途知返，乖乖地回到自己的身边。

乔坐在冰乃树下。当然他并不是因为冰乃树的特殊香味而迷醉，他只是找到了一个远离家人的僻静处，不管这是冰乃树或是别的什么树，都与他无关。他似乎除了他的白布袋子，不关心别的任何事情。

阿·吉穿着一件黑色平绒的长袍，这件朴素的衣裳使她平添无限的风韵，她所有的优点都显露无遗，她是个美丽窈窕的女人，在这个名叫乔的男孩面前，她又是个庄重温柔的母亲。

"乔，是你么？"

阿·吉小心翼翼地靠近他，她知道自己正在靠近这个孩子的内心深处。

乔看看她，不明白她怎么知道自己藏在这丛冰乃树下。

"是我。"乔的目光穿过昏暗的光线，落到阿·吉的身上。从她一开始踏进后院的第一步，乔就知道自己被深深地侵犯了，他紧紧地闭上嘴，好半天不再说话。

阿·吉静静地坐在乔的身边，她坚定地守着乔，相信他总会说第二句话。阿·吉的眼前是冰乃树金色的幻影，夜风袭来，冰乃树叶发出低声的叹息。

阿·吉轻轻地叹息了一声。乔不再沉默了，他是个敏感的孩子，他懂得女人的叹息。

乔抬起头，看着阿·吉的眼睛。那双眼睛明澈而清亮，里面藏着某种热烈的东西，这不是他见过的，更不是他所熟悉的，他喃喃道："啊，你哭了么？"

阿·吉没有哭，她只是有些激动，她在激动的时候，眼睛总是潮湿的。乔接着说："如果你不哭，我会更好过些。"

"这是个问题。"阿·吉笑道。对她来说,乔只要能开口说话,就是一件好事,至于说什么,那都在其次。

阿·吉更近一些,她说:"儿子,你看天上的星星,那里有你的父亲,还有你的祖父。最亮的那一颗,会让黎明早早到来。"

乔一下子想到甲桑。在丛林中,甲桑曾对他说过,北面的那七颗星辰,是北斗七星,它的方向,正对着北方。

乔的手紧紧地捉着白布口袋,他不明白眼下穿着黑色平绒衣裳的母亲为什么会突然提起父亲。

"父亲在看着我们么?"乔这样问,顿时感到和阿·吉亲密起来。这种亲密感似乎已经很久没有过了,自从母子俩回到月亮营地,母亲就一直不知在忙着什么,她很少像过去那样关心他,在儿子看来,母亲似乎把他忘了。

"我们到这里已经好长时间啦。"阿·吉轻轻说,她看出了儿子的心思,"可我们还没有像从前那样好好说过话呢,你不想和我说说话么?"

"至少,你是不反对章代·吉留在我身边的,对不对?"乔说。

阿·吉瞧一瞧紧攥在乔手中的白布口袋,停顿了半晌才说:"当然,我知道你喜欢妹妹。"

乔的眼神柔和起来。他望着身后伸到眼前的树干,那上面的叶片正在月光下闪烁着神秘的光泽。他接着说:"其实不只是我喜欢这样,章代·吉也喜欢这样,她不愿意和我分开。"乔看一眼母亲,见她没有表示厌倦,又说,"我和她分开过,可是现在好了,我们又在一起了,无论谁也不能让我们再分开。"

"当然。"阿·吉重申了一遍。

两人又静默了许久。这时,月亮正在升起。升起的月亮就像一枚硕大而浑圆的玉盘,沉沉地悬于清朗的东天。从冰乃树的黑色树梢上望去,月亮那玉质的美丽无与伦比,那种凉凉的光辉普照大地,使这寂寞而孤单的阿家后院渐渐明亮起来。

阿·吉抱着双臂,紧靠着乔。静默之后的她说:"说说话嘛,乔!"

"说什么呢?"乔看看她在月光下明亮的脸庞,这样说。

月光使阿·吉的鼻梁显得光洁而挺拔。她是个美丽的妇人。这是乔忽然意识到的。现在,乔在月光下一下子意识到这一点,暗自吃惊不小。这之前,他只认识到过男子的魅力,记忆模糊的父亲,还有真实可信的甲桑,在他心目中,都是那么富有魅力,除了他们,乔不曾注意过成年的女人,即使是母亲,他也只是儿子而已。乔从没有过今夜这种感受,他似乎感受到了阿·吉正在向他的男性世界靠近,他的由父亲、甲桑和自己组成的世界。

乔又说:"说什么好呢?"

阿·吉看着他,说:"是呵,说什么好呢?不妨说说你的这次旅行吧!"

乔的目光穿过冰乃树丛,穿过阿家后院的高墙,穿过凉凉的月光下的世界,眼前开阔起来,赭红色的群山,清洁的达伍曲河,一匹纯黑色的高头大马上,骑着甲桑和乔。

他曾离开过营地，曾骑着马儿，到了月亮谷。那里丛林密布，每一棵树后都可能有猎人的圈套，可这有什么要紧呢？他不是从甲桑的套子里救过一只獐子吗？那只獐子不是对他恋恋不舍的吗？若是那只獐子眼睛里没有泪水，若是章代·吉不对他轻声呼唤的话……

阿·吉说："一切总是有个开头的，你想说出来吗，乔？如果想说出来，我是你最好的听众，你没有感觉到这一点吗？"

"这是一次不错的旅行。"乔说。

阿·吉再一次笑了，她说："好极了。"

这一瞬，阿·吉从沉重的章代家族的责任中解脱出来，她似乎忘记了回到月亮营地的目的，而只是个儿子的母亲，冰乃树下的听众。

"我想起了沙利。"乔接着说，"那是一条狗，甲桑给它起的名字。我们带它到了月亮谷。"

年轻的母亲静静地坐在儿子身边。从她矜持的态度和秀美的外貌上看去，她和儿子更像一对朋友。

"沙利是世界上最漂亮的狗。"乔说。

阿·吉说："我相信，我见过的。"

"是吗？"乔说，"它待我很亲的，就像原先章代家的头羊章代果日。我给甲桑说过它。"

阿·吉等他说完。乔比画着说："我对他说章代果日的两只角这么粗，这么长，我和章代·吉都合抱不拢呢！"

乔此时已经把那只白布袋子放在身边，他的话还没有说完时,袋子里莫名其妙的"嚓嚓"声便清清楚楚地传进阿·吉的耳膜。乔立刻停止了谈话,他重新抱起袋子,重新缄口不言了。

阿·吉早已百感交集,她喃喃道:"让我抱着她罢!"

那阵急剧的"嚓嚓"声渐渐平息。那个小女孩儿,那个在哥哥身边任性的小女孩……

"她总是这样的……"乔小声说。

阿·吉已经镇定下来。她说:"我仍能感觉得到她的体温。她是那么令人爱怜,头顶上的小旋涡总让头发翘着,我总是编不好她的辫子,那颗珊瑚怎么也戴不端正。"

"我记得那颗珊瑚。"乔说,"蓝绿色的,和她的眼睛的颜色一样,也和阿妈你的眼睛的颜色一样。"

阿·吉说:"是吗?我倒不知道自己眼睛的颜色是什么样的。"

"是蓝绿色。像那种。"乔指着天边。月光之下,天的尽头正泛着深幽幽的、蓝绿色的光芒。

"甲桑也认为蓝绿色是最好看的颜色呢!"乔又说。

阿·吉不再吱声。她咬着嘴唇。嘴唇因为近来一系列事情的发生而变得干燥不堪。她是习惯这样咬着嘴唇的,尤其在思考什么的时候。

"甲桑的马有这么高。他把我抱在他的前面,我刚好可以扶着鞍头。有时候他是让我拿马鞭的,马鞭上的红璎珞很好看的,只是太旧啦……"乔说。

阿·吉打断儿子的话:"是红绿两种牦牛线编成羊壮图案的吗?"

"是啊！"乔奇怪道，"您也见过吗？"

阿·吉说："那种图案十年前是很普通的。"

乔望一眼母亲。母亲也同时望着他。母亲的目光是温柔的，同时又是坦诚、清澈的。乔喜欢母亲的目光。这种目光让时光倒流回从前，他们重新成为相依无间的亲人。

"后来呢？"阿·吉问。

乔紧抱着袋子，说："后来……后来就找到了章代·吉。以前吉洛最喜欢要我抱着她，好让她够得着我脖子上挂着的护身符。您也知道她喜欢任何银制的东西。她脖子上的那个是您系上去的么，可她更喜欢我的。因为我的护身符上面有一颗珊瑚，而她的没有。她还喜欢晒太阳，我常常抱着她出门晒太阳。我给她编小辫儿，头发让酥油抹得亮亮的，非常好看。章代·吉是很好看的。"

母亲哀哀的神情转向高高的冰乃树梢。如果她还活着，生活就可能不是现在这个样子了……

"还有，章代·吉最喜欢的莫过于油炸果子啦……"

乔蓦地说到油炸果子。说出来令自己大吃一惊，他一直在回避这个话题，可是，真的是那油炸果子送了她的命么？他是想让她快活的，他回头进屋去拿那前夜里炸好的青稞面果子，只是想让她快活的，他怎么也不能相信就在他一去一回的片刻之间，章代·吉竟会永远离去，她怎么啦？她怎么会掉到井里去呢？……

月亮已升到中天，空气更加凉爽。冰乃树梢不再迎风摇曳。树叶的"沙沙"低语在金黄色的光晕中依然如故。

阿·吉知道他被卡住了。油炸果子卡住了刚刚有了谈话兴趣的乔的舌头,她知道他不能再说什么了。她看着那袋子,由白色转为灰黑色的袋子。一种情绪漫过来,就像潮水一样,渐渐漫过她的心头。呵,那些往事呵……

阿·吉迷茫的眼神拂过冰乃树,停留在树梢的高处。此时,她所有的思念都给了那个三岁的女儿,她是那么想念她,她的曾美满过的生活,她的一切,都随着吉洛的离去而离去了。

阿·吉想着吉洛,想着吉洛曾唱过的歌谣,她轻声唱道:

玩着玩着到海边,
海龙王唱了我们唱;
玩着玩着到山岗,
山神爷唱了我们唱……

阿·吉缥缈的歌声瞬息之间改变了这个夜晚。在乔看来,夜晚是从远方来的,比章代部落更远的地方,那里有他的亲人,他们把脸孔埋进土里,泪水和着鲜血,等待着迟迟不来的黎明。

"我想回家!"乔哽咽着说。章代有他的童年,有他的爷爷和父亲,他在这个夜晚忽然明白他一直想念着的就是章代,他的家园。

阿·吉心领神会。她把温柔的母性的手放在儿子的肩膀上,说:"会回去的,我答应你。等我们说服阿·格旺爷爷,让他带领营地的马队和我们章代部落一起并肩作战,我们会很快就回家的。"

乔问:"甲桑会帮助我们吗?他一个人能杀死九只狼。"

"这我不能肯定。"阿·吉说,"说服他很困难,他是个倔犟的人,况且,他的心思不在这里,他只想好好安葬他的母亲。"

"他和我父亲一样,是最棒的战士。"乔说。

阿·吉望着他。晚风吹乱了她的鬈发,但她看上去依然风姿绰约,她就像身后那株冰乃树,神秘、高贵、挺拔,又散发着幽香。

"乔!"阿·吉靠着冰乃树,有着金黄色毛边的树叶落满了她的肩膀。"你已经长大了,有些烦恼应该忘掉啦,只要你愿意,你也可以成为最棒的战士,你的家人和朋友都会为你骄傲的。乔,你没发现你是个幸运儿吗?你这么活着,有衣穿,有饭吃,还有妈妈给你讲故事,有阿·格旺爷爷关心你,你没觉得你很幸福吗?"

乔不能回答这个问题。

阿·吉接着说:"有很多孩子,和章代·吉一样已经离开了我们,离开了他们最信任的亲人,可是我们并不能因此而停止生活啊,我们还得活着,为他们祈祷,他们的灵魂才能得到安宁,你说对么?"

乔低下头。他的泪水打湿了胸前的布袋子。

阿·吉仍然在说着什么。她没有注意乔的泪水,她才是自己的听众,她在对自己说:你要活着,你要活着……

章代·吉,我的妹妹,我很久没有这样哭过啦。你真不该在那个时候要什么油炸果子……

阿·吉忽然被月亮下的冰乃树吸引了,那树叶上金黄色的光芒正在神秘地向她招手。她狂乱地站起来,立刻被一阵浓郁的香味包围了,她蓦地说道:"呵,冰乃树多香呵,如果真像老人们说的那样,就可以采些树脂来,制作成迷香,留住你想留住的人啦……"

二十二、黑暗使者

从酒馆出来的年轻人们涌上镇子。这时,黑暗的夜空遥遥有几颗星辰在闪烁,守家护院的藏獒也纷纷狂吠起来。

这已经说不上是第几次醉酒了。年轻人们灌下去的酒似乎比岁月还多。十几个年轻人的横冲直撞使宁静的夜晚顿时有了生气。

阿·文布巴醉得最厉害。他嚷嚷着,走在酒友们中间。松下来的靴带直绊得他跌跌撞撞,他的脸上带着打架时留下的血痕,英雄般地高高昂着。

他们不知怎的就遇到另一伙人。

陌生人们戴着面罩。月光下的坐骑们重重喘着粗气,而主人露出面罩的两只眼睛里则充满杀气。

"喂。"其中一位操着生硬的藏语喊叫着,让营地里的酒鬼注意,"你们见到不认识的年轻人来过吗?"

阿·文布巴生气地说："你们就是我不认识的，说吧，什么地方来的？月亮营地只欢迎有姓名的朋友。"

他的酒友们举起袖子，双脚跺着大地，啸叫起来。

这是射箭比赛时常用的欢呼方式。当自己队伍中的成员拉圆弓箭射中靶子，或是对方没有射中时，这种沉重的靴子跺地的声音和啸叫便会响彻云霄。

陌生人们在这种侮辱示威中有些沉不住气。那个刚刚被诘问的人接着说："我们从章代部落来，想找章代公子，那个叫章代·云丹嘉措的人。听说他带着他的马队到了月亮营地，如果各位能给个方便，就请告诉我他现在在哪里。"

"马队？"阿·文布巴嘿嘿笑道，"我们这里只有营地的马队，这是一支战无不胜的马队。瞧瞧你们骑马的模样，都快掉下来啦，还谈什么马队！"

营地的年轻人们纷纷笑起来。

"什么章代公子，我们这儿只有阿家少爷，如果阿府的少爷高兴，准叫你们从马上掉下来。"

另一人说："不对，我们是见过陌生人的，酒馆里不是有个纠缠茜达的外乡人吗？难道他就是章代部落的？"

"你准是喝醉啦。"前面的人说，"除了文布巴，有谁会有机会接近茜达呢？那姑娘头发里还戴着花儿哩！"

"头发里的花儿跟这有什么关系？是你喝醉了。"

陌生人听到这乱糟糟的对话，不由得火起来，他从马上站起身，前倾着，以便发出的声音更具威严："喂，听着，月亮营地的小伙子们，不是我们跟你们过不去，只要你们说出章代公子的去处，给我们一条出路，我们就离开。"

"我忽然想起来，"阿·文布巴打着酒嗝若有所思的样子，"我忽然想起来了，章代公子可是我们家亲戚啊，你要找他到阿府去问问是没错的。"

"会去的，阿家少爷，我们会去的。真是活见鬼！"来人恨声道。

关于鬼的话题是阿·文布巴少爷忌讳的。那个夜晚，当鬼来捉住他系在身后的袖子的时候，他的窘惑无以复加，而恐惧已达极致，他记得自己扭动的样子，可怎么也摆脱不了鬼的大手。鬼是无影无形的。那是他记忆当中最残酷的夜晚。

阿·文布巴担心他失态的模样重新复活在朋友们的记忆中，便立刻喝道："住口！想试试我的腰刀的厉害吗？"

那人也怒了，但他身后的人劝了句："行啦，这些黄口小儿，一个个醉鬼，不要一般见识，误了我们的大事！"

他的话无疑激怒了营地的小伙子。刚才在酒馆里的疯劲还未释放完的好饮之徒们个个抽出腰刀。腰刀在清冷的月辉下散发着寒光，犹如嗜血的动物，伸直身子，露出尖利的牙齿，随时准备出击。

阿·文布巴已率先冲进陌生人的马队中间，他高大的个子看上去仿佛是一匹窜进羊群的野马，刹那间让对方乱了阵脚。

一群陌路人立刻混战成一片。尽管其中的很多人都斜挎着长枪，但使用的武器还是灵巧、机智、能随主人心愿的小小腰刀。

阿·文布巴首先朝头马的马腿上挥刀砍去。那匹马应声跪倒，马主人从马头上翻转下来，蒙面的面罩也被撕下，那人一脸黑黝黝的络腮胡须豁然出现在阿·文布巴的面前。

"打的就是你！"文布巴气咻咻地再次挥刀上前，可他不知怎的却和敌手拧在一起，由于酒醉未醒，他的一半力气花在了喘气上，而双手却明显地无力起来。不一会儿，情形已非他心中所愿，"络腮胡"的力气远远超过了他。

那人很快把阿·文布巴压倒在地，以极快的速度捋下肩后的长枪，枪口正对着文布巴的喉咙。

众人的打斗顿时停了下来。

"算啦，教训一下就行啦……"那边有人劝道。几个人去拉住他的袖子，不让他开枪。

那人气犹未平，面朝文布巴说："你知道吗？只要'噗'一声，你的喉咙就会有个黑洞。黑洞你知道吗？永远也补不上的黑洞！"

他"嘿嘿"笑着，恶毒地示范了一下扣扳机的动作。

在众人规劝下，他收起长枪，却在收长枪的同时，掉转枪口，用枪托狠狠地朝倒下的文布巴的肩膀上来了一下。

枪托砸向文布巴的肩膀，文布巴还未来得及哼一声，枪膛里的子弹却在这一击中走火了，子弹"噗"的一声，沉闷地、不偏不倚地穿过持枪人的喉咙，射向夜空。

持枪人直挺挺倒在阿·文布巴的身旁。

械斗的双方被这突如其来的结局搞蒙了。只见营地的黑夜来客躺在地上，手里仍是那支致自己于死地的长枪，而喉管里汩汩冒着的黑色血液，很快使大家站着的地方有了黏稠的腥味。

阿·文布巴傻眼望着陌生人，连连叫道："天意！天意！"

他爬起身，朝地上的人啐一口，说："'噗'一声！真的是'噗'一声，你的喉咙就完蛋啦！再也补不上啦……"

他还想举起右手做个什么动作，可发现手不听使唤，原来那枪托砸下来时用的劲足够折断他的肩膀，可这劲儿的后座力却要了那人自己的命。

已经有人来收拾死者的尸体。那人被抬到马上，马被斜挂的主人的重量拽得倾斜着，脚底下打着转儿，蹄声碎乱，嘶鸣不停。来人们的慌乱更是可见，他们嘴里咕哝着，脸上挂着对手留下的彩儿，忙不迭地纷纷上马。

"下次来时别忘了带上长枪。"营地的年轻人们喊道。

那马队已在混乱的蹄声中远去，还能依稀可辨他们临离开时恶狠狠的声音："你们等着瞧吧，你们等着……"

酒醒了大半的阿·文布巴傻乎乎地望着地上的那摊血迹，摸着自己的右臂，就像做了一场噩梦。

"他们会来报复的。"有人说。

酒劲儿已挥发得差不多的伙伴们紧紧围在一起，他们感觉到得要面对什么问题了。这个问题看来是严重的。

阿·文布巴擦擦从脸颊上流到嘴角的血，说："这到底是怎么回事？章代公子虽然是我家亲戚，但也用不着我们流血嘛！"

"可能跟章代部落被占领有关系吧？听说那边打得很惨哩，女人娃娃都不能幸免。也许那些家伙是来营地打探消息的，他们会不会打到月亮营地来?"又有人说。

"还有你姐姐,她不是带着孩子也回来了么?"

阿·文布巴道:"她是女人家,丈夫死了,回娘家是必然的。可这跟我们营地有什么关系?"

"看来我们也得打起来啦!"

阿·文布巴高傲地说:"我们有最好的马队,他们收拾宁洛部落还差不多,打我们,哼,还差得远呢!"

"可我们没有头儿呀,真打起来,谁来带领我们上战场呢?"

有人接着说:"不是有甲桑么?我看他准行!"

大家一阵沉默,仿佛战争就在眼前,他们为这个问题着实烦恼起来。混战中被撕下肩膀的衣服重新整理好,靴带也扎紧,靴子边上插着的马鞭也摆摆整齐。

有人犹豫着说:"不如我们现在就拉出去,把最好的马和武器带上,在营地之外扎上帐篷,这样,既不连累营地,也好随时迎敌。"

"好主意呀!我们这就去各家收拾一下,最好通知甲桑,他知道利用什么地形最合适。"有人立刻响应。

阿·文布巴说:"就这样,你们回家收拾一下,我这个样子是不能回去了,我就在营地之外等你们,别忘了带上刀和枪,还有火。"

年轻人们突然从醉酒的状态中清醒过来,他们是一群自由斗士,他们自由地喝酒,现在又要组成一支自由的马队。在这之前,他们只是在互相逗乐、狂饮滥喝、百无聊赖中度过每一天,而现在，他们纷纷朝各家奔去，神态是严肃的，动作是灵敏的，每个人的意识里都有装庄严、神圣的使命感，他们将成为保卫营地的自由战士。

镇子上重新沉寂下来。先前打马而过的陌生人不再敢那么招摇，他们静静穿过镇子，准备离开。这时，他们远远注意到有个黑色的影子，身边走着一头牦牛。

"我们不能这么便宜地离开！"马队里有人说。

"这个又臭又脏的营地，来日我们定要灭了它！"

又有人接口道："没错，就像灭了章代一样，什么最棒的马队。可我们回去怎么交代呢？总不能说马队长自己打中了自己吧？"

"这好办。"前面的人说，"不是有现成的替罪羊么？来灭营地也有了借口，你们这帮笨蛋，问题是我们不能这么便宜了这鬼地方，走时也该点把火什么的。"

"那不是有头牛么？抢过来，在牛尾巴上包上布，点着，赶着跑就是，谁家的干草场一定完蛋，要是烧得好，整个营地的干草场都会烧没了，那样，到秋后他们的日子可就不好过了。"

"好小子，主意不错，就这么着。不过我们等不得秋后了，这次回去告诉大队长，带人马来便是。"前面的人赞赏道。他指挥手下分开包抄，无声地窜到带着牦牛行走的人跟前，还未等他有什么反应，牦牛已被抢走，他眼睁睁望着强盗风一样骑着马离开。

二十三、月光下的铜扣腰刀

甲桑牵着牛，以胜利者的姿态离开阿家大院。那些园中的植物正在晚风中"沙沙"作响，带着月亮光泽的叶片，轻轻地、轻轻地，落在了甲桑的身后。

这是最好的结局。

甲桑这样想，心里舒畅起来。那头母牛老老实实地跟在后面，它有永远也反刍不完的食物，可见阿·格旺老头并没有亏待它。被灵魂附身的母牛犄角间的红绸随风飘荡，好似甲桑凯旋的旗帜。

早就应该如此。甲桑一把扯掉那块红绸，说："早就应该如此，我会给你换一块更干净的。"

红绸被远远地丢在黑暗中，一闪，就不见了。年轻的甲桑，意气风发，左边跟着的罗米也率真地踩着细碎的花步，它的脚步是感受主人心情的最好明证。

甲桑并不急于上马，他要陪着这头母牛多走一段路，镇子中间的路是好走的，甲桑的右边是母牛，左边是罗米。甲桑偏头看看母牛，见母牛正视着前方，眼睛亮晶晶的，闪着湿润的光芒。甲桑忽然有些伤心，他的手心里扭着牵牛绳，那根绳子伤了他的心。他抽出腰刀，一下子，就把牵牛绳从牛鼻下面割断，绳子丢掉后，母牛似乎自由了，它伸伸脖子，轻松地叫了一声。

甲桑说："我知道的，唉，只是晚了点儿，你不会怪我吧。"

甲桑看着母牛，母牛依然端庄地行走在他的右侧，白色的尾巴飘逸而下，流利的线条从后背一直蜿蜒到有着厚厚肉褶的后颈，干净的皮毛闪烁出健康的光泽。牛的眼睛是世上最美丽的眼睛。

甲桑又说："我知道你是不会怪我的。"

他把腰刀收回刀鞘中。他的刀鞘毫无金银或宝石的装饰，朴实的黑色牛皮，两边是用皮绳缝合的，有着粗糙但美观的毛边，鞘面上有一颗失去颜色的铜扣，用来系紧环扣，环扣是固定在腰带上的。甲桑从不炫耀他的腰刀，但不炫耀并不意味着沉默，恰恰这种沉默的腰刀在出击的时候最准确也最厉害，这是一把月亮营地中人见人畏的快刀。

甲桑在收起腰刀的一刹，感觉到身后有一种不祥的阴影在跟随着他。罗米不再像刚才那么踩着花步了，它抽着鼻子，似乎在嗅着什么。只有母牛一如既往，端庄而秀丽的眼睛正视着前方，它根本不理会身后到底跟随着什么。

甲桑镇定下来，他说："事情已经结束了，我们不用再担心，是吗？我们一到家，事情就彻底结束了。"

他放下在腰刀边犹豫的手，下移到右侧的袍边后，再抬起，最终放在了母牛的后颈上。他感觉到手中非常温暖，这正是他需要的。

甲桑放下右手的同时放弃了警惕。对他而言，母牛在身边，这就足够了。母亲去世后，发生这么多的变迁，他甚至不得已带着一个并不熟悉的男孩离开营地，一切就这样开始了，在这个夏天，在炎热的午后，在那个男孩跨上罗米时，命运就这样开始了。

"我愿意为你做一切。"甲桑说。他的身心已经松懈,他知道自己负有的使命已经完成,这跟他刚才进入阿家大院时的心情不同,那会儿他还不知道事情会以如此之快的速度结束,他是等待着这一天的,他也为这一天付出过努力,因此他是安心的。

罗米早已急躁起来,它的四蹄在不安地抖动,它的急躁很快传染给母牛,母牛开始"哞哞"直叫。甲桑说:"静一静,快到家了,我们快到家了,夏布和茜达在等着我们呢!"

弟妹们会高兴的。甲桑平静地想。他丝毫也没有在意到罗米的变化,通常,罗米感觉到什么危险时,甲桑都会很快与罗米保持一致,但这次奇怪了,尽管罗米不厌其烦地暗示他,他却毫不理会。

事情就这样来了。甲桑毫无防备地发现很多蒙着面罩的男人骑着快马风一样掠来,他们围成一个圈,把甲桑和罗米、母牛团团围定。他们是否带着火枪,是否挂着长刀,甲桑都没有十分注意,他甚至没有看清哪个是领头,哪些是手下,他们的衣着和马匹都不显眼,未能给甲桑留下什么深刻的印象。虽然看得出他们是冲着甲桑而来,但却对他没有什么举动,只是在他还没有能力反击的情况下,便拉起那头母牛,风一样离开。

甲桑甚至没有反抗,他的眼睛眨也不眨地望着那些男人离开,像是在梦中,母牛的离开并不是真的,他一直望着蒙面人远去。直到罗米的头颅过来碰碰他,他才猛醒,猛醒了的甲桑狂怒道:一定是阿·格旺,那个老东西,他又骗了我!

甲桑返身上马，罗米是懂得他的心思的，未等主人发命令，罗米已经掉头朝来时的路飞奔而去，那是通往阿·格旺大院的道路。

路面是狭窄的，但甲桑的眼前越来越开阔，他看到阿·格旺是怎样以一副假慈悲的心肠赢得了自己的好感，又是怎样以毒蝎的方式掠了自己的所得。

罗米在狂奔。甲桑在狂奔。他被愤怒和仇恨填满了，这个有着高大个子、俊美眼睛的甲桑，已经被阿·格旺的所作所为所激怒，他已经看不到母牛，刚刚得到的、附着母亲灵魂的母牛，早已远远离开了自己，他不能原谅阿·格旺，是他使自己在失去母亲后又失去了一个男人不可失去的尊严。

甲桑没有精力去考虑阿·格旺为什么会费神玩这把花招。这多可笑呵，他又骗了我！

阿·格旺的院门还没有闭上，或许在甲桑离开时就没闭上，也许是阿·格旺派出去跟踪的人回来后还没来得及闭上，甲桑顾不得什么，径直骑马冲进台阶之上的院门，他没有忘记阿·格旺的院门是没有人敢于骑马进去的，但他甲桑就要这么做。

大厅前的花草依然在月光下呢喃，安静如往常。甲桑骑马冲进去时，树梢上的叶片又一次拂在他的脸上，可是他除了仇恨外，什么也不觉得。

甲桑在牛棚前的空地上找到了阿·格旺。老阿·格旺正在小女儿阿·玛姜的搀扶下准备回到大厅。父女俩看到甲桑骑着高头大马一冲而进，着实吓了一跳。

阿·格旺包着右手的食指，血污还没有洗掉。那是他在母牛面前啃食的结果。那会儿对甲桑诉说时，他是那么狂乱，使劲咬着手指，言语混乱，以致甲桑轻易地听信了他。

现在，阿格旺吃惊地望着再次登门的甲桑，未等来人开口，这位阿家大院的主人就不满地说："年轻人，难道你牵走了牛，还要我牛棚里的草料吗？"

阿·玛姜已经在最初的慌乱后平静下来，她半低着头，美若满月的面庞上带着娇羞，她不明白甲桑为什么而来，父亲又为什么说出如此冷漠的话。

甲桑怒道："老东西，你假惺惺把母牛给我，又派人抢走，你什么意思？要钱吗？给你！"

甲桑从马上一跃而下，一撒手，一把纸币迎风而起，飘浮在阿家的后院上空。

如果说刚才阿·格旺只是懒洋洋地讥讽着甲桑的话，那么现在已经被来人的行为搞得失去了主张。他抬头望着从空中慢慢飘落的纸币，不明白甲桑在说什么。

阿·格旺说："怎么，你叫我什么？"

甲桑不耐烦了，他的马鞭重新敲打起靴帮，就像从前，他第一次来到阿家大院要买回母牛时那种忍耐的样子。但这种样子不会长久的。

阿·格旺默默地看着甲桑的靴帮，末了只好说："好，我不再计较你叫我什么，不过这是最后一次。小子。"

阿·玛姜美丽的眼睛里闪烁着惊惧的光芒，她第一次发现甲桑有着如此狂怒的一面,这是她不熟悉的,更是她不能接受的。她啜嚅道:"甲桑大哥,什么事慢慢说嘛!"

甲桑看到的除了阿·格旺外别无他人。他说:"钱你已经得到了,把牛还给我,我们再也没有相干!"

阿·格旺终于发怒了,老头儿咬开包着食指的布条,这大约是女儿刚刚包上去的。那根食指抖抖地指向甲桑,气急败坏道:"你这小子,好好把牛牵走的不是你,难道是鬼吗?"

"别这样,老顽固,你还想要什么?想要我的命吗?我奉陪!"

甲桑一边说,一边把马鞭扔到马背上,他已经失去了最后的耐心,他要用他的力量摆脱站在面前的老头儿的阴谋。

阿·格旺这才明白事情的严重程度。他努力睁开因困顿而眯上的双眼,说:"你是不是找错了地方,这里是我的家。"

甲桑的右手迅速从腰间抽出腰刀。他要等对手也同样抽出腰刀后才动手。他等着,阿·格旺久久不动,他似乎没有弄明白甲桑的用意,但他的腰刀在那件老羊皮袄下面静静地挂着,它是多年以前的宠物,它帮助阿·格旺完成了很多壮举,也使他得到了月亮营地里最多的荣誉,但是这柄腰刀,阿·格旺已经很久没有用过了。

阿·格旺不动,于是甲桑就说:"你老了,你是承认的。我也承认这一点,我不会拿你的岁数当筹码。你先使两刀吧,记住,我只让你两刀!"

阿·玛姜尖声叫起来。她冲过去护住父亲,面对她痴心等待着的这个人，现在已经没有必要羞涩了，她气呼呼地说道："你这个负心汉，你已经得到牛了，你不让我们安宁么？"

"姑娘让开。"

甲桑冷冷地说。他一眼都没有看阿·玛姜，只是她那个样子太妨碍自己了，她会坏了男人之间的争斗的。

阿·格旺在一阵沉默后，慢慢地但很坚定地抽出了腰刀。他说："你不必让我两刀，我还没有老成那个样子。"

甲桑说："好样的。营地里自称头号男人的人不该是小气鬼。"他的腰刀在月光下闪着寒光，犹如他眼睛中射出的仇恨一样冰冷。

阿·玛姜再一次扑上来。她不愿意父亲受伤，内心里也不愿意甲桑受到父亲的伤害。她知道这种刀战总要以其中一个人的倒下而宣告结束，她不愿意他们中的任何一人倒在她的身旁。

就在阿·玛姜扑上来的一刹，阿·格旺和甲桑已经短兵相接，只见寒光一闪，甲桑的腰刀在阿·格旺灵巧的一避中，致命地撞上了年轻的阿·玛姜的腹部。

阿·玛姜没有喊出声来，她直直的眼神瞪着甲桑，软软地倒在了地上。甲桑一松手，那柄带着铜扣的腰刀一半露出姑娘的身体之外，已经被鲜血染红了。

阿·格旺的腰刀"砰"一声掉落在地，他低头看着倒下去的女儿，真不敢相信这是真的。他扶住女儿软软的腰肢，老泪已纵横。

"你这个天杀的，你害了你的亲妹妹！"

老阿·格旺情急之中道出了埋藏二十年的隐情。甲桑望着阿·玛姜，她的腹部真实地插着自己的腰刀。这是不容辩驳的事实，甲桑自己也不明白袭上老头子的武器怎么会插进姑娘的身体。

他迷迷糊糊地问："什么？你说什么？！"

"你杀了亲妹妹！你还想知道什么！"

二十四、狼　人

甲桑朝后退去……

他的双腿依然保持着马步，左手微微向外张开，而右手上，满满地沾染着阿·玛姜身体里的血。

他缓缓地朝后退，整个身躯还是刚才准备出击时的刀战姿态。而实际上刀战已经在一个刹那间结束了。使这场刀战结束的是阿·玛姜。甲桑知道这个牺牲品是自己同父异母的妹妹。

阿·玛姜倒在父亲的怀里，腰肢柔软，早已失去了保护自己的能力。她的眼神定定地瞪着甲桑，慢慢就变得散光，变得黯淡，从前的秋波似的顾盼过的眼睛，如今已经毫无生气、毫无光泽了。

阿·格旺伤恸得不能自已。他的脸上带着明显的突然老去的痕迹，那种瞬间到来的、令人防不胜防的老去。阿·格旺就这样扶着女儿，手臂无力，右手的食指上血肉模糊，他又开始咬它了，用足了力气，老泪涟涟，食指上原先包着的布条拖在地上。此时此刻，阿·格旺只是一位失去了自控力的老人，绝望地、没有防备地哭泣……

那把带着铜扣的腰刀还在阿·玛姜的身体里，最柔软的地方，那腹部，最没有抵抗力的女人的腹部。腰刀的铜扣在月光下闪着令人胆战心惊的寒光。这是从没有过的。对于甲桑来说，这是从没有过的。

这个结局并不是甲桑设想过的。在他进入阿家大院时，甚至就在他拔刀挑战时，他都没有设想到会有这样的结局。

两个男人都不能为姑娘阖上睁着的双眼。阿·格旺已没有力气。而甲桑除了退却，除了惊惧的退却外，毫无办法。

阿家后院里的躁动吸引了在树丛里聊天的阿·吉和乔。阿·吉迅疾赶来，身后跟着背着布袋子的乔。

阿·吉第一眼望见的是甲桑。这个英俊沉默的男子，怎么会在深夜出现于阿家大院的后花园里？这是阿·吉不能解释的，但她马上明白这里在她到来之前肯定发生过什么事情了，要不然甲桑怎么会如此沮丧、如此木然？

"天！"

看到甲桑后的阿·吉转眼便望见了倒在地上的阿·玛姜和扶着女儿的老父亲。月光下，阿·玛姜惨白的面庞已经变得模糊不清。在阿·吉看来，这位美丽无比的妹妹无论如何也不会这样倒在她暗恋着的男子的身旁的。

阿·吉惊叫道："天呵！"

聪明的妇人立刻明白是怎么回事了。她的两只纤瘦的手使劲地抓住乔的双肩。

乔暗暗叫了一声"疼。"这个背着妹妹遗骨的男孩还没有看到什么，他的眼睛里除了甲桑外，没有看到别的什么。

甲桑的存在使他有了一丝惊喜，但他却未能扑上前，因为阿·吉的双手紧紧地抓着他的两肩。

就在这时，娜波出现了。娜波听到院中的动静，出来看看究竟。可她却意外地见到了漫天飞舞着的纸币。

纸币在天空飞舞，形成一片花花绿绿的世界，月光中的雪片，娜波眼里的惊奇，久久在天空徘徊，久久不肯飘落下来。

而泪水涟涟的阿·格旺老头咬着食指的双齿不能停下，他似乎在咬食指的过程中得到了某种快慰，他的嘴角浸着紫血，有些已经凝滞了，但他在重复啃咬，直到鲜血淋漓也不罢口。

阿·格旺看也不看甲桑。他的眼珠一刻也没有离开过宝贝女儿的脸庞，那张曾经给过他无限快乐的、酷似她母亲的脸庞，现在已经再也不能给他带来喜悦了。

"你这个罪魁祸首！"老阿·格旺怒气哼哼地骂道。

甲桑当然知道老头儿骂的是谁，但他早已失去了先前的斗志，他曾有过斗志的，在阿·玛姜倒下之前，在阿·玛姜的腹部没有受到任何创伤之前。

现在，所有在场的人都听到了阿·格旺嘴里说出来的一句话，这句话使大家惊异万分，也使大家对甲桑刮目相看了。

"你杀了你的亲妹妹……"

甲桑的胸膛里一万次地说着"不",可是他无力喊出声来辩驳,他已经完全错了,阿·玛姜难道真是自己的妹妹么?这是他最不能面对的事实……

娜波奔向前,她替丈夫扶起阿·玛姜。

阿·吉呆呆地站立于飘舞的纸币中。她看见了妹妹。她看见了渐渐长大、渐渐如花似玉、渐渐赢得营地里男孩们青睐的阿·玛姜。

而此时的乔,他仍然坚定地望着甲桑。他似乎更愿意等待倾听甲桑述说一切,可他等了很久也未等到甲桑的辩白。乔目不转睛地望着甲桑,身后的布袋子里清晰地传出"嚓嚓嚓"的响声。

乔终于说:"又是妹妹……"

甲桑骇得一惊,知道乔想说什么了。乔想说的话只有甲桑一人能懂,他俩曾经息息与共过,但是现在甲桑一点儿也不想听到乔的话,他的话犹如巫语,能致甲桑于死境。

老阿·格旺继续泪水涟涟,他接着说:"二十年啦……还是遇上啦……若不是你母亲尼罗不肯,怎么会有今天呢……这是命呵!"

阿·吉伏到玛姜身上时,一眼看到姑娘腹部的腰刀,她认出这是甲桑的佩刀,便一下子明白这是怎么回事了。"啊,你做了什么呀!"她喃喃道。心情立刻被悲伤所覆盖,她的双臂托住阿·玛姜的腰身,可是阿·玛姜再也站不起来了,她的身体一个劲地往下沉,纵使同母异父的姐姐有回天之力,也不能让她渐离渐远的灵魂停留一会儿脚步了。

当阿·吉扶住阿·玛姜时，老阿·格旺顺势坐在了地上。他已经没有力气了，他似乎只有坐在地上才能承受二十年来的秘密，这个秘密埋藏了二十年，他甚至以为还能埋藏比这更长的时间，可是现在，一切都在一个瞬间大白于天下，大白于孩子们的面前，大白于自己无力承受的现实中了。

阿·格旺不能说出自己当年贪图阿家的财产而入赘阿家，辜负了尼罗的一片痴心，更无法说出自己一方面成为阿家的乘龙快婿，而又纠缠尼罗，致使尼罗一生都没有一个完整的男人来照应，这也是他最大的人生遗憾，可是他的夫人去世后，他仍然没有实践对尼罗的承诺，而是娶了年轻的美貌女人娜波。如果他给尼罗一个满意的结局的话，她也不会这么快就离开人世的吧……

阿·吉抱着妹妹。阿·玛姜的两条腿在袍子下面显得放松而柔软，那双漂亮的靴子从脚跟滑了下去，沾满了后院里的泥土，露出的红色靴带已经松落了，这是她今天早上才绑上去的新靴带，她害怕走路吗？她要走长路了……阿·吉看着妹妹，面孔上的震惊无法掩饰，她已见过许多死亡，许多，年轻人的，男人和女人的，母亲的，可是她还没有想过玛姜会在这个月色非常美好的夜晚死去。阿·吉的确没有想过。可是现在，妹妹露出红色靴带，双腿松软，难道这就表明她已经死了吗？这个拥有令人妒忌的娇颜美貌、令人眼酸的青春年华的妹妹，她现在已经死了吗？

只有娜波镇定一些，她已经看到有仆人朝这里跑来，便小声吩咐道："别慌，先把人抬进去。"她向大厅挥挥手，几个男仆把阿·玛姜冰凉的身体抬了起来。

阿·吉看到甲桑目光紊乱地朝阿·玛姜扫去。这时，插进阿·玛姜身体的那柄腰刀砰然落地。阿·吉上前，一脚，便把那把腰刀踢到了树丛里。

阿·格旺眼睛里的怒火无法熄灭，他叫道：

"上天惩罚你吧，你这狼人！"

甲桑的眼窝里布满血丝。除了沉默，他再也不能表示什么。他摇着头，仿佛没有听见阿·格旺的诅咒。

这时，起风了……

起风了。阿·格旺坐在风中"呜呜"而泣。没有人了解他到底有多伤心。他的右手食指已惨不忍睹。他气喘吁吁的哭泣引起女儿阿·吉的伤痛，她的哭泣是少有的，但是现在她已经不能止住啼号了……

娜波的眼角也挂着晶莹的泪滴。没有哭的，只有甲桑和乔。

乔是个奇怪的孩子。他的背袋里的"嚓嚓"声一刻也没有停止，他忙于安抚那只背袋，但爷爷说过的话他却听得一清二楚，他明白是甲桑杀死了他心爱的姨娘阿·玛姜。

阿·吉扶起父亲，跟着阿·玛姜的尸体往大厅里走去，娜波看了一眼甲桑，也无声地朝大厅里走。乔到丛林里去找那把被踢开的腰刀，但没有找到，他拉拉呆立一边的甲桑的胳膊，说："快走吧，你的腰刀我找到后给你送去。"

"什么？"甲桑不明白乔说的话，他不能就这样走了。

乔的沉着有一种毋庸置疑的魅力，他背着袋子，对甲桑说："你还不明白么？你不能再待在这里的。"

"这是当然。"甲桑在孩子面前保持着最后的尊严。

乔不容他再说什么,便推着他上马。快马罗米在整个事件中都沉默地守在一旁,它在等待甲桑的选择,它静观事态发展时的态度与乔有些相似。

乔说:"她不会答应你这样的。"

甲桑惊异地望着他。"什么?谁?"

"当然是玛姜姨娘。她会在那里看着你的。"乔的下巴朝天上某个虚空的地方抬了抬,然后神态自若地继续催促甲桑上马。

甲桑终于艰难地问道:"你怎么会这样想呢?"

"并不是我自己要这样的。"他目光迷离的眼神望着甲桑,继续说道:"不是我,是妹妹,懂吗?你的妹妹是阿·玛姜,而我的妹妹是章代·吉。"

甲桑结结巴巴地说:"我还是不明白……"

乔的布袋子里突然安静了,乔已经感觉到了这一点,他抚摸着肩上的袋子。"瞧!"他说,"我说的是对的。"

甲桑在乔这种似是而非的问答中匆匆上马。

罗米穿越了树林编织而成的阿家后院,这个美丽的夜晚,却发生了一件令甲桑百思莫辨的事情……

甲桑离开阿家大院的同时,阿·格旺的家丁回来报告说,阿府连着村人的一处大干草场着了大火,有人看到是一头白尾牦牛带着火种冲进草场引起的,而且由于火势猛,又有风助燃,草料场瞬息之间就成为一片灰烬,这下秋天后牲畜们的日子就麻烦啦……

二十五、七天后的妹妹

和甲桑道过别的乔，终于在树丛里找到了甲桑的腰刀。这把牛角刀柄的快刀，刀鞘还留在主人的身上。乔找到这柄刀时，刀刃上的血迹已经被夜露抹去了。乔认为自己对甲桑有过承诺，而男人的承诺是千金难买的，他想立刻把这把没有血迹的刀送到甲桑手里，他知道甲桑肯定还有别的用处。

乔是在甲桑的家里找到他的。甲桑正在收拾行装，准备再次离开营地。他的穿戴仍然是那套过旧的服饰，头顶窄沿驼色呢帽，长长的头发在帽后篷松地曲卷着，肩上是一块方形的粗纺大氅，脚蹬一双麋鹿皮短靴，右边靴后挂着粗糙的铁制马刺。他的马鞍根本就没有卸下，现在又要上路了。

甲桑看见了乔。

两人都觉得无话可说。乔沉默着把那柄刀递上。甲桑接过。他本不想再看到这把刀，可是乔却毫无商量的余地。

"拿着。"乔执拗地说。

甲桑握着刀，他已经和它永诀过了，已经暗暗起誓不再摸它了，可是乔的执拗是他无法拒绝的。

甲桑摸摸自己的腰间，刀鞘还在原处，失去光泽的铜扣虽然老旧但还很结实，它使刀鞘紧紧地贴在腰间，看上去方便而又实用。甲桑把刀子送回刀鞘中。

乔看着甲桑做这一切。他发现甲桑的脸色就像那枚老旧的铜扣一样黯淡无光，那条俊美的鼻梁与棱角分明的嘴唇间多了蓬乱的胡须，而瘦削的面颊上隐藏着纵向的几条皱纹。

这是乔先前没有注意到的。他明白这是怎么回事。

甲桑在整理牡马罗米的肚带，他觉得乔的身上有了某种变化，但他一下子未能回过神来，他说："乔，你还带着她么？"

乔使劲点点头。他转过身去，让甲桑看清楚他背后的白色布袋。

甲桑心酸起来，他说："带着就好，带着就好。"

沉默了一会儿乔问道："你要离开营地吗？"

"是的。我想我得离开一段时间。"甲桑说。

乔不再说话，他知道甲桑总要干自己想干的事，谁也阻挡不了。

甲桑已经上马，他俯身朝站在地上的小男孩说："好啦，章代·乔，我们就道别吧。"

背着白色布袋的小男孩说："再见，甲桑！"

天大亮时，甲桑已经把自己放逐到营地之外。为了阿·玛姜，他不能原谅自己的过失，他望着那只曾经握过腰刀的手，简直不敢相信那是真的。当时，他只是被气坏了，他只是想教训教训阿·格旺，可是，后来，不该发生的都发生了……

营地之南多是峡谷地带，其中两条峡谷之间有一方面积较大的平地。这方平地是从南面进入月亮营地的必经之地。很久以来，由于人们来来往往，在这里留下了刻有六字真经的嘛呢石，渐渐形成半里见方的嘛呢石堆，是附近几个营地中最大的一座，这是几代人垒建起来的，凝聚着营地的精神历史。有很多人自愿到这里来镌刻嘛呢石，有许过愿的来住一段时间，等他达到自己的目标便可回去，有的则一住就是一生。

甲桑把帐篷搭在这座嘛呢石堆的近旁。

甲桑搭的是灰白色的简易马脊式帐篷，没有天窗，也没有砌建简单的灶台。帐篷的门口有三块石头组成的三石灶，这些石头已经烧成油黑色的了。三石灶的顶上架一支木柴，上面挂着甲桑的水壶，里面的红茶水在"扑扑"地冒着气泡。

甲桑白天就在嘛呢石堆里镌刻嘛呢石，晚上便住在这顶帐篷里。不远处也有一顶简易帐篷。给甲桑做伴的是一位老人，甲桑相信那人已经在这里待了很长时间了，但他俩从未说过话，每当一个新的黎明到来，他们总会在石堆的入口碰面，这时甲桑就礼貌地朝老人点点头，可是老人对他总是视而不见。

甲桑镌刻嘛呢石的工具就是那柄误入阿·玛姜身体的腰刀。

七天里，甲桑似乎用尽了自己的全部力气。这堆嘛呢石堆的高度和广度都是甲桑慢慢理解的。随后他理解了每块嘛呢石上那精致、细腻的刀痕，理解了镌刻嘛呢石的每个人的心情与处境。

他已经刻了七七四十九块。

镌刻六字真言的本领似乎是与生俱来的。甲桑在这之前从未刻过类似的东西，但是当他这次遇到自己不能饶恕的罪过后，立刻心意已决地来到嘛呢石堆旁，仿佛上天赐给他捉刀的能力，他拿着那把助虐过的腰刀，开始了恕罪的道路。

天已经彻底黑下来。七天就要过去了。

甲桑在三石灶的微火上取下待饮的红茶水，倒进自带的木碗里。喝过第一碗后，他开始解开牛皮炒面袋，拌了半碗糌粑。

等甲桑吃完简单的晚饭后，已是深夜了。这是一个没有月亮的夜晚，天空的四周散发着紫色的云霭。甲桑扑灭三石灶里的火星，回到帐篷里倒头便睡。

睡意蒙眬的甲桑忽然听到了牛的叫声。

这儿怎么会有牛呢？放牧的牛都已归圈了呀。甲桑迷迷糊糊地坐起来，他看到一头牦牛在帐篷外一晃，便不见了。

那头牦牛的白色尾巴在夜里清晰一闪，使甲桑一个激灵，他彻底醒了，难道是阿·格旺家的那头牛吗？

不可能。甲桑这样想，可他还是忍不住跳起来，朝帐篷外追去。

那头牦牛只是一闪，可甲桑一心想追到它，但他只追了几步便突然停下，他似乎看到了什么，他呆呆地望着前方。

甲桑看到了阿·玛姜。

玛姜姑娘穿戴如同新娘。面如满月的美丽面庞上，带着姑娘家的娇羞，她头戴织锦缎绲边的春帽，脖子上佩着三串上品珊瑚，两耳边垂着金托玛瑙耳坠，一件镶着水獭皮边的新装，腰间悬挂铮亮的银链子，双肩上披一条白绸上等阿喜哈达，脚下是一双高腰黑色云靴，她的两只腕子上的玛瑙镯子正在叮当作响。

"想不到是你……"

甲桑结结巴巴地说。他站在自己的帐篷门前，神色十分狼狈。

阿·玛姜轻声说道："你不想让我进去坐会儿么？"

这时，那头带着甲桑找到阿·玛姜的白尾牦牛正怡然自得地停在一边低头吃草，不时地发出一两声惬意的哞叫。

"当然。"甲桑说，连忙打开背后的帐篷布帘，"你请吧。"

阿·玛姜走路的样子非常小心，她身上的饰物使她的走动颇具浪漫声响，这使她自己似乎有些不好意思。

姑娘坐在帐篷里侧，她朝甲桑看一眼，绯红的面容更加姣美，她说："你知道的，我不能就这样离开。"

"真抱歉……"甲桑的道歉脱口而出。

阿·玛姜说："你不必向我道歉，如果我再停留七天，你也不必向我道歉，我知道你是无意的，但是我不明白为什么你情愿用武力解决，而不向我的父亲请求开恩，他会开恩的。"

"不，他不会。"甲桑答道，"因为他也是我的父亲。"

阿·玛姜定定地望着他，根本无法相信这是事实。等她在甲桑的眼神中得到证实时，便埋下头，哭了起来。

"我是个苦命的女人……"

甲桑说："我的母亲也常这样说。"

深深的苦痛使阿·玛姜悲伤欲绝，这是她永远也得不出的结论。

"你的母亲，尼罗她……"阿·玛姜断断续续道，"曾经长得很美是吗？她生育你的时候一定是怀着爱情的……她为父亲生育了儿子，天呵！可是父亲为什么不娶她呢？"

"呵，父亲！"甲桑恶狠狠地说，"这是个可恶的字眼，我一辈子都不会用它。"

阿·玛姜满眼都是泪水，她已无力为父亲争辩。

"别这样，请别这样……"她低声轻诉。

甲桑恼怒道："如果不是他，我们兄妹怎么会到这步田地？他忍心我母亲的灵魂永远不得超脱，他只是个会说话的畜生！"

甲桑已经气愤至极，他说的话不能使阿·玛姜安宁。姑娘静默地望着他，心中有说不出的悲伤。她喃喃道："这是谁的错，上天却为何惩罚了我？我错了吗？什么地方错啦？"

阿·玛姜的自怨自艾使甲桑不忍心再伤害她，他理解她的哭泣，就像理解了母亲的灵魂为什么端端跟上阿·格旺的白尾牦牛一样。

这样想着的甲桑冷静了，他擦干净那只傍晚时吃过糌粑的木碗，为阿·玛姜斟满一碗青稞酒。

他说："夜里冷，请喝上一碗吧。"

阿·玛姜只是哭泣，她似乎并不需要这个。

在甲桑的一再坚持下，姑娘饮干了这一碗青稞美酒。

"真凉呵！"阿·玛姜说。她抹了抹嘴唇，那双手即刻收回到宽大的袖子里去了。她的脸色由于酒力的作用而变得红扑扑的，显得十分好看。

两人相对无语。

夜里的风刮过帐篷的高桅，呼啸而来，呼啸而去，帐篷的门帘"啪啪"作响。三石灶里的灰烬大约早已被风吹得一干二净了。架在灶上的空水壶正在奏响一种音乐，时而低唳，时而高昂得过于激越，时而随着风，一去无踪。

甲桑自己也斟了一个满碗，一饮而尽，他的胡须上沾着酒滴。在阿·玛姜看来，甲桑有着无与伦比的魅力，她甚至为这魅力倾尽了全部，可是原来他们都错了，上辈人的失误让下辈人担待，这是不可原谅的错误。

甲桑苦笑道："我已经有七天不曾讲话啦……"

阿·玛姜坦诚地看着他，说："我何尝不是呢，我的哥哥！"

甲桑吃惊地望着对面坐着的姑娘，喃喃道："你原谅我了么？"

阿·玛姜点点头，说："我能怎样呢，我原来是你的妹妹！"

甲桑握着木碗的手颤抖起来，他知道这样的时刻总会到来，现在已经来了，他为自己犯下的错误做了补偿，而美丽的妹妹阿·玛姜也已心领神会。

这是不得已的结局。

甲桑把木碗收起来，说："有你这样的妹妹我是高兴的。"

"是吗？"阿·玛姜说，"我们竟是兄妹，有同一个父亲，这是我没有想到的，不过现在好了，我已经安心，我情愿你是我的哥哥。"

甲桑没有说话。阿·玛姜继续说："我只是想知道，你会娶什么样的妻子呢？"

甲桑说："这我还未想过。"

两人轻松地笑起来，他们真的是一对兄妹了。阿·玛姜笑着说："如果我们在一个屋檐下长大，我就会知道的。"

"可能吧！"甲桑说，"你真是个好姑娘。还想要碗酒吗？"

妹妹回答道:"不,我不能再要了。"

甲桑深深地看她一眼,夜就要过去了。他并未取出木碗,他也不再想要第二碗酒了。这样清晰地望着妹妹,甲桑感激着上天,他喃喃地赞美了佛祖、喇嘛和诸位护法。

天就要亮了。甲桑说:"天就要亮了。"

"是啊!"阿·玛姜说。晨曦已使大地从沉沉的黑暗中渐渐苏醒,远处早牧的吆喝声传来。

阿·玛姜起身,她整理衣装,把长长的头发捋到肩后,戴上帽子,她就要离开了。她说:"是我走的时候到了。"

甲桑也站起来,说:"我送你吧。"

"不必了,我的哥哥。"

阿·玛姜看着甲桑,神色那么坦然,她已经没有什么可疑惑的了。

"好吧。"甲桑退下自己手上的一枚银戒指,真诚地说,"戴上这个,祝你路上平安吧!"

"我的哥哥,愿你一切如意!"阿·玛姜听话地在左手中指上戴上这枚朴素无华的戒指,临离开时这样说。

> 这是奇怪的早晨
> 火葬师手里的火种
> 怎么也无法点燃柴禾

第七章

二十六、白银戒指

在这个月华普照的夜晚,乔跟在众人后面,他的布袋子此时是安静的,这种安静的时刻对乔来说是不多的,他从中得到了某种安慰。他对妹妹说:"姨娘她长得不像我们的母亲,但你在那里会认得她的,好啦,你除我之外,又有个伴啦……"

走在乔前面的是他的母亲和祖父。月亮朗照着那一抹迅疾离去的阴影,而从道边旁溢出的树梢则摇曳不已……阿·吉扶着父亲,老阿·格旺垂着那具硕大的头颅,神情里充满了从没有过的沮丧。多少年了,这是他第一次失去亲人,他从没有失去过亲人,他是个让别人失去亲人的人。

可是现在,他的儿子杀死了他的女儿,这是命运吗……

老阿·格旺痛不欲生。他的右手食指已经烂掉了，整个手掌都稀糊一片，难以辨别其他的手指，他并非打算以这种方式来悼念女儿，这只是习惯，是在得知尼罗的灵魂附身于白尾牦牛后养成的习惯，这之前他从未有过咬手指的毛病，他曾蔑视过别人的种种怪癖，常常诉之于女人之流。但现在不同了，他流眼泪，咬手指，自言自语，所有曾经不屑的习惯他此时都表现得淋漓尽致，这种不知不觉间的脆弱，使得他状如婴孩……

阿·玛姜静静地躺在大厅里。猩红的地毯使她更显苍白无力，周围的花朵开放着，而她姣美的面容已经枯竭。那双曾流光溢彩的眼睛已经永远地闭上，再也不能睁开。她真正停止了呼吸，这是在场的人都不愿接受的事实。

"怎么办呢，阿爸？"阿·吉终于开口道。她扶着父亲的双臂开始困顿，父亲的所有重量几乎都倾在她身上，她有些力不能支了。

"当然……当然……"阿·格旺说着，却完全不知道该说什么。他看一眼娜波，此时此刻，唯有娜波是他的主心骨。

娜波的心都碎了。如果说她在来到阿家大院时还带着戒备心理的话，那么现在她已经毫无防范了，她只是个伤心的女人，只是个为一个美好生命的离开而伤心的年轻女人。

乔背着袋子，静静地站在爷爷的身后。他听见阿·格旺连连恨声咒道："天杀的！那个天杀的！"

阿·玛姜姑娘的火葬仪式是在第七天举行的。

七天间，阿·格旺请了营地里最好的喇嘛为女儿诵了平安升天经，请最好的缝纫师为女儿缝制了高贵的水獭皮边的衣装，并让她佩戴上准备给她陪嫁的三串上等珊瑚项链和金托玛瑙耳坠、两只腕子上是玛瑙镯子，头顶戴上织锦缎绲边的春帽，腰间是一副铮亮的崭新银链，双肩上披一条白绸阿喜哈达，脚上则是一双高腰黑色云靴。

阿·玛姜穿戴如同新娘。

穿戴如同新娘的阿·玛姜要上路了。

这天，达日神山的南麓在晴朗的日照下显得格外肃穆庄严。所有的人都来了，老人和孩子，男人和女人，他们为阿·玛姜而来，为营地里最善良、最可爱的姑娘而来。

金刚铃已经响起。人们开始轻声祈祷。

火葬师通过种种仪规把火种带到山上。那里早就准备好的柴禾架成了长方形，阿·玛姜躺在上面。盛装的姑娘就要离开这一世灵魂暂寄之躯了。

可是这是个奇怪的早晨。火葬师手里的火种怎么也点燃不了柴禾。

火葬师三番五次地把火种伸向柴禾堆，可是用心依然枉然。

他的惊恐可想而知。这是他从未遇到过的事情。他的火种是没有灭的，但是这燃烧着的火却无法使另一丛柴禾燃烧，简直太奇怪了！

火葬师就这样徒劳地折腾了一天。直到夜里，他的火还没有点燃起来，他决定第二天天一亮再去请一次火种，重新开始一遍。

仪式一直延挨到第二天的早上，人们困倦得要命，火葬师刚刚迎回火种时，却发现那丛柴禾突然"嘭"的一声就着了起来，火势熊熊，直冲云霄，只一会儿工夫，大火便在火葬师和众人的目瞪口呆中使柴禾变成一片灰烬，阿·玛姜的尘缘已尽，昨天折腾了一天的一切程序都在瞬间得以完成。

娜波在阿·玛姜火葬的地方拣到一枚烧得白灿灿的戒指。

娜波暗想这是怎么回事呢？阿·玛姜临行前是她装扮的，姑娘身上的所有饰物都由她精心安排和选择，可是这枚银戒指是从哪里来的？戒指有着朴素的式样，没有雕饰和镌刻物，只是简单的一个指环，这种指环一般是男人戴的，可是怎么会到阿·玛姜的身上呢？

娜波一时想不明白，便先收起来，等办完事情再说。

等娜波回到府中，首先把戒指拿给阿·吉看。她俩年龄相仿，什么话也说得来，当娜波举着这枚看上去一点儿也不起眼的银戒时，阿·吉却大大地吃了一惊。

"这是从哪儿来的？"阿·吉不由惊问道。

娜波说："是玛姜，我从她手指上发现的，盛殓她时，我并没有给她戴上啊，可怜的姑娘，愿她早日解脱。"

"这不可能。"阿·吉取过戒指，仔细端详。她是见过这枚戒指的，这枚戒指在一位男子的手上，她认得他，熟悉他的每一件饰物，就是这枚戒指，也曾被她的纤纤十指抚挲过。

它是怎么来到妹妹的手指上的？

阿·吉的目光掠过漫漫长空，后院的树木使这片天空显得更加遥不可及。这是不可能的。

"怎么？"娜波试探的口气传进阿·吉的耳膜。

阿·吉冲口而出："这是甲桑的戒指啊！"

娜波深看一眼阿·吉，两人不再说什么。

阿府在阿·玛姜的火葬仪式结束后，便在院中举行感谢帮助过办理丧事的左邻右舍的谢餐宴。宴会上人们窃窃私语，对于火葬的点火细节讳莫如深。

娜波此时奔波于前厅与院中。她穿戴朴素，卸去了所有首饰，只在腰间别着一串黄铜钥匙，俨然一位主管家事的主妇。她勤勉地指挥仆人们从左边上菜，从右边退下。她请营地里有头面的老人坐在上席，而自己始终站在旁边，她的朴素端庄和有礼有节得到了大家的暗暗赞赏，他们称赞她是营地里最好的主妇。

这是娜波进入阿家大院以来第一次公开露面，她一贯相信自己的能力。家里的人们此时都躲在后院里暗自垂泪，只有她能强忍悲痛，把剩余的事情做得万无一失。

这是不得已的事情。并非只有女人能够做好。重要的是，娜波自认还是阿·格旺的妻子，死者阿·玛姜的继母，她有责任分担丈夫的痛苦，但是她越是谦恭地请众人吃好喝好，便越是觉得心中渐渐涌上一种气愤，一种对阿·格旺强烈不满的气愤。

娜波是那种顾全大局的女人。此时，她的脸庞上挂着严谨得体的笑容，轻声奉劝阿府的客人们品尝家中特有的青稞佳酿，这是一种阿家祖传的酿酒方式制造的酒，在营地里非常有名，每逢阿府有什么重大事情，这种酒总是必不可少的。

在座的贵宾们都在举杯推盏之际，注意着宁洛头人的表情。

宁洛头人四十岁出头，戴着避风帽，左耳悬一枚硕大的银耳环，身穿普通的镶毛边氆氇衫，腰间挂着七寸嵌宝石腰刀，足蹬一双黑色牛皮长靴。宁洛头人的表情始终是僵滞的，似乎永远也没有笑容。

宁洛头人就带着这样一副愁容坐在贵宾席上吃着长条羊肉。他本来是有可能娶阿·玛姜为妻的，但他现在烦心的并不仅仅是阿·玛姜的死，因为他那小小的部落已经受到了前所未有的威胁，他面临着如此艰难的困境，心情可想而知。

宁洛头人的身边是阿府主人阿·格旺。阿·格旺一下午的时间里都紧紧攥着一根羊骨，他只是唏嘘，却没有吃上一口。两人愁容相对，除了吃吃喝喝的谦让外，未交谈一句有关死者的话。

终于，阿·格旺作为主人认为该说点儿什么，他说："谢谢贵客们的到来，小女在天之灵，也会是个安慰。"他说完，用那包着食指的手拍拍宁洛头人盘腿而坐的膝头。

宁洛头人食不甘味，茫然地点点头。

"你的心情我是理解的。"阿·格旺悄声对他说，"可是我这个老头儿，女儿去世，儿子又离家出走，谁也安慰不了我啦！"

宁洛头人放下手中的羊骨，把两只油手互相揩揩，道："老爷，我是否能和您单独谈谈？"

阿·格旺站起身，带他走向后院。他们来到他的小客厅里，两人站在猩红色的地毯上，一时不知从何谈起。

"坐，坐。"阿·格旺先坐进他那张宽大的躺椅里，躺椅瞬息之间仿佛要散架一般呻吟起来，可椅子的呻吟抵不上阿·格旺的叹息，他一直叹息不止。

"对令爱的早逝，我深感遗憾，愿她早日解脱吧！"宁洛头人坐下，从怀里取出一只玛瑙鼻烟壶，倒一些灰色粉末到右手拇指的指甲盖上，一口气吸进去。

阿·格旺颇有深意地看他一眼，说："但愿这不会影响我们之间的友谊。你瞧，现在阿·吉也寡居在家，你可以在任何你认为方便的时候来我家做客，我们会欢迎的。"

"这真让我感激。"宁洛头人说，"但如果我长期在贵府做客，您恐怕就不会愿意了吧？"

阿·格旺怪道："这话什么意思？"

"宁洛部落快要不保啦！"宁洛头人长叹道。他的手指抖瑟着，灰色鼻烟不能够安静地待在指甲盖上，全都纷纷落到膝头上。

"我已有准确消息，侵略章代部落的那伙人很快就会打到宁洛，或许月亮营地目前是最安全的地方了吧，但很难说，因为我们这一带相连成片，唇亡则齿寒，这道理您老人家是懂得的。"宁洛头人沉郁着，话中有道不尽的沧桑。

阿·格旺不由得说道："难道我们真的没有办法了吗？"

"办法只有一个。"宁洛头人一字一顿地说，"就是联合。听说章代公子常在附近出现，他的马队最富有战斗经验，如果再加上我的人马和营地的人马,相信这是一场能赢的战争。"

阿·格旺道:"败军之将,谈什么作战经验!说到我们营地,恐怕只能表示遗憾了,这里现在人心涣散,如一盘散沙,不是你我说说就能解决的事情。"

宁洛头人说:"听说甲桑在营地最具号召力,也是最有胆识的男子汉,您怎么能说人心涣散呢?让他带领营地的年轻人组成马队,正是如虎添翼,您老人家可以高枕无忧了。"

正说话间,忽然仆人来报,说有人求见。大大出乎阿·格旺的意料,来人是省府驻防部队司令的传信人韩财发副队长,他的身后跟着几个虎视眈眈的随从。

阿·格旺匆匆看了几眼来信。信中的大致内容是阿府少爷勾通强盗杀害马队长,要阿·格旺交出凶手,否则不予宽容云云。

"儿子早就不在家里啦!"阿·格旺摊开两条手臂,诚恳地说,"他现在在哪里,我也不知道。我还想找到他哩!"

韩副队长两只淡黄色的眼珠透着阴戾,说:"我们不管家事,我们只想尽快拿到凶手交差。阿老爷,您也得给我们一口饭吃呀!"

"容我找找看。"阿·格旺模棱两可地说。

打发了来人,宁洛头人说:"文布巴少爷给他们了一个侵占部落的最好理由……"

他话没说完,只见阿·吉款款进门,她落落大方地向宁洛头人问好,然后对父亲说:"阿爸,听说他们并不是一小队人马,月亮营地已是大军压境啦,赶快想办法吧!"

"女人家，懂什么！"阿·格旺终于怒道，"要不是你们母子带来章代部落的晦运，月亮营地也不会落到今天这么尴尬的局面！"

阿·格旺的话无疑大大伤害了阿·吉。她绞起双手，强忍着眼里的泪水，最后决绝道："好吧，如果您真是这样想的，那么我现在就带着乔离开这里。本来我们也是要离开的。"

阿·格旺后悔莫及，他追出门喊着阿·吉的名字，可是阿·吉的态度是那么坚决，他简直无法追到她。

二十七、离开营地

夏布带着妹妹离开酒馆。茜达像往常一样朝酒馆内看了最后一眼，酒馆里混乱糟糕的情景使她看上去有些心烦意乱，但这是没有办法的事情，夏布哥哥不容她解释半句，何况她自己也无法对发生的一切解释清楚。

茜达带上锁。傍晚里发生的奇迹似乎到此已有了了结。月亮已经西斜，天快要亮了。四周的静谧反而使茜达感到十分不快，这同往常是一样的，但是茜达却失去了平日快乐的心境，那个离开的男子，那个让她在瞬息之间信任了的男子，他去自己临时搭建的帐篷里了吗？她哀怨地望着夏布的背影，哥哥呀，你总要这样对待我么？

夏布全然不顾走在身后的妹妹在想些什么，他怒气未消，但无从发作，他牵马的手指是颤抖的，他最不愿意看到的就是妹妹被人欺侮，他相信刚才那位自称云丹嘉措的男人对茜达是没有好意的，何况他是个陌生人，全营地没有人能了解他的为人……

夏布兄妹都各自胡思乱想地回到自家的院子。路上没有说一句话。那匹老牡马仿佛也极懂人意，它独自站在院子当中，对夏布竟然忘记卸去马具也似乎颇能容忍。

夏布进门后，发现甲桑还没有回来，就说："告诉你，我叫你回来是因为甲桑大哥回来了，他要见你。"

"人呢？"茜达急忙环顾屋内，没有看到甲桑。

夏布说："他大概又到阿·格旺家去了。"

"哥哥他非得那么干？"茜达像是自言自语。

夏布说："男人家的事，你管什么。"

茜达无声了。她刚刚从不自然的情态中解脱出来，可是夏布冷冰冰的话又使她重新感到落寞了，她比夏布更希望甲桑大哥能早些回来，甲桑大哥是能理解自己的……

夏布感觉到妹妹的不快，有些后悔，这原不是他的本意，但是他无论如何也想象不到，茜达妹妹早已在瞬息之间改变了初衷，这连她自己恐怕都没有意识到。

夏布说："瞧着吧，哥哥回来一定会有好故事讲给你。"

他茫然地说，茜达茫然地听，两人都感到前所未有的别扭，这是什么？是什么阻隔了兄妹俩往日亲密无间的感情？

两人沉默着，夏布终于说道："说说看，茜达，你不想把酒馆里发生的事情对我说清楚吗？"

"当然。"茜达麻木地开口道,"当然我是想说清楚的,可是今天一天都乱哄哄的,我的脑子里混沌一片,不知从何说起。"

夏布停顿半晌,说:"麦尔贡不是一直都和你在一起的么?"

茜达看一眼哥哥,她知道这个名字是夏布最不愿意提起的,但是现在他也居然这样说起了。

"是的,可是他后来走掉了。"

"喝醉了还是怎么的?"

夏布除此之外再也想象不出麦尔贡还会有什么别的原因离开酒馆,他不是那种让夏布瞧得起的男人。

茜达说:"是醉了,不过醉得不是很厉害,但是他和阿·文布巴打了起来,呵,那个花花公子,他动刀子啦。还有别人,我不知道。人太多了,麦尔贡丢掉了耳朵……"

夏布一下子就笑起来:"什么?他丢掉了耳朵?我以为他会丢掉小命的……"

"他真丢了小命你也没什么可高兴的呀!"茜达不满地望着夏布。

夏布说:"这跟我无关。"

茜达听他这样说,不由生起气来,她说:"我知道你不愿意我嫁给麦尔贡,可我总是要出嫁的,你说我嫁给谁你才不管呢?"

茜达的话使夏布很难堪,他没料到妹妹会这样想,但他得回答点儿什么,他意气用事道:"营地里哪个年轻男人不好呢?你偏偏看上麦尔贡,那个拿着刀只知道天葬的人,他有什么好?你没发现大家都瞧不起他么？……"

"你只知道有人瞧不起麦尔贡，你知不知道也有人瞧不起我们呢？大哥是个猎人，人家说他总要得报应的，你又偷过别人家的羊羔，还有我，只能去卖酒，还要看人家的脸色，你说我们还有什么能挑剔别人的呢？要是阿妈还活着，我们还有人疼爱，可是现在阿妈不在了，若不是麦尔贡，我……"

茜达怒气冲冲地说着，夏布吃惊地望着她。这太糟了。这太糟了。夏布结结巴巴地辩解道："你怎么能这么说大哥呢？要不是他猎来的食物，我们全家早就饿死啦……你说我偷羊羔，我还不是为了你么？不管怎么说，我和大哥是男人，要养活你和阿妈，这也是迫不得已，我为了这个家也尽了一份力，别人给我起什么夏布勒阿的外号，我并不在乎，大哥和阿妈怎么误会我，我也不在乎，可你是我最疼的妹妹，你也这么说我……"

夏布说着难过起来，"夏布勒阿"，这个外号是羊羔夏布的意思，是营地的人们在讥讽夏布偷盗羊羔的事情。

茜达看到哥哥沮丧的模样也于心不忍，便轻声说道："哥哥，你别说啦，我不嫁麦尔贡就是。"

夏布转忧为喜。他不明白茜达转变的缘由，他还以为是自己良苦用心的结果。"是呵。"他故作镇定地说，"麦尔贡只是太一般啦，营地里比他优秀的年轻人多的是。"

茜达不吱声，她知道哥哥的心思。

转忧为喜的夏布没有看出茜达的异常，他说："其实大哥也不喜欢麦尔贡，只是因为你坚持要嫁给他，才到了这步田地……"

夏布茫然地说着话，但渐渐就感觉到茜达的态度了，这不是他需要的那种喜悦，他意识到自己是错的，因为茜达对他的话不以为然。夏布收住话题，猛然问道："你是不是看上别的什么人了？"

夏布说这话的同时，已经感觉到问题的严重性，他想起他们刚刚摆脱的那个陌生人，想起茜达对他情意绵绵的眼神，想起那副桀骜不驯的下巴和微微上翘的嘴角——这不是真的，这不是真的！

"快说！是什么人让你改变了主意？"夏布急不可耐地说。

夏布知道茜达是个不会轻易改变主意的姑娘，尽管他一直在劝说她改变嫁给麦尔贡的命运，可是他心里也清楚这种劝说是徒劳的，他了解茜达，茜达的倔犟是九头牦牛也拉不回来的。

——可是现在她怎么了？难道这就是她的命吗？

夏布顿时明白自己不遗余力的结果仍是徒劳无用的，对茜达来说，夏布的努力犹如耳旁吹过的清风，没有起到任何作用，这使哥哥夏布感到无限悲哀。

夏布绝望地看一眼茜达。

无疑，茜达有了真正的心上人。

"这是真的么？"夏布说。

茜达点点头。虽然她的眼睛里含着羞涩，但神情是坚定的，在她明确地证实自己的心思时，她是那么美丽，任何珠宝也不能给她增添的那种美丽。

"老天！"夏布不由得叹息道。

茜达的美丽是他看到的，茜达的坚定也是他能感觉得到的，但是他仍然不甘心，他一把抓过妹妹的手，发现她左手无名指上的戒指已经不在了。

夏布问："戒指呢？"

茜达把手抽回来，说："我把它还给麦尔贡了，我不再要它了。"

夏布说："呸，看看，你的手上现在什么也没有。"

茜达说："我宁愿什么也没有。"

夏布说："那枚戒指可是麦尔贡最珍贵的东西，他把最珍贵的东西送给你，可你竟然随便就扔掉。"

"我并没有扔掉，我只是还给了他。"茜达毫不示弱。

夏布伤心地望着茜达，说："你变了，变得我认不得了……"

茜达说："我比你清楚我自己。"

"你总是这样……"夏布含含混混道。他不明白茜达为什么在这件事上如此固执己见，从前她不是这样的呵，过去的时光里，茜达对他言听计从，他们是世上最好的兄妹，最好的朋友，最好的一家人，可是现在却在发生从没有过的事情……

夏布接着说："你不能这样！"

茜达知道自己的话有些重了，但她相信哥哥总会理解她的苦衷，在麦尔贡之前，夏布是最好的哥哥，他是她的主心骨，是她的保护神，她在他的庇护下长大，成了营地里最漂亮的姑娘，她的惹人注意或许很大程度上来之于夏布的看护吧，夏布看护得那么紧，甚至歌会上也要坚持待在妹妹身边，可是他越是这样，茜达的吸引力就似乎越强，营地里没有人能忽视她如花似玉的身影。

茜达说道："我就知道你不会喜欢我喜欢的人。"

"你抛弃麦尔贡，竟然为的是那个外乡人！我看你是糊涂了，连人都没认清楚就……"

茜达辩驳道："你不是最厌烦麦尔贡么？好了，现在你怎么厌烦他都不要紧，他不再是你未来的妹夫了。"

"可是那外乡人并不比他强多少。"

"你怎么这么快就下结论？我看他是个了不起的人物。哥哥，你不用再说什么了，我已经下了决心，你说什么都是没用的，我不会听的，我主意已定……"

"那么，"夏布颓丧地说，"麦尔贡怎么办？"

"他会有好姑娘的，好姑娘有的是，可是好男人却不容易碰得见。"

茜达说着，脸上的神色温和起来，"你没看到那外乡人有多精神呢，他唱歌的声音，还有他的神采，他和大家有很大的不同，我一下子说不好，可是我相信我的直觉，他是个好小伙子，你应该喜欢他……"

"你做梦吧，梦总是要醒的！"夏布粗暴地说。

茜达说："我情愿做这样的梦。你要我在营地里生活一辈子吗？你要我一辈子不做梦吗？这不可能，何况我还年轻，我的未来长得很，我要抓住他，他会带给我好运的。"

"别说了。"夏布打断妹妹的话题,"你让我感到费劲,茜达,我不知你以后怎么见大哥,怎么对大哥说这件事,我相信他不会任你自己做主的,他是一家之主,他说了才算。"

茜达说:"我知道,我想好了,我一见他就告诉他,大哥会同意的,麦尔贡的事他不也同意了么?"

夏布道:"胡说!我这就去找麦尔贡,你先和他说清楚吧!"

"用不着的,他来也没用。"茜达喊道。

夏布已经朝院子中间走了,那匹老牡马正在耐心地等待着他的到来。

走开的夏布说:"会有用的,不管怎么说,他也算我们家的恩人,他帮助阿妈天葬没要一文钱。你不能这样自己说了算。"

茜达追到门口说:"我会把钱还给他……"

可是夏布已经听不见了,他的牡马带着他旋风一般离开了自家的院子。

茜达慢慢地对自己说:"我不是把戒指已经还给他了么?"

茜达看到的只有马蹄带起的尘土。在月光明朗、苍穹淡蓝的夜晚,茜达发现自家的院子空空如也,她就在这样一无所有的院子里生活了十八年,十八年来,他们除了马棚里的两匹马外,别无他物。

现在,她已经十八岁了,她不能再这样等待下去,她要创造自己的生活。那种她想要的生活是等不来的,她刚刚发现这一点,紧接着她发现自己还有创造的信心。

茜达回到屋里,开始收拾简单的行装。阿妈留给她一串玻璃念珠，这一直是她心爱的，她把它珍重地绕三圈戴在左手腕上。她就要离开这座院子了，她要离开十八年的生活了。

二十八、空气中的空气

阿·吉来到乔的房间，见乔正在笨拙地缝一只新的布袋子，布袋子依然是白色的，他喜欢干净的颜色。

阿·吉坐在他身边，不知从何说起。还是乔打破沉寂，他摊开新缝的袋子说："看上去针脚还是不错的嘛，您说呢，阿妈？"

"不错。是不错。"阿·吉望着他，"如果我们离开阿府，你会怎么想呢，你还会带着她吗？"

乔说："当然，我和她永不分离。"

"那么，收拾东西吧，我们现在就离开。"母亲说。

乔把旧袋子装进新袋子里，背好，并不问为什么，站起身就说："好了，我们可以走了。"

阿·吉把双手放在儿子的肩膀上，喃喃道："我们总是走啊走的，从月亮营地到章代部落，又从章代部落到月亮营地，现在又得离开这里了，你不觉得奇怪么？"

"这是迟早的事。"儿子说。

阿·吉领着儿子出了阿府大门。她说："好在你能明白。可我们去哪里呢？"

"或许我们能找到暂时住的地方……不如到嘛呢堆去吧，那里大概会有人收留我们的吧……"乔吞吞吐吐道。他并不愿意一下子就说出甲桑的名字。

阿·吉却明白了儿子的意思,说:"好的,我们不妨试试看。"

阿·吉忽然发现走在身边的乔竟有些驼背,仿佛不能承受那布袋子的重量,心中便充满了怜惜,她说:"儿子,直起腰走路,直起腰来,一切都会过去的。"

乔直起后背,说:"我这么走了很久么?我怎么没有发觉呢?"

"不知道是从什么时候开始的,大概是从离开章代部落开始的吧,我也说不清楚。"阿·吉挺着胸,她不知道自己还能坚持多久。

乔说:"我想我能恢复从前走路的样子,我想我能的。"

"你已经是男子汉了嘛,当然。"阿·吉骄傲地望着他,乔的身高快超过她的胸部了,他使她感到自豪,如果他的瘦弱能改善一些,她会更高兴的。

乔蓦地听到一阵轻微的"嚓嚓"声,那声响来自布袋子,布袋子此时安然地垂在乔的肩后,乔感觉到一种微弱的信息,妹妹想要说什么吗?妹妹的心思,在多年后他依然会懂得吗?

乔说:"我什么时候才能成为父亲那样的战士呢?"

一种疼痛深深地攫住了阿·吉的心灵。"你会的。"阿·吉说,"因为你父亲是最好的战士。"

乔的眼睛湿润起来,他抽动肩膀,说:"我已经快记不得他的模样了,他的神采,他骑马的样子,他说话的声音,他衣裳的颜色……有时我夜里醒来,第一个就会想起他,但是他的模样我确实记不得了,我真害怕我会忘了他。"

阿·吉被乔的眼神打动,她真想紧紧地抱着他,但是儿子早已不习惯拥抱了,他对亲昵的举动常常嗤之以鼻,不知从何时起,他的少年生活里已早早注入了沉稳与略显稚嫩的苍凉。

"这只是暂时的。"做母亲的说道,"你埋得越深,以为自己都忘掉了,可是想念会突然冲破你无意中设下的提防,它清清楚楚地到来,就像你害怕忘掉一样刻骨铭心。"

乔轻声道:"可是我见他太少啦!"

"是啊,那时你还小,家里出了变故,这是谁也没有想到的,谁会想到自己一下子就家破人亡了呢?太残忍啦……"

阿·吉茫然地环视着,眼前出现的大片群山,让她不忍卒读,十年前她第一次离开营地的时候,心境也是像现在一样充满了伤痛,她总是带着伤痛离开这里,就像一次次轮回,可每次都新添了伤痕。

显然,乔在经历过一次游走之后,对于外面的世界已经游刃有余,他的态度是坦然的,眼睛里也充满了热情,甚至对某些未知的东西充满了渴望,他探求世界的勇气来自在此之前的游走,他似乎重新看到了那只深夜里出现在树丛背后的獐子,它湿润的眼睛仿佛在说,开始吧,开始新的游走吧……

母子俩来到甲桑的帐篷前,忠心耿耿的沙利一下子就认出了乔,它热情地奔来,低声叫着,绕着乔的两条长腿跑了几个来回,在乔摩挲了它的黑色鬃毛后,便静下来,望着乔的脸庞。

　乔期待的眼神越过沙利的头顶,伸向它奔来的地方。乔的神情是安详的,他相信他的期待不会落空,他对甲桑的信任和期待也是自然而然产生的,就像林中的流水,虽然流速略显迟缓,但还是依照天定的河床流向前方。

相较而言,阿·吉比儿子更多些不安。她不知道甲桑是否会欢迎他们的不请自来,自从阿·吉看到十年后的甲桑对自己的冷漠后,她便明白他的态度不会很快转变的,她太了解他了,他的倔犟曾使她意乱神迷,可是现在却令她无所适从。

那是一顶简单的马脊式灰色帆布帐篷。门帘掀开,只见甲桑弯腰出来,他的有些瘦削的身材被身后帐篷里的灯光印成一幅剪影,他站在逆光处,挪动了一下,便看到了完全暴露在灯光中的阿·吉母子。

他的吃惊是阿·吉感觉到的,实际上他丝毫也没有表露出来。乔热情地迎上去,想象甲桑会紧紧拥抱他,但他伸出去的双臂却没有得到回应,甲桑只是有礼有节地点头示意,他的冷漠未免使乔感到有些失望。

阿·吉沉默了片刻后说:"我们只是路过……"

"不对。"乔打断母亲,"我们是专门来找你的,甲桑,你说过我们还会见面的,对吗?"

甲桑依然站在逆光中,阿·吉母子根本看不到他脸上的表情,他僵直的脊背挺立着,似乎拿不定主意是否该请客人进去。

"现在看来你善于让我常常处在尴尬的境地。"阿·吉抬起隽秀的下颌,夜晚吹拂起她的鬓发,露出两只精巧的蓝绿色松石耳坠。

甲桑不得已闪开身,让阿·吉母子进了帐篷。

乔暗暗舒了一口气,他知道甲桑终会对自己让步的。他进了帐篷,首先看到一堆各式各样、大大小小的石板。其中一块石板上静静卧着主人的褐色宽边呢帽。呢帽上已落满尘埃,它让乔感受到和甲桑在一起时的快乐,那份快乐渐渐浸透乔的心灵,他的眼睛里重新充满了热情和渴望。

"你刻得真好看。将来有一天,我也要刻嘛呢石板。甲桑,你能教我吗?"乔抚摸着一块已刻好的石板。那是一块呈不规则长方形的略显厚重的石板,上面淡淡地敷着一层紫红色矿石颜料,就像凝固的鲜血一样令人触目,石板中间是阴文的六字真言,那刀法的精深和色彩的浓暗让乔惊叹不止。

他俩曾经共有过一段时光,心灵与心灵曾经沟通无碍,乔曾经与他经历了自己短短人生中未曾经历过的长途,他看到了獐子、植物、蓝天之上的蓝天,呼吸了自由、颠簸、空气中的空气。

"当然,如果你愿意。"甲桑说。他瞧也没瞧阿·吉,但他似乎感觉到了阿·吉嘴边一缕倏忽即逝的笑意。

甲桑终于将面庞转向阿·吉。尚没有落座的女人一只手搁在儿子的肩膀上,另一只挽着一只简单的包裹。甲桑显然没有弄清楚事情的来龙去脉,他说:"乔是个令你骄傲的孩子。"

阿·吉说:"你也会骄傲的。"

"我不懂你是什么意思。"甲桑结结巴巴地说,他觉得后背起了一层水珠，他像是漂浮在流水之上，忽然有一种晕眩之感。

"我没有什么别的意思，你是他的朋友嘛！"阿·吉躲开他咄咄逼人的目光，轻轻坐在灶火边，顺手添了柴禾。

甲桑的双腿仿佛不能承受自己的重量，一下子跌坐到客人的对面，喃喃道："那就好。那就好。"

乔坐在彩色石板的中间，他摩挲着石头，神情颇为庄严，他突然说："你得求得上天的原谅才行。"

甲桑望着他，就像这些乱哄哄的事情没有发生之前，他的目光坦诚而深沉，以他特有的厚重的、略带磁性的声音说道："我正在这样做。"

乔率真地说："上天会原谅的。"

"我不知道……"甲桑模棱两可道。

阿·吉听着他俩的谈话，心中百感交集。她喜欢这样的场面，三个人围坐在灶火边，彼此的心灵近在咫尺，眼睛看得见对方，感觉得到呼吸，听得见声音，这是多么温暖的时刻呀，如果这场谈话的内容对他们三人都无关紧要就好啦……

阿·吉拨动火棍的模样甲桑全看在眼里，有生以来，无论在任何场合，只要阿·吉在场，那么他便知道自己的感觉器官全部毫无保留地朝着她的那个方向，她是无人可以媲美的，她姣好的容颜和善良的心怀，她的衷情，她妩媚的眼波和坚强的内心……她是被什么包裹起来的呢？她拥有什么样的内核存在呢？是什么使她变得越来越坚强？是那些他不可知的生活吗？她曾经有过什么样的生活？那个他不知道的人，曾经给予过她什么？……

甲桑气呼呼地重复了一遍:"我不知道上天是否会真的原谅我。"

阿·吉抬起头来,灶火映红了她的面庞。她一下子就看到了甲桑的内心,时光流动了十年,可是时光并没有改变甲桑那颗过于执着的内心。

"不能原谅的是你自己,甲桑,你还没明白么?不管是这件事,还是十年前我们俩的事,你都无法原谅你自己。现在该清醒了,无论事情多么糟糕,它已经发生,就无从改变,让我们改变目的吧,难道你看不到眼前有更危险的敌人吗?"

阿·吉抬起映红的面庞,却使甲桑重新冷漠起来,他冷笑道:"那么你认为我的敌人是谁呢?"

"醒醒吧,他就在这里!他就在这里!"阿·吉因为愤怒逼视着甲桑,她睁大双眸,让甲桑靠近。

甲桑身不由己地靠向前去,灶火的映照下,他看到的敌人,是阿·吉眸中的自己。

甲桑愣怔着,阿·吉的话和她眸中那个萎靡的影子,引起他内心强烈的震惊,他本能地朝后退去,嘴里嘟囔道:"别靠近我!"

"再也不会啦!"阿·吉站起身,从怀中掏出一个布包,扔给甲桑,说:"我再也不会靠近你啦,我还留着它有什么用呢?我原以为你能像个男子汉一样自己解脱出来,救我们部落脱离苦海,给我和乔……给我们大家一个温暖的家,可是现在看来我希望过高,你除了自己,看不到更多人的痛苦,你撑不起一座房梁,还谈什么男人的责任!"

甲桑冷冷道："你是我见到过的最好的说客，章代部落真是幸运！"

随着甲桑的话音，那布包落到地上，散开，只见包裹里是一枚男式戒指，银的，没有任何镶饰。

甲桑一眼认出那是自己送给阿·玛姜的那枚白银戒指。

阿·吉拽起乔的胳膊，一把把他拉出了帐外。

帐外是满天星空。乔一直不能说什么，他背包里的妹妹又轻声地嚓嚓响起来，他绝望地看一眼母亲，他看到母亲转身抹去了夺眶而出的泪水。

"那么我们去哪儿呢？"乔留恋地回头张望着帐篷，但是甲桑并没有如他所愿那样追到帐外。

这时，阿·吉骇然发现面前站着一位老头儿，精瘦的个子，破衣烂衫的打扮，全身上下没有一块珠宝，他就像是从地底下钻出来的，着实吓着了阿·吉和乔。

那位老头儿可以想见自己的蓦然出现多么令人尴尬，他怪不好意思地摊开两只手掌，诚恳地自我介绍说："我也是在这里刻嘛呢石的，我的帐篷不远，就在那边，如果不嫌弃的话，我可以留你们一些日子……我知道出门的人都有难处。"

阿·吉紧紧捏着包裹，老人的态度使她放宽了心，她相信他说的每一句话，身处如此境地，她又能怎样呢？在她的一生中，她总是毅然决然地走上未知的道路。

"谢谢老人家！"阿·吉拉起乔，跟上转身离开的老人，她道谢的声音显得平静而柔和。

> 山上的树就要绿了
> 你出生的时候是春天

第八章

二十九、不速之客

茜达离开营地的时候天快要亮了。她挟着一个包裹，里面是衣裳、头帕和一些零碎东西。她记得外乡人云丹嘉措说过他的帐篷就搭在离营地不远的地方，她很快就会找到的。

这是茜达第一次深夜走出营地。过去也有过的，但那时她还小，跟着哥哥们出门寻找过走失的羊只，现在她自己就像走失的羊只一样，从营地的一头走向另一头。

刚走出营地，茜达就惊慌地发现自己迷路了。这之前她以为知道云丹嘉措帐篷的大致方向就能找到他，可是夜幕下的、营地之外的世界如此之大，大得足以使这位姑娘瞠目结舌，不知所以，但是她总不能因此而回去呵！

茜达走在荒原上。前后左右，没有人能帮助她。

各种奇奇怪怪的声音在耳畔响起。大大的月亮映着茜达前方的道路，银色的、没有终点的道路。

伴随她的是一条昏暗而落魄的影子。

挟着包裹的茜达埋头疾行。总会找到云丹嘉措的。他就在前面。他的帐篷里或许已经点燃烈火，他在等待她的到来。

茜达在这种心理状态下走着，果然她看到了一顶亮着灯的帐篷。

那是云丹嘉措么？

这个冤家啊……

早已经身心疲惫的茜达朝着帐篷狂奔，她快要疯狂了，这样的夜晚，这样的荒原，这原不是她心中想象过的地方。

帐篷的门帘被茜达一把掀起。她没有注意到帐篷外既没有乘马，也没有看帐犬。

帐篷里的灶火正在熊熊燃烧，灶边坐着一位妇人。

妇人干瘦如柴，衣着怪异，长发蓬乱，她在不断地朝灶中添草。

"真冷啊，这样的夜晚，只有傻瓜才会出门寻找幸福。啊，姑娘，进来进来，烤烤火吧。"妇人说。

妇人用她那长着长长指甲的手指撑开眼睛，那双充血的眼睛紧紧盯着茜达。茜达吃惊之余，已经不由自主地跨进了帐篷。

茜达说："我从没有见过你……"

妇人说："你的母亲认识我，她也在这样的夜晚寻找过东西的，就像你现在一样，找啊……找啊……"

妇人的话使茜达感到绝望，她说："她没找到是吗？可我是一定要找到的。"

妇人又用那双令人恐惧的红色眼珠瞪着茜达。不知她的年纪有多大了，看上去她已经老得不能再老了。

她说："你母亲可不这样想。我劝过她多少次啦，让她把我特意为她制作的迷香神水带走，设法涂在那负心人的眼睛上，他会回心转意的，那个没出息的男人，总是在失去她后才知道她的珍贵。可是你母亲呵，既温柔又坚强，她从不在我这儿拿走迷香，说什么强拽来的爱情没有意义，她不知道那神奇的药水对她可太有帮助啦……"

妇人的手里多了一样东西，那东西盛在玻璃瓶中，在灶火的映照下显出绿森森的颜色。

茜达说："我可不要什么神水。"

那妇人阴冷地笑起来，脸上布满的皱纹使她显得又老又丑。

妇人说："哼，有其母必有其女！"

茜达说："快收起来吧，我阿妈再也用不着它。"

妇人的笑声在旷野里令人恐怖，可是茜达却未被她吓倒，她起身说："我要告辞了，我不是来看你的。我还要去找人哩。"

妇人目送茜达离开，顺手把精致的玻璃瓶扔进火里，她冲着姑娘的背影说：

"快离开吧，带着你的想象力快离开吧，你这苦命的人……再也用不着美丽的冰乃树叶制作的迷香神水啦……"

茜达重新在荒原上狂奔，刚才的一幕仿佛梦中一样，但她就好像是受到了某种神示一样，很快找到了云丹嘉措的帐篷。

云丹嘉措的帐篷里还亮着灯光。茜达知道他没有狗，便放心大胆地靠向前去。云丹嘉措的马拴在帐篷门前，它看到生人靠近前来，就开始低声咆哮起来。

只见云丹嘉措迎出帐篷。他的灰色宽檐帽子已经摘掉，那双热情的满含着期待的眼睛在灯光下显露无遗。当他看清站在对面的是茜达时，不由暗自吃了一惊。

云丹嘉措在帐篷前犯了一阵踌躇，然后返身进去，他并没有邀请茜达进入他的帐篷。

茜达以为自己会带给他一份惊喜，可她发现他的冷漠后，兴奋的心情顿时烟消云散，她站在那里，挟着包裹的双手渗出冷汗，她不知道该不该走开。

茜达听到云丹嘉措说："进来吧。"

茜达这才进到帐篷里。这是顶灰白色的临时搭建的帐篷，里面没有砌上灶头，而门口的三石灶上的火已经是熄灭的，他没有烧茶喝么？他的炊具都在哪里？

茜达拘谨地半坐半跪在云丹嘉措的对面。

云丹嘉措已不知什么时候重新戴上了他那顶灰色宽檐帽。油灯在帐篷支杆上挂着，照亮了云丹嘉措身上那件紫羔皮衣，照亮了他光着的脚丫子。茜达看到他的短腰鹿皮靴脱在了门口。

茜达犹豫了一会儿，然后放下包裹，从里面取出一只封好的杯子，杯子里是青稞酒。她把酒递过去，说道："喝一点儿吧，我没什么好给你带的东西。"

云丹嘉措接过来，说："你不该到这儿来。"

"我没地方可去啦……"茜达啜嚅道。

云丹嘉措似乎听懂了她说的话，他不看她，只是一口气把杯中的美酒一饮而尽。

"真是好酒，可惜我再也喝不到了。"云丹嘉措说。

茜达不明白，她说："喝吧，你喝过酒后的歌声才是最好的。"

云丹嘉措双手把杯子还到茜达手里，他说："你是个好姑娘，但我不是你最好的选择，你走吧。"

茜达说："你这是什么意思？你都吻过我啦……"

"现在情况不同了。"云丹嘉措说。他无从解释，他不愿意一个姑娘参入他的重大事情中来，他到月亮营地是负有使命的，他不能为了这个姑娘而取消它。

云丹嘉措道："我是说，现在情况不同了，我得离开月亮营地，可能今晚就得离开。"

茜达说："我是看出来的。可是你来的时候也没说不离开呀。"

云丹嘉措吃惊地望着她，说："什么？"

茜达低下她那双好看的眼睛，羞涩地说道："你能带上我吗？带上我吧，就算我求你啦……"

"这不可能！"云丹嘉措断然道，"我能把你带到哪儿去？！"

茜达的声音低下去，充满了温和的企求："随便你吧，随便你上哪儿吧，是我自己情愿这样……"

不知怎么的，云丹嘉措的帽子忽然掉到地上，他的头发露出来，那是一头略显褐色的卷发，长及后颈，他的光洁的额头也同时显露出来。茜达看在了眼里，她说："我知道你也喜欢我的……"

云丹嘉措拾起帽子，用指尖弹去灰尘，重新戴得端端正正，他再没有什么可以暴露给茜达的了。面对姑娘，云丹嘉措诚恳地说："你听我说，茜达，你是我遇到的最好的姑娘，可是我不能带你走，我没有家，我无法安置你。"

"我不在乎这些。"茜达固执道。

云丹嘉措说："可你总不能连吃饭的地方都没有呵。"

茜达无言，她望着他，眼睛里泛着清澈如水的神采。她一下子就看到了他的内心，那是她早已明白的，现在又一次证实了而已。

两人相对在油灯下。他们初识时的浪漫已经不复存在，代之而来的是真实而无情的生活，他们需要这种生活吗？这种生活能满足两人的心灵吗？

正在这时，帐篷外起了一阵躁动。

云丹嘉措的那匹马正在低声地咆哮。

云丹嘉措从地上一跃而起，他一弯身，从帐篷里钻出去。茜达也顾不得许多，跟在他身后出了帐篷。

茜达蓦地听到云丹嘉措严厉地说："你回去！"

茜达朝他的背影点点头，便回过身，委屈地回到帐篷里她本来坐着的地方。她不明白发生了什么事，她忽然想到云丹嘉措在见到她时的惊讶,或许在她到来之前他正在等待这时到来的客人吧?

云丹嘉措是在等这群客人。

来人有五六个,看上去都是彪形大汉,骑着高头大马,每人都带着火枪和长刀。他们一下子就围住了云丹嘉措,样子是那么亲热。

云丹嘉措问:"怎么,人呢?"

"没办成事,老哥。"其中一位说。

云丹嘉措说:"真荒唐!"

大家都静下来,又有一人说:

"老哥,我们还会有下一次的。"云丹嘉措说:"到底是怎么回事?连个小孩也没办法吗?"

开始说话的那人又道:

"是这样,那孩子老跟别人在一起,我们没法下手。"

另一人接口道:

"还有姑娘哪,是个漂亮妞儿,她一直和孩子在一块,我说一起带走吧,可是巴麻不同意。"

被称作巴麻的汉子立刻说:

"我们要的不是女人。"

云丹嘉措打断他们的话,说:

"我在这儿已经待得不耐烦了,部落里还有事情要做,你们就知道在这儿浪费时间。"

刚才打趣的人说:

"别烦心，事情总会办成的，不就是几天工夫么。"

云丹嘉措烦恼地别着头，思谋着什么。

名叫巴麻的男人又开口道：

"看来今天是走不了，如果明天还办不成，那怎么办？"

云丹嘉措说："我都准备好了，等着你们一到就出发，谁知道你们连这点儿事也办不成，我看我们再走一趟，最好让一切都在今天晚上结束，我太烦心了。"

大家都不再吱声。有人朝帐篷里走，被云丹嘉措喝住。

那人说："我只是想在出发前喝一口。"

云丹嘉措说："别进去，要喝就在路上喝。"

大家惊讶地望着云丹嘉措。已经有人看到了坐在帐篷里侧的茜达。

"嘀，原来有姑娘！"

立刻有人打趣道："怪不得老哥烦心哪……"

"真荒唐！"云丹嘉措忧心忡忡地重复了最初说过的话。

巴麻也看到了茜达的影子。那是油灯底下最美丽的影子。巴麻把火枪重新放进自己乘马鞍旁的枪筒里，他说：

"老哥，我带弟兄们先走一步。"

他吆喝一声，大家都嘻嘻哈哈地放好火枪，挎好长刀，跃上乘马，就像来时一样飞马而去。

云丹嘉措感激地望着巴麻的背影，随后进入帐篷。

茜达还照刚才的姿势端坐着。她看到云丹嘉措进来，便弯一下身体，表示尊重主人的到来。

云丹嘉措说:"你看到了,我的朋友们来了,我要和他们一起离开月亮营地。如果我们就此告别的话,我会很高兴的。"

茜达没有回答,她低垂着眼睛,好像还在等待什么。

云丹嘉措没有等到回答,又说:"我的行囊已经收拾好,乘马也备好了,我们道别吧。"

茜达结结巴巴地说:"你就不能带我走吗?"

云丹嘉措说:"真的不能。"

茜达说:"你总是要娶女人的,我不合适吗?"

云丹嘉措说:"现在不是时候。"

"我说的是我不合适吗?"茜达固执道。

云丹嘉措由衷地望着茜达,说:

"你是最合适的姑娘,茜达,我不会再遇到第二个,可是现在不是时候。"

茜达说:"有你这句话就好。"

她说着,就低下头去,她的左脚从袍子低下伸出来,那是一只有着红色云纹的黑绒布靴,她把靴带解了下来。

"把这条靴带系上吧,我等着你回来。"茜达说。

茜达拿着靴带的手伸在云丹嘉措的腿边。云丹嘉措情不自禁地接过来,嘴里却说:"不行,茜达,我不会回来……"

茜达不由他说话,把靴带给他系好在鹿皮靴上。

"再见了,我的丈夫!"茜达说。

三十、魔 水

麦尔贡的帐篷扎在丹丹加罗山下，地处避风的凹地。因为职业的缘故，他一直远离营地，离群索居地生活着。自从他成为快乐酒馆的主顾后，一切都改变了，茜达对他的照顾和抚慰，使他以为那种孤寂、单调的生存方式将一去不返，未来是多么美好，与茜达在一起的日子将会很快到来。

因为有了茜达，他的生活规律有了很大改变，一般情况下，他有活干的时候，总是兢兢业业地去完成，他是月亮营地第一个早起的人，为此，亡人的亲属们总会多多少少给他点儿报酬，足够他傍晚时到快乐酒馆去喝上一杯。而傍晚便是他最愉快的时光了。他在酒馆度过的每个傍晚都非常痛快，只有这一次除外。

这是怎么回事？麦尔贡把一条羊毛手巾缠在耳朵上，苦思冥想也不得其解。

失去耳朵的滋味是不好受的。麦尔贡从未想过自己会在失去生命之前先失去耳朵。当耳朵还在身体上的时候，他从不知道没有耳朵会意味着什么，可是现在耳朵不在了，他深深地感到痛楚，因为父母所赐的身体不再是完整的了。

麦尔贡是爱清洁的人，他从酒馆赶回帐篷后第一件事，就是洗去脸颊上的黑色血痂，这令人耻辱的标志，使麦尔贡的精神世界一下子翻了个底朝天，他不敢相信他自认为是朋友的人们会乘人之危，把他摧残成这般模样。

他的面貌重新整洁起来，但是他的心情却如此沉重。他记得自己是如何端起乳色的青稞美酒，掺上红茶，得意扬扬地站在茜达的对面，他们虽然有酒柜相隔，但在麦尔贡看来这距离的缩短只是迟早的事，他就是那样望着茜达的面庞将杯中物一饮而尽的。

可是这之后的事，麦尔贡却想不起来了，他的记忆出了问题。

是阿·文布巴那小子么？可是他似乎比自己醉得还快呀，在麦尔贡还没有饮下第一杯的时候，阿·文布巴早已经喝得站立不稳了，他是那种在任何场合都第一个醉倒的人，对此他从不谦虚。

麦尔贡的记忆停留在那杯略呈红色的青稞美酒上。那魔水呵……它把自己高高举起，然后重重摔下……

就在麦尔贡苦思冥想的时候，忽然外面的看门犬叫开了。那是一只硕大的獒犬，就像一只牛犊子一样壮实，它愤怒起来会挣断麻绳粗的铁链的。

麦尔贡还未来得及站起身，就看见帐篷门帘已经被掀开，进来的竟是夏布！

看到气势汹汹的夏布，麦尔贡结结巴巴道："我这里是不欢迎你这种客人的。"

未请自到的夏布并没有注意到麦尔贡的耳朵，他一屁股坐在灶台边，腰刀清脆地碰响了铁勺子。

他说："你的老婆都要叫人拐跑了，你还在这儿逗什么能？"

"什么什么？"麦尔贡大吃一惊，他包着头部的羊毛手巾一下子就滑落到肩上。

夏布这才看见麦尔贡失去耳朵的怪模样。他不明白发生了什么事情，但他对麦尔贡本身是没有兴趣追问的，不管麦尔贡失去了耳朵，还是失去了别的，对夏布来说都是一样没有价值的。

麦尔贡忙手忙脚地重新缠好手巾，一边问："你说的是茜达么？她怎么啦？"

"除了那个傻妞，你还有别人吗？"夏布嘲笑道。

麦尔贡立刻说："当然没有，我对茜达一向忠实，不信可以去问她。我说呢，原来你是来找碴的呀……"

"行啦。"夏布不耐烦道，"我并不是来和你讨论忠实的。茜达看上了一个外乡人，我估计她会跟着他离开营地的……我不知道那人从哪里来……"

麦尔贡立刻认识到了问题的严重性。夏布的到来本身就说明这件事情的非同小可，他心里清楚茜达对夏布来说更重要，夏布看重她胜于一切。

"怎么会呢，她跟我已经定过婚约的呀……"

麦尔贡自言自语地说着，忽然发现自己的右手无名指上多了一枚戒指，仔细一看，竟是他早些时候送给茜达的定情礼物，一枚镶着红色珊瑚的银戒。

夏布也看到了麦尔贡手上的戒指。两人面面相觑，长久以来的敌对，似乎在这一刻暂时化作乌有，他们成了临时的朋友。

"不行，我得去找她说清楚。"麦尔贡果断地说。

夏布虽然于无奈中来找麦尔贡，但他心里非常明白茜达是不会随便回心转意的,她是个外表温驯但内心坚定的女子,她的决定从来都是自己做出的。

夏布说:"快去找她吧,不过我看是没用的……"

两人立即起身,赶向营地里。夏布远远就看到自家院中没有灯光,难道她睡了么?夏布心里是不踏实的,她睡了最好,暂时不去打扰她,自己和麦尔贡明天一早还能劝劝她。

可是夏布很快发现事与愿违,家中空空如也,擦亮油灯看看,竟发现茜达不在屋里!夏布暗暗吃惊之余,看到甲桑大哥也回来过了,他带走了他的行囊,他又出发了么?他又去了哪里?

夏布顾不得哥哥了,他办事自有他的道理,可是茜达却是需要找回来的。夏布拽起麦尔贡出了院子,说:"茜达一定是走了,她的柜子空了,衣服拿走了,她一定去找那外乡人啦,他的帐篷扎在哪里?肯定在镇子附近,看来他们早就约好啦,我怎么没想到呢?"

出了院门的麦尔贡忽然说:

"我这副模样怎么见她呢?我总不能这样包着耳朵呀!"

夏布气呼呼地说:

"我看你把嘴巴包起来才好!"

两人终于找到外乡人扎在野外的帐篷,里面亮着灯,茜达果然在这里。

茜达已将这座简易帐篷拾掇得像个小家一样干净清爽。她自己坐在帐篷里侧,油灯下那端庄秀丽的模样仿佛一尊女神。

夏布见到她后,将麦尔贡一把推到前面。麦尔贡没想到夏布会来这一手，可是茜达终归是自己的未婚妻呀，他把戒指退下，伸给茜达。

"这是你的，麦尔贡，我把它还给你了，它又是你的了。"

茜达不动声色地说。

麦尔贡立刻明白了，但他在气馁之余，仍忘不了说：

"我为你成了这般模样，真叫人难为情呵……"

茜达看到了他的难堪，这个时刻总要到来。她说："我没想到事情会这么糟，但现在已经无可挽回了。"

"行啦！"夏布发现找来麦尔贡完全是个错误，他说，"你没有必要再做这种荒唐的解释，快跟我们离开这儿吧。"

茜达抬起眼睛。那双美丽无瑕的眼睛正视着自己的哥哥。

"我不再离开这儿了，这你知道。"

她这样说。丝毫没有挪动的意思。

夏布吃惊地发现茜达已经戴上了妇人才佩戴的辫套，那辫套虽然简陋，没有什么宝石装饰，但戴在茜达的头辫上自有一种说不出的朴素之美。

"是谁给你上的头？！"夏布绝望地问道。

茜达平静地回答："是我自己。哥哥，这辫套是阿妈留给我的，我戴着不好看吗？"

夏布几乎也在同时认出了这副辫套，他喃喃道：

"天呵，你竟然……"

他说不下去了，一转身疾速地离开了帐篷。麦尔贡望望茜达，也跟着夏布离开了她。

两个年轻的男子一路跌宕而行。像贪酒的两个醉汉，深夜才匆匆往家赶的浪荡鬼。

在他们到达营地之前首先看到了一顶帐篷，这是他们来之前没有遇到的。麦尔贡说："谁会在半夜扎帐篷呢？"

夏布望着帐篷，不置可否。

麦尔贡又说："进去喝一杯怎么样？"

夏布答道："当然好，我要喝个一醉方休……"

两人说着进入了门口既没有乘马也没有看帐犬的帐篷。

一位长发披肩、面目可怖的妇人坐在火灶边，灶膛上的铁锅里煮着什么东西，正在发出汩汩的蒸汽与泡沫。那妇人掀起眼睛，紧紧盯着进门的年轻人说："欢迎你们，半夜到来的客人。"

妇人的长相与装饰先把夏布和麦尔贡吓了一跳，他们停在帐门，不知该不该进去。

"进来吧，你们要爱情吗？我帮你们找回来……"

夏布和麦尔贡吓得落荒而逃。

一直到蹚过达佤曲河，清凉的河水拍打着双腿时，夏布和麦尔贡才清醒过来。麦尔贡懊丧地自言自语道："我们这是干什么呀？"

"回去是没什么意思。"夏布说。

简短的对话后两人的眼睛忽然盯住对方，眼神中放射出同一种希望，他俩几乎是同时喊出了声音："去找文布巴！"

两人的步伐迅疾改变了方向，那步幅也达到空前的一致。夏布说："虽然他是个坏种，但年轻人在一起，总畅快些！"

麦尔贡连连点头称是。

三十一、勃朗宁手枪

外乡人的骏马踏上了去月亮营地的路上。

这是个不平静的夜晚。许多事情已经发生过了。云丹嘉措来到营地的那天,也是这样一个有月之夜,所不同的只是心境的略为改变而已。

云丹嘉措的步履不再有初来时那么轻捷。

这是他到来的第几天?他是不是耽搁得太久了?

他是有备而来的。除此之外,他没有别的选择余地。在来这里之前,他与同伴们有过盟约,有过至死不变的誓言,可是一到月亮营地的地盘,他发现一切都远非他想象的那么简单,这座东西狭长的谷地,散乱的小镇,镇子中间的道路,达佤曲河,白杨树林,阿家大院,能蔽身的荒原,还有到处游走的闲狗,快乐酒馆……

一想到快乐酒馆,云丹嘉措便面露忧色,神情恍惚起来。是的,这不是他初来时想象过的。茜达的出现,使他千里而来的目的蒙上了一层神秘的面纱,使他不能就此理出头绪。

茜达不是他计划中的一部分。

可是茜达就那么耀眼地出现了。

茜达的出现竟然差点儿使他陷入一个无法挽救的僵局。他没想到自己会和这个姑娘相识,还和她待那么久,唱了歌,喝了青稞美酒,更没想到姑娘的哥哥会赶来指责他……

被骏马带向大路的云丹嘉措在暗自吃惊,自己怎么会在那样一个酒馆里浪漫起来,仿佛是个无事可干的酒徒在任意恣肆地挥霍着随便就扔的感情,可是他明白自己不是那样的人。

他为了什么而阻止着自己的感情呢?云丹嘉措自认为是一个男子应该担负的责任使他成了年届三十而仍未婚娶的单身汉,还有另外一个原因,那就是他一直未遇上像茜达这样的姑娘。

他对她说过的,都是真心话,他从未对别的姑娘那么说过。

云丹嘉措苦恼地想,或许她不能再听到他说这样的话了。

大路在前,云丹嘉措的骏马一直把他带到大路岔口。他的同伴们正在这个岔口等着他。

"嗨!"躲在暗处的巴麻喊住了骑马飞奔的云丹嘉措。

云丹嘉措的马停下来后听到巴麻又说:"怎么,就一个人?"

云丹嘉措没好气道:"还要几个?"

巴麻在暗处笑了笑,不再说什么。他一听到云丹嘉措的声音就知道他的心境如何,现在看来不是说笑的时候。

另外的同伴们也早已等待得不耐烦了,他们的坐骑烦躁地笃着大地,喷着马鼻。云丹嘉措的到来使大家的精神为之一振,他们就要去完成此行的计划了。

可是巴麻却看出了云丹嘉措的不悦。

"大哥,刚才才宝还说你走岔了呢。"巴麻故意找话说。

叫才宝的就是一直在打趣的那个汉子。他的火枪在夜光中闪着寒冷的光芒,那柄长长的腰刀更会使敌人一见就丧胆。

才宝从五六个人后面钻出来,他说:"老哥,喝一点儿吧,夜里冷呵。"

云丹嘉措看了才宝一眼。才宝给他递来一个圆形壶,他的脸色在月光下有些苍白。云丹嘉措接过来,一口气喝了不少,然后说:"我们这次来酒喝了不少,可是事情却没办成。"

巴麻道:"别烦心啦,事情总会有个了结。"

云丹嘉措说:"给我说说情况。"

巴麻把详细情况告诉了他:"我们赶到兵团驻地后,他们一直没有发现,我们找遍了所有的帐篷,就是没有找见被俘的扎西,被俘的人共有二十几个,他们会被藏到哪儿呢?我觉得情况不好,可能又有更糟的事情,等我们回撤的时候,被发现了,我们遇上了很强的火力,幸亏撤得及时。"

云丹嘉措沉吟道:"会出什么事呢?扎西他们会不会出意外?"

巴麻看一眼头儿,小声说:"依我看,他们肯定已下了毒手,他们不会留活口的……"

才宝接话说:"怎么会呢?兵团不是还让我们付赎金的吗?"

"他们是一帮畜生,做事都是灭绝人性的!"云丹嘉措说。

众人沉默起来,他们都能想象得到那位勇敢的扎西死得有多惨。

巴麻说:"大哥,我们今晚回章代呢,还是有别的打算?"

云丹嘉措的坐骑打着转儿,他说:"我们凑不够赎金,兵团又有了进攻的理由,现在月亮营地人心涣散,没有人组织马队自卫,也是迟早不保,我看得把乔带走,他是章代部落未来的希望,我不能不管。你们今晚就离开,可以找阿·文布巴谈谈,或许他的马队还能联合,我们大家才能得救。"

才宝立刻说:"那怎么行?我得跟你去。"

巴麻制止了他。巴麻说:"那好,我们明早在谷地尽头的路口会合,我带弟兄们先走,大哥,你自己多保重。"

云丹嘉措点点头,他的心里已经有主意了。巴麻带弟兄们离开后,云丹嘉措这才朝大路东方飞奔。

天已经大亮。惯于早起的阿·吉却睡得很沉,她梦见一匹白马正跑在她的视野里,草原一片青绿,一面面缓坡在阳光下流淌着暖洋洋的线条,就像一幅幅写意的画卷铺展在眼前。时间仿佛是停滞的。那匹白马的跑速似乎也是跳跃着的,它跟随一个个光点跳跃,步伐轻盈而踏实。阿·吉看得见那匹马的马鬃银光闪闪,跳跃时略显出流动的波浪。它的黑眸朝着前方,那是它既定的方向吗?

蓦地,阿·吉从欣赏的姿态中清醒过来,她看到白马上骑着乔!

骑在白马上的乔是快乐的,他伏在马背上,喊着母亲,让她赞美自己的骑术。乔骑在没有备鞍的野马上,这在常人看来是危险的,可是阿·吉却由衷地赞美着乔,她甚至伸出双臂,鼓励乔做出各种各样的动作。乔的骑术似乎是无师自通的,他在马上尽情发挥着才能,使得阿·吉颇为惊喜,她忽然听到自己说:"你是一名真正的战士!"

阿·吉说出这句话,猛地从梦中醒来。她见乔正坐在帐篷门口张望，而帐篷的主人，那位一直不怎么说话的老头儿正忙着将一壶茶坐到灶上，低下头去使劲吹火，随着一阵呛人的柴禾燃着的气味，壶中的茶水发出"滋滋"的响声。

阿·吉觉得头中很沉，那匹白马耀眼的光芒还依稀留在眼帘中。老头儿说："要喝碗茶吗？"

"麻烦啦……"阿·吉接过碗，一口饮完，她焦渴的咽喉才觉得有了一些滋润。

张望着的乔忽然说："阿妈，有客人来。"

帐篷里的两人望去，只见一位年轻的男子打马而来，他从左边绕过一堆嘛呢石，直走到帐篷前面。

"你就是乔了。"客人看见了帐篷门帘边站起身的乔。

乔紧紧抱着布袋子，眼睛里有些迷茫。阿·吉已轻轻将手放在儿子的后肩上，帮助他站得更好。

"乔，向你的叔叔问好。"阿·吉说。她听到乔问声好后，转身对老头儿说："麻烦你啦，让我们单独谈谈好吗？"

老头儿似乎并不在意客人的到来，他看到年轻人朝自己取下帽子以示敬意后，便背好一个布包，里面放着锤子、刻刀和矿石颜料，说："我早就要走的，我工作的时间到了。"

老头儿和客人擦肩而过。

客人把那顶宽檐礼帽从左手换到右手，说："找到你真不容易。"

"又发生什么事了吗？"乔问。

"没有。"云丹嘉措说，"我只是想征得你母亲同意后，带你离开这里,当然,这是暂时的。"

阿·吉怔了一下,旋即明白了他的意思。她轻微地点点头,抚着儿子肩膀的双手攥痛了乔,乔咬着下唇,没有吱声。

云丹嘉措就这样带着乔离开了月亮营地。对乔来说,这和甲桑带他离开是不同的。

乔曾上百次地问过:"你要带我上哪儿?"

云丹嘉措总是不吱声。直到他们踏上月亮营地之外的土地上,云丹嘉措这才慢悠悠地说道:"乔,你听好了,我也是姓章代的,我是你叔叔,你父亲的兄弟。"

乔没有回头看从后面抱着自己的叔叔。

黛色群山。黛色的大地和黛色的山谷。

乔的记忆里回溯起上次离开营地时的情景。那时是春天,从背后抱着自己的是甲桑。陪伴着他的是罗米和沙利。他是快乐的。

云丹嘉措等待着乔的回答,但是没等到。他在乔很小的时候常常逗他玩的,后来他云游各地,四海为家,若不是这次章代部落有难,他恐怕也不会有这个机会和乔待在一起了。

云丹嘉措的乘马熟练地在谷地里迂回前进,它越过土包或小溪时的那种敏捷,使乔一下子赞叹起来。

"它真是一匹好马,有点儿像罗米。"他说。

"是呵。"云丹嘉措不失时机道,"它是匹好马,章代部落的马都是好马,它们全部属于你,你会喜欢的。"

乔问："我们是去章代吗？从前我去过那里。"

云丹嘉措说："你是在章代出生的，如果你父亲在天有灵，他会帮助你记忆起所有的一切，你要记住，你出生在章代。你出生的时候大伙儿多高兴呀，你父亲和你祖父到章代山上去煨了桑，百灵鸟儿都飞来啦，山上的树就要绿了，你出生的时候是春天。"

乔转过身，看着云丹嘉措问道："你是谁？"

云丹嘉措慎重地说："我姓章代，我是你的叔叔，你父亲的兄弟。"

乔不再望着云丹嘉措，他喃喃道："我是喜欢春天的……"

"希望你能相信我，我们有着不可分割的血缘关系。"云丹嘉措又说。

乔，这个早熟的男孩，对于母亲将父亲的一切讳莫如深的态度一直甚为好奇，现在，有个突然带他上路的男人正在滔滔不绝地讲着章代这个在阿家大院里被大家假装忘却的姓氏。

毋庸置疑，乔对这个姓氏是关注的，但他却假装出什么也不在乎的样子。

走出谷地时，前面的道路渐渐开阔，但他们必须经过一个两面悬崖陡壁形成的狭窄地段，才能最后走出谷地。乔对此没有留下什么印象，因为他当时和甲桑只顾说话聊天了，并未注意到这段特殊地段的危险性。

他们刚刚走到狭窄的路口，只见三个男人骑在高头大马上候在那里。其中一个人说："章代·云丹嘉措，我们等了很久了，哈哈哈！"

云丹嘉措的骏马被突然出现的情况惊得立起了前蹄，咴叫起来。云丹嘉措已经看清楚挡在路口的人正是企图抢占章代部落的人。他们人多枪多，占据着有利地形，云丹嘉措暗忖必须虚以应付才行。

云丹嘉措说："今儿天气热，你们到谷地避暑么？"

"说得好。"三人中领头的说，"说得好，你站的那儿才是避暑的好地方，我看你上来，我们下去怎么样？"

云丹嘉措冷冷地说："你们是否下来随你们的便，但我们没有上去的必要。"

那人重新大笑道："我说的是你一个人，不是小孩。"

云丹嘉措说："什么意思？"

"你走你的路吧，我们要这个孩子。"

云丹嘉措故意装作不在乎道："他不过是个孩子而已。"

"我们在这儿等了很多天了，晒太阳晒得够呛，但我们不会把他和别的孩子混同的，我们要的就是他。"

云丹嘉措说："你们的头儿是不是喝醉酒没有交代清楚？"

"少废话！"另一人已经不耐烦了，"走吧，我的章代小头人，我们不想再浪费时间了。"

云丹嘉措轻松地笑道："真有意思，他并不姓章代。"

乔沉默着，他不知道自己该怎么样。这时，他听见对面三个人中领头的问自己："喂，小孩，你自己说说看，你不姓章代姓什么？"

乔沉默着，继而坚定地说："我姓章代！"

那三人大笑起来，趁他们仰面大笑之时，云丹嘉措已经快速地抽出勃朗宁手枪，就在他朝那悬崖顶上大笑的人开枪时，他的手腕却中了一弹。原来，另有三人从后面包抄过来了。

那首领侮辱地用马鞭敲了敲云丹嘉措的头颅，恶狠狠地说："留着你的命，去搬救兵吧，迟早你们全完蛋！"

云丹嘉措失去了武器，也失去了保护乔的能力，他只有看着六个大男人带走了乔。

乔从被架的马上，回过头朝云丹嘉措望了一眼，他说："叔叔快来救我……"

"别伤害他，求求你们！"章代·云丹嘉措的左手握着受伤的右腕子，冲着他们的背影绝望地喊道。

三十二、你就是这么长大的

茜达端直地坐在灰色小帐篷的里侧。她戴着发套，模样就像等待夜归丈夫的年轻妇人。

她这样坐着，等待着云丹嘉措的归来。她似乎非常了解他，她知道他不会一去不返，不会让她如此空空等待。她不是已经成为他的妇人了么？因为她已为他戴上发套，母亲留下来的、朴素端庄又仪态万方的、妇人戴着的发套。

只是他还没有看到，只是他在这么短的时间里，还未能充分体会到茜达的女性魅力，但是他会看到的，只要他回到这顶灰色帐篷，一切都会重新开始。

茜达就这样端坐在将要升起朝暾的荒原中。无论麦尔贡还是夏布都不能使她改变突如其来的想法——谁还能改变命运呢？这就是茜达的命运，是由云丹嘉措从月亮营地之外带来的、令茜达在瞬息之间决定了一生的命运。

茜达坐在自己的新家中。新家里一无所有，甚至连男主人的影子都看不到，但是茜达却是满足的，她的心里满满地装着爱情。

帐篷的门帘忽然掀动了。茜达以为是风，就在她转身望着门帘的时候，却发现姗姗而来的是自己的母亲。

"阿妈！"茜达轻声唤道。

尼罗老人穿着她经常穿着的黑色条绒长袍，腰间甚至还别着一串钥匙，她的头发依然黑漆一般散发着光泽，她的眼睛依然像从前一样慈祥地望着茜达。

"我可怜的女儿。"尼罗说。

茜达一直倔犟地紧闭着的双唇终于裂开，在母亲面前，她还有什么可隐瞒的呢？茜达哭了，她的泪水滴落到母亲的双手里。

尼罗捧着女儿的面庞。这张她无比钟爱的、展现着自己曾经青春过的面庞。除了美貌和苦难，她再也没有什么可以留给女儿了。

茜达感觉到母亲那双冷凉的手掌在她的脸庞上滑动，女儿的眼泪就这样被母亲慈祥的双手抹去了。夜里的冷寂，荒原中的寥落，都在母亲的到来中渐渐淡去。

"我最放心不下的女儿……"尼罗说。

是的，儿子们总会寻找到解决苦难的办法，可是女儿呢，除非拥有爱情，除非拥有一个倾心相爱的人，否则这一生都将白白地浪费掉了，就像自己一样……

茜达的眼泪汩汩而流，她断断续续道："我在等他，阿妈，他叫云丹嘉措……"

尼罗说："我知道我知道，我的女儿，他叫云丹嘉措，家住遥远的东方，如果你愿意让他回来，他就会回来，我相信你，他是个好小伙子。"

尼罗的回答使茜达非常满意。除了母亲，她没有人可以诉说，尤其是这种突如其来的、自己无法解释清楚的情感，有谁能知道呢？又有谁能为这个可怜的姑娘消解忧愁呢？

"到这里来。"尼罗说。

茜达听话地投入了母亲的怀抱。就像从前许多个日日夜夜一样，茜达就这样偎坐在母亲的怀中，眼前是一灶热火，火上有时是奶茶，有时则是香气四溢的都麻——一种拌有蕨麻的稀食。

哥哥们都不在，只有母女两人，这是最好的时刻，母亲虽然不曾说什么，但这却是最好的时刻，因为这种时刻长久地留在了女儿的心里。

"你就是这么长大的。"尼罗说。

茜达偎在母亲的怀抱里。她知道自己出生的时候，母亲还很年轻，还有着同茜达现在一样的美貌。可是母亲的一生都是寂寞的，她把房子盖在营地的边缘，不知出于什么原因，她从不和营地的妇人们来往，她只是出于生活所迫而经营起快乐酒馆，所有的时间，尼罗几乎都花费在家庭和酒馆之间，她似乎再也没有别的嗜好。

而茜达就是这么长大的。她从未见过自己的父亲。

尼罗一手带大了三个孩子，甲桑、夏布和茜达。可是这三个孩子都没有名誉上的父亲。这个家庭是由母亲与孩子们组成的。

这是尼罗的秘密。

一直到尼罗带走这个秘密的那一天，茜达才后悔起没有追问过，现在女儿有这个机会了，她不想再错过。

茜达偎着母亲的面庞抬起，她看清母亲因为操劳和忧伤而疲惫的脸孔，蒙着一层淡淡的烟灰色，挺拔的鼻峰勾勒出顽强的个性，隐隐而现的呼吸使女儿倍感温暖。

茜达说："如果我有个父亲，我会怎么长大呢？"

尼罗对茜达的问题似乎并不感到吃惊，她好像知道女儿会这样提问的。她说：

"你有父亲，但是又能怎样呢？你长大的时候他一直都在你身边，他是看着你长大的，可是他为了别人离开我们了。你大哥出生的时候，我以为要不了多久他就会搬来和我们一起住的，可是一直到你和你二哥长大成人，他都没有来，他为了别的事耽误了，并不是他不愿意来，他是喜欢你们兄妹的亲。"

茜达静静地听着母亲的话，她一下子就明白母亲错了，就像现在她正在犯的错误一样，虽然茜达对自己的错误执迷不悟，可是对母亲的错误却一矢中的。

"阿妈，您是说他抛弃我们母子了么？"

"不！"尼罗立刻说，"不是这样，你说错了，他从未抛弃过我们，只是我自己的命太弱了罢……"

茜达说："我们兄妹三人都长得像您呢！"

尼罗满意地笑起来，她的微笑轻盈而飘忽，像一阵风掠过脸庞，那曾经惊人的美丽也在瞬间奇异地重现于双颊上。

"那是我的福气吧……"她说。作为母亲，尼罗已经知足了，两个从小就知道贴补家用的儿子，还有一个乖巧的女儿，若不是茜达的长大，快乐酒馆肯定在她老去之前就关闭了。

茜达又说："我的父亲，他住得不远么？"

尼罗点点头，往事重新弥漫于眼前，那是怎样的往事啊！

"不远，一点儿都不远。你小时候，他还来抱过你哪，他把你叫作他的洛洛宝贝，给你送了一件护身银符，还带你出去遛马，这些我都记得的，有一年降大雪，你的护身符就是那年丢掉的。"

茜达听着，又问："他个子高么？像我大哥么？"

"傻女儿，只有说儿子像父亲，哪有说父亲像儿子的呢？"

尼罗微微笑道。

"甲桑的个头太像他啦，只是甲桑瘦些，没有你们父亲那么魁梧。你父亲身板结实，老了后还常常骑马出门，有时候我在山上看见他，他的白马就像一阵白色的旋风，带着他一转眼的工夫就不见了，快着哪，到老了也不改改那急性子。"

茜达的眼前立刻出现了一幅画面，骑着白马的父亲英俊而潇洒，在绿草如茵的草地上奔驰，有时他是一阵白色的旋风，有时他又悠闲如湖边的云朵——这就是有关那位陌生父亲的一切吗？

"那时他常到酒馆来。"尼罗说，"他是酒馆的常客，常常帮我干些力气活，他是个好人，但是他没法子跟我们一起生活。"

"你们在酒馆里认识的吗？"

茜达问。现在她知道她一直回避的问题又来了。原来，她同母亲一样，在酒馆里认识一个男子，把他当作好人，然后就开始了漫长而艰辛的生活。

"是啊，除此之外，我们还能在哪儿认识呢？"尼罗说。

帐篷外是寂寥的夜空。母女俩相依而坐，沉默了许久。

茜达突然打破沉寂，说："我不记得他了。"

尼罗看看女儿，说道：

"怎么会呢？你是认得他的，只是我一直没有明确这一点，这是我的错，不管怎么说，他是你父亲，他会得到你们的谅解的，是吗？"

茜达艰难地问："是阿·格旺大叔吗？"

尼罗目不转睛地望着女儿，点点头。

"是他，这就对了。"茜达说。

尼罗的目光中似乎有些歉意，但这有什么办法呢？她的一生已经如此度过了，到头来连女儿也不愿意认那位父亲。

茜达说："这就对了，你宁愿让灵魂也转到他家的白尾牦牛身上。"

"不是这样。"尼罗无力地争辩道,"我放心不下你们兄妹,我不能就这么走掉呀。"

茜达说:"我们都长大了,我们根本不需要他。"

尼罗的目光长久地停留在女儿的脸上。女儿的确长大了,有着非凡的美貌,戴上发套的模样是那么娇艳动人,可是她一直缺一位父亲,她的成长过程因而缺少了很多应有的成分。

"这是我的错。"尼罗又一次说。

"我不是在怪你,阿妈,只是我没法和阿家那两位小姐比,对吗?阿·吉和阿·玛姜,她俩有姓氏,不为生活发愁,她俩和我有很大不同。"茜达结结巴巴道。

尼罗说:"是的,我想你是没法和那两个姑娘比较,她俩有个富裕的母亲,阿·格旺也正是因为这个原因才娶了她,我苦苦等待却毫无结果是因为我不能给他一个姓氏和一个大院。"

茜达吃惊地望着母亲。她从未听说过这些。

"可我得整天站在酒柜前,强装笑脸迎接酒客,还要上门去讨酒钱,我何苦呢?我得养活你们兄妹呀。"尼罗说道。

那些从前的苦日子,那些从未吐露过的声音,在顷刻之间,竟倾诉给了她最不愿意让她知道的宝贝女儿。

"我这样一直等待,一直等到那女人给他生养了三个孩子,一直等到那三个孩子长大,再等到那女人得重病死去,我才以为我的好日子来了,我的孩子们可以有个父亲了,可是谁知道呢,命运总是这样捉弄人的,我老了,不能使你们有个完整的家啦……"

茜达的眼睛慢慢睁得圆圆的,她问道:

"难道就是因为他又娶了娜波,你才伤心的吗?"

尼罗枯涩的眼睛望着空中,她说:

"我老了,有谁会娶一个老太婆呢?我只是想来告诉你,女人总要为自己的痴情付出代价的,就像我一样,我不是付出了我的一切么?不过我还得感谢上天,我得到了三个世上最好的孩子,这是我的福气。你想想你会有什么呢?如果你决定要在这座小帐篷里等待,那么你得准备好付出代价,这就是我想说的。"

茜达慢慢说:"我知道。"

母亲的嘴唇已经闭上。她似乎不再想说什么,可是末了她又说:"我的女儿,人有时付出代价是不一定能得到回报的。"

茜达倔犟地说:"我会有回报的。"

尼罗朝女儿点点头,她说:"你和我年轻时一模一样……"

茜达故作轻松道:"你的阿妈也是这么劝你的吗?她也是这么不放心的吗?"

"是啊!"尼罗笑了,"可我竟然没有听她的话,后来就太晚啦,我请喇嘛超度她的时候,她的眼睛一直不肯闭上,她是不放心我呀,就像我现在不放心你们兄妹一样。"

茜达望着母亲,她看到操劳一生的母亲面色灰白,体态涣散,目光虚空,心里便隐隐地痛起来。她说:

"阿妈放心吧,我们会好好照顾自己。"

尼罗朝女儿的额头上靠过去,她在那里留下了一个冰凉的吻印。

"好吧。去找那个女药人,她会帮助你。"尼罗说。

三十三、章代公子

空谷无声，万籁俱寂。

章代·云丹嘉措一直看着歹徒带走乔却毫无办法，他绝望地握着右手腕，不知道该怎么了结。这一切发生得太快了，以至于惯于战斗、善于应付的章代·云丹嘉措都措手不及。

他是惯于战斗的，自从马家兵团骚扰、侵占章代部落以后，他的公子哥儿的生活就结束了。

他是章代头人的次子。章代头人生有两子，长子桑科，娶了阿家长女阿·吉为妻，他俩过了十年短暂却幸福的生活。桑科是父亲的得力助手，他帮助父亲使章代部落欣欣向上，日益繁荣，但正因为章代地界的天时地利人和，早让遥远的马家兵团垂涎欲滴，他们对章代的大草场有无比的兴趣，因此在一个草长莺飞的季节里，派了一路人马直取章代部落。

那时云丹嘉措只是个整日迷惑于歌舞酒海的公子哥儿，他对父亲和哥哥的境况一无所知，对部落的危机也毫无感觉，直到父亲由于悲愤交加不幸去世，他才对生存的环境有了一丝警觉——原来，他们就要生活在敌人的铁蹄之下啊！

章代·云丹嘉措骨子里的倔劲复苏了。

他是个不服输的人，正如他父亲、他哥哥一样。桑科年轻、英俊，他把太多的精力耗费在部落的事务上，直到在战斗中被俘，极其惨烈地死在异乡后，一切都突然改变了。

所有的责任、义务都突然来到了章代·云丹嘉措的眼前，部落的命运和前途,对他来说都是一个谜,他从未为此分过心,但是现在不同了,他是唯一一位能挽救章代的人。

他不再饮酒作乐了,花花公子的生活离他越来越远,他同他的一群醉心于游戏的玩伴们成立了自卫组织,他是理所当然的头儿,大家习惯于称呼他作"老哥"。

正当他同朋友们一起和马家兵团的骑兵连周旋时,忽然有一个消息传到了他的耳朵里:马家兵团将把附近一些部落的头人之子都绑架起来送到西宁府改造——这是一个长期的阴谋,这些未来的头人们将被改造得对其听之任之,然后回来成为傀儡,成为他们的意志的传声筒,这就等于大片的土地已经归于兵团所有。

云丹嘉措听到这一消息的第一个念头就想到了乔。他的侄子。章代家族的继承人。部落头人的最正当、最合适的人选。

可是此时的乔却远离章代,正在遥远的月亮营地里享受一个富裕却无用的家庭里的熏陶。

已经很长时间了。

云丹嘉措很少见到这位侄子,但他相信乔应该是个好孩子,因为他有桑科的血脉,有章代家族潜在的优秀品质,这是最可贵的,还有什么比有后代更重要的事呢?这或许是桑科唯一可以聊以自慰的事吧?

云丹嘉措一想到桑科,一想到哥哥那双望着天空却不能闭上的双眼,就暗暗立誓决不能让乔落到敌人的手上。

毕竟乔是章代部落唯一的希望。云丹嘉措正是基于这一点,才和同伴们动身赶到营地,想办法要把乔带出来。可是他不能直接走进阿家大院带走乔，因为桑科被俘的那场战斗后，云丹嘉措曾求救于月亮营地，可是阿·格旺以沉默应答，盛怒的云丹嘉措立刻托人带给阿·格旺一支一折两半的长箭，形容两家已经断交，至死不再往来，老阿·格旺看到章代部落就要破落的前景，似乎也不再有什么前途，也就留下女儿和外孙，同章代家族彻底绝交了。

云丹嘉措恨透了阿家，可有什么办法呢？乔还在那里，而他自己是没有兴趣结婚生子的，他是个个性不羁的人，不喜欢有人约束自己，因此他久久不娶，以致老父亲把全部希望都放在桑科身上，可是现在一切都改变了，老屋被毁，桑科去世，部落不再是老头人想象的那般模样，它已经到了生死存亡的绝境了。

云丹嘉措在同伴们的支持下赶到月亮营地，可是他没想到自己会在酒馆里待那么久，他已经有很久不在酒馆里浪费时间了，可是他竟然被这所偏僻的、毫不起眼的酒馆迷住了，这究竟是什么原因，他还不明白，还没有分析清楚，要不是同伴们的及时赶来，他还不知道自己会耽搁多久。

他总算是解脱了出来。在巴麻他们到来之前，他几乎不能自制了——那是个他所见过的最可爱的姑娘，可这太不是时候啦，如果他没有这一切烦恼，那么他将会把她带上他的马背，朝着章代部落飞奔，他要把她介绍给所有的亲戚朋友，他要大家为他感到骄傲。

但这怎么会成为现实呢？他的现实是那么冷酷无情，根本无法接纳一个姑娘的爱情，他也只好把自己的深情埋藏——这是从未有过的，也将不再有。

巴麻的到来及时地把云丹嘉措从情困中解脱出来，他就这样头也未回地赶赴战场，或许他的一生都要在这种赶赴中度过，如果这种赶赴有意义的话，他将死而无悔。

可是就在他顺利地把乔带出月亮营地的时候，乔却被兵团的人劫走了，这真是出乎云丹嘉措的意外，那些人如此之快地赶到营地，对这一带地形又如此熟悉，可见他们对月亮营地以及乔早已有了较多的了解和把握。

就在云丹嘉措看着乔被劫走而自己却无能为力的时候，忽然听到谷地里有闷闷的马蹄传来，他知道是巴麻等兄弟们赶来了。

果然是巴麻。他的马头一个赶到云丹嘉措的面前。

"怎么回事，老哥？我们听到枪声就赶来了。"

还未站稳的巴麻说。

章代·云丹嘉措气犹未平，他的握着右腕子的滑稽动作有些让人不忍目睹。

"你受伤了。"巴麻紧接着发现主人还在流血。

巴麻立刻叫人替云丹嘉措包了起来。可是云丹嘉措的感觉是麻木的，他并没有感觉到肉体的痛疼。

"这下完了，我刚把乔带出来，可是又叫兵团的人劫走了，他们又快又狠。"云丹嘉措慢慢说道。

巴麻已知道不妙。但他向来不多说什么。他听着云丹嘉措的话，明白了事情的原委，这只是一次失败罢了，不值得那么计较。

可是云丹嘉措却不这样认为。他向才宝示意，才宝立刻明白了他的意思，把酒壶递了过去。云丹嘉措嘴唇对着壶口，"咕咕"几口，就把才宝剩下的酒都灌进了胃囊。

"乔是个好小伙子。"巴麻说。

云丹嘉措把伤口上的布条勒勒紧，说："他从小没吃过什么苦。"

巴麻看他一眼道："这我们都知道。事情会好起来的。"

这时才宝把空酒壶重新掖好，这是他唯一的宝贝。

"到下一个酒馆时，我会把它添得满满的。"才宝说。

云丹嘉措和巴麻都没有吱声，才宝急道：

"你们不要这么丧气嘛，老哥，我们有的是好马，撵上他们抢回乔就是，费什么思量嘛。"

云丹嘉措说："来不及了……"

巴麻道："不但来不及，我看还有更重要的问题，我们人少势寡，火枪不够，他们人多势众，又全副武装，装备比我们精良，他们想要什么总会得到的，所以我们只能以智取胜，多想办法，以少胜多，才是正理……"

才宝又插话说："我们几个打他们足够啦，谁还怕死吗？"

巴麻说："只要兵团在章代的地盘上待一天，我们就没有一天好日子过，我们不是已经费了很多年还没撵走他们吗？这种事不会一天就完事的，我们得保存实力，打赢最后一仗，把兵团彻底赶出去，章代才会安宁。"

云丹嘉措道："巴麻说得有理。才宝，我们中间没有人是怕死鬼，我知道你是最勇敢的一个，你的勇敢总会有用武之地，也会赢得人们的赞扬的。"

才宝感激地望了老哥一眼，不再吱声了。

才宝是个孤儿，章代老头人抚养了他，使他成为一个结实的战士，因此才宝对章代家族的忠诚是无人能比的，他是个最愿意以自己的生命来报效部落的人。

"可是，"巴麻沉吟道，"还有一个问题。"

云丹嘉措看着巴麻。他的伤口已经隐隐地痛起来，火烧火燎的，但这并不是令他烦恼的根本原因。

巴麻说："如果我们能联合别的部落的话，这场最后的火拼肯定是赢定了。"

云丹嘉措道："这我也想过，可是离我们最近的就是月亮营地，别的部落都太远，鞭长莫及呀。"

巴麻是云丹嘉措最好的参谋，老头人健在的时候，也对这个小伙子独有好感，但那时的和平使巴麻的才华没有尽情显露出来，现在，正逢战争时代，各路英豪各展风姿，巴麻的谋略也正在一步步得到人们的认可，另外他和云丹嘉措的友谊也保证了他的才华的充分展露。

这一群小伙子都是从小一起玩大的伙伴，他们彼此了解，互相信任，对部落的命运自愿地负起责任，他们是战斗中最重要的力量，而对云丹嘉措又有着无言的崇拜，是云丹嘉措支撑章代部落的左臂右膀。

现在，当巴麻提出联合的问题后，大家都各抒己见，有人认为联合是件好事，可以以一当十，把兵团打回老家去，也有人觉得章代部落的事务应该自己解决，不该把希望寄托在别人的身上。

云丹嘉措默默地听着朋友们的见解，暂时不发表意见。巴麻因为这建议是他提出的，所以每遇到反对联合的意见时，他总是耐心地给予充分的解释。

最后，联合的总体设想已经被大家采纳，他们把目光一起投向老哥云丹嘉措，等待着他的最后定夺。

云丹嘉措道："就这么办吧。可是咱们和哪个部落联合呢？"

巴麻终于揭出了自己设下的谜底："只有联合月亮营地，才是我们最后的希望。"

云丹嘉措说："可是阿·格旺是我们章代部落的仇人呵！"

"这我已经想过。"

巴麻说："对于私人恩怨，我们应该暂时放到一边，从大局出发，除此之外，联合别的太远的部落根本不现实，只有月亮营地是最合适的选择，再说，这也是为月亮营地考虑的，如果我们章代完了，那么第二个完蛋的肯定就是月亮营地。"

云丹嘉措说："你的话有道理，但是阿家已经知道我带走了乔，我还怎么去开口请求阿·格旺同意和我们联合抗敌呢？"

巴麻说："我们只能以实相告，否则老头子不会信任我们的。乔被劫走本来就出乎我们意料，我们的愿望是好的呀，只不过我们把事情办糟了而已。"

"我知道他不是个慷慨的人。"云丹嘉措说。

巴麻又劝道："我也知道。可他是个上了年纪的人，他不会为了外孙就把整个营地的安危大局置于脑后，再说，乔是我们章代的小头人，我们会不管他吗？"

云丹措忧虑地点点头。显然他被他的参谋说服了。

章代部落准备联合月亮营地的大事就这么决定了下来。

这是很多年内都没有过的事，自从桑科死后，两个部落的恩怨便深深地扎下了根，但现在，大敌当前，如果两个部落能捐弃前嫌、重新携手联合起来的话，才不会被敌人各个击破，全部占有。

魇在梦中的痛楚
呼唤不出的名字

第九章

三十四、丧期中的幻象

这是一个奇怪的早晨。阿家大院不像平日那样有早起的人。仆人们都睡着，似乎被噩梦魇住了。而主人阿·格旺自从阿·吉出走后，便把睡铺搬到了牛棚里，没有人知道他的夜晚是怎么度过的，更不知他这种举动是为了阿·吉还是为了白尾牦牛。

娜波在这天也出乎意料地没有早起，平常总是她督促仆人们尽早起身分配一天的任务，可是今天显然已经过了这个时间了。

躺在牛棚里的阿·格旺被一阵痛楚击醒。早晨的阳光正在他的头顶上照耀。醒来的阿·格旺看看日头，顿时明白了那阵痛楚来自刚才的梦里，在梦里他被一个神秘的女人用锤子狠狠地敲着额头，一下又一下，直到他醒来。

那女子他是熟悉的,可是他想不起她的名字,她熟悉的面庞近在咫尺,她发怒的样子那么可爱,她的名字几乎就在唇边,可是,他呼唤不出来。

醒来的阿·格旺依然像睡前一样抱着右臂,缠着布片的食指已经结上了厚厚的黑色的血痂,这是他不顾一切咬嚼的结果。他咬嚼的时候几乎是疯狂的,他把食指咬嚼得血稀一片,要不是女儿玛姜及时给他包上布片,他会接着把别的指头也搞得惨不忍睹的。

但是手指的疼痛抵不过头部那阵剧烈的痛楚。

阿·格旺双腿伸展地躺在草料铺成的简易睡铺上。这模样似乎从阿·吉离开时就没改变过,阿·吉走时,他就是这样坐在草料上,伤心地望着她离开阿家大院,他的惊讶自不必说,难道这营地里还会有对阿府的荣华富贵表示出如此蔑视的人吗?

阿·吉竟然就这样离开了。

阿·格旺是无法理解这一点的。无论怎样,阿·吉会回头的,她会带着乔,带着他真正的孙子,回来请求他的原谅,请求得到他的庇护,因为月亮营地再也没有别的人能给予她们母子相应的地位和尊严了。

阿·格旺端详着自己的睡姿,忽然觉得十分可笑,双腿伸展的样子是那么绵软,似乎没有筋条和骨骼,对外界毫无防备,是那么软弱可欺……

这不是他过去时应有的模样。

阿·格旺沮丧地抱着右臂。早晨的阳光使他的眼睛眯缝起来,他似乎才明白这又是一个白天的开始。

可是仆人们都到哪里去了？还有娜波，可怜的女人，现在他只剩下她一个亲人了。他们将相依为命到终老吗？

阿·格旺抬头望望空空的牛棚。自从那头白尾牦牛被老头子解脱成放生牛后，发生了多么大的变化呀，无法无天的甲桑悄悄劫走乔，他不但姑息了甲桑，而且还把牦牛白白送给了他，可是那小子竟然返回身杀死了阿·玛姜——他如眼珠般宝贝的女儿……

一想到玛姜，阿·格旺老头的心就痛起来。他颤颤巍巍挪动着，身下的草料发出窸窸窣窣的声响，他肥胖的身躯在牛棚里可笑地转来转去，最终他决定先到娜波的房里看看。

娜波的房门大敞着。

当阿·格旺的双脚跨进门槛时，他奇怪地看见娜波目光呆滞地望着门外。

阿·格旺望着那张朝夕相处的面孔，却一下子想不起她的名字，但他并没有意识到什么，他听到娜波嚅嚅道："真对不起……"

"什么？"做丈夫的腆着肥胖的腹部，费劲地挪进房中，汗水从那张忍受着疼痛的脸上流淌而下。

娜波睡眼惺忪，一丝惊恐停留在眼神深处，她神色不安的模样使阿·格旺的心中生起一股怜惜之情，他柔声道："什么？"

"真对不起……我刚起床，好像被什么魇住了，我竟然想不起您的名字来……"娜波惴惴不安道。

阿·格旺把一件晨衣披在妻子肩上,将她的秀发从衣领下捋出,说:"名字并不重要,重要的是你得赶快到……那个部落叫什么来?你得到那里去一趟,告诉……头人——他叫什么名字?瞧我这脑袋,今早做了个噩梦,什么也说不周全——你得告诉他我们需要他的帮助,最好请他到我们……营地……"

阿·格旺说着,渐渐感到嘴巴的力不从心,他竟然说不出自己营地的名字,一种稀有的、凉凉的感觉袭上心头,那是恐惧。

"糟啦……太糟啦……"阿·格旺最终叹息道。

娜波扶着丈夫的胳膊,身不由己地倾靠在他的身旁,她简直没有力气站立了,忘掉最亲密的人的名字,无疑是可笑的。

"我想起一件事,那位……喇嘛曾经说过,我们要丢失名字,现在看来是真的啦……我没有睡着吧?"阿·格旺说,他要求妻子使劲掐掐自己的耳朵,娜波眼泪汪汪地掐着他,那只曾佩戴过珍贵九眼石髓珠的耳朵顿时热辣辣的,他感到了疼痛,那么,这不是梦境,而是真的了。

"来人!快来人!"娜波夫人绝望地喊起来。

仆人们应声赶到,他们眼里的主人一改往日尊严,显得六神无主。他们在见到主人的时候总是要问安的,可是今天却想不起主人的名字,或许是被主人的神情吓着了吧,他们有意低下声音,含混又小心翼翼地问道:"有什么吩咐?"

娜波夫人绞着双手,在鲜艳的猩红地毯上走来走去,她极力镇定着自己的情绪,缓缓说:"让我想想,让我想想!"

"还想什么,去请那个部落的头人就是!"阿·格旺急躁不安，他又开始使劲咬手指了。

只有娜波意识到丈夫要请的头人是谁，但是仆人们并不知道，与月亮营地远远近近相邻的部落也有好几个，主人要请的贵客是哪个部落的头人呢？

娜波委屈的眼泪在眼眶里打转，她也无法帮助丈夫回忆起他需要的那些名字，那些曾经清晰可辨、还留下过气味和声音的名字，难道瞬息之间就消失在空气里了吗？

他们一点点确认到，他们在无知中度过的前一夜，是魔鬼的晚上。

娜波用黄金和牛奶清洗了阿·格旺的眼睛，也清洗了自己的眼睛。他们认为只有这样才能使自己心清眼明，不致在失去记忆的时候出现什么误差。

娜波收拾好洗过的奶水，把它放在干净的地方，以备下次再用。她做着这些，心里仍没有把握，望一眼阿·格旺，丈夫正急躁不安地来回走动，他还在徒劳无用地回忆着他想要见的那位头人的名字。

"我想不起所有人的名字！我竟然想不起所有人的名字！"阿·格旺最终瘫倒在躺椅上，臃肿的身体顺势拉倒了松木瓶架上那尊庞大的珍贵野牛头骨，只听一阵闷声乱响，野牛头骨的黑色犄角深深杵进地毯里。

野牛头骨上两只黑洞的眼睛望着茫然的人类。

宁洛头人被请到阿府，他的故作镇定也掩盖不了一脸惊慌，他与主人拉拉手，互相道了吉祥，但是那样子却十分别扭。

阿·格旺首先开口道:"请原谅我想不起您的名字,但我是认得您的,这毫无疑问,只是,我过了一个不祥的夜晚,这个夜晚让我忘掉了所有人的名字,甚至连部落、营地的名字都不记得,您是无法想象这种惊人的情况的,请您不要见怪才好。"

宁洛头人早已瞄见放在一侧的盛着黄金和牛奶的青花瓷碗,他暗暗舒一口气,这正是他出门前反复用过的,他在用这特殊的液体涂抹眼睛时,心中的茫然简直无法用言语来形容。现在当他一眼瞄见阿府主人也在使用这种传说中神乎其神的药水时,便坦然起来。

"我当然不会介意,我们是多年的老朋友。"宁洛头人说,他停顿片刻后,继续道,"也请您原谅我记不得您的名字,这是我无法解释的,因为我既没有做什么噩梦,也没有得罪过神灵,即便猫魔经过,也不会跟我纠缠,可是我也奇怪地患上了失忆症……这……这……这突如其来的病……"

宁洛头人开始结结巴巴,他话音未落,阿·格旺便释然于怀,原来失忆的不只是他和他的家庭成员,远在宁洛部落的人们也陷入了这种恐慌,他没有理由再觉得自己形单影只了。

显然,这场突如其来的失忆症袭击了月亮营地内内外外的所有人。

一夜之间,所有的名字都丢失了,不知是随风散去,还是沿着达佤曲河流走的。人们望着彼此熟悉的面庞,却记不起对方的名字,甚至连形形色色的绰号也忘记了。

阿·格旺说:"好啦,不管怎么说,我是认得你的,你也是认得我的,让我们暂时就忘掉彼此的名号吧,但愿这种情况不会维持太久,如果想些办法,或许我们会从如此尴尬的境地中摆脱出来。"

宁洛头人点头称是,他俩第一次在同一件事情上达成了共识。阿·格旺又说:"不久前我们寺院的一位喇嘛曾预言我们会丢失名字,最糟的是我们还会丢掉营地、部落的名字,您想想,好端端一个地方丢掉名字,这是多么可怕的兆示呵,名字丢掉了,还会丢掉什么呢?会不会一切都要丢掉啊?名字都没有啦,还能剩下什么呢……"

阿·格旺说着,两人同时瞪大眼睛,眼睛里充满的恐惧是前所未有的,他俩几乎同时脱口而出:

"快请喇嘛为我们祝福吧!"

对此早有预言的切吉喇嘛似乎成竹在胸,尽管他也不能幸免地忘却了自己和别人的名字。他望着寺院上下的阿卡们惊慌奔走、四处相告失忆之痛的情景时,喃喃自语道:"我们都会陷入黑暗的恐慌,但蒙昧的时光不会久长……"

"唵嘛呢叭咪吽!"切吉喇嘛转身朝高坐于莲座之上的千手千眼观音金身深深拜下,双手合十,分别在心脏、嘴唇、额头三处碰触,以示对本尊佛的心、语、意三种供养,他一次次拜下去,直到膝盖和额头不能承受身心之重。

"愿神圣观音尽展无数慧眼,运用无限力量,显现无穷智慧,拯救无知人民于蒙昧苦海……"

当日，已经为此做过精心准备的切吉喇嘛召集各位弟子，在威严的大经堂开始举行集体祈祷仪式。切吉喇嘛早已闭斋三日，净沐后朝西方叩拜，尼泊尔檀香的香火燃起来，达日神山南麓的柏枝架起三角形的火供，他的弟子们敲着锣鼓，铜钹声清脆入耳，皮鼓的回响振聋发聩，顿时令人心清目净，随着嗡嗡的诵经声，切吉喇嘛开始了驱魔仪轨。

与此同时，正在刻嘛呢石的甲桑抬头望望天空，一种奇怪的感觉袭上心头，天空依然碧蓝如洗，远处几只黑色的鸟儿飞翔而去，耳畔传来清晰的鸟鸣，那位老人也一如既往地坐在另一堆石板旁埋头挥舞着刻刀，一切看在眼里的都似乎跟往常一样一成未变，可是突然袭上甲桑心头的感觉却真实地告诉他，有些事情正在改变着。

他放下刻刀，站起身，来到老人面前。他俩从未搭过一句话，但是今天甲桑不得不把奇怪的感觉倾诉给老人了。甲桑说："辛苦啦，大叔。我觉得有点儿不对，我竟然记不起自己的名字了。"

老人仍然刻着，不过刻字的速度显然放慢了。他说："我也正在回忆自己的名字，但这有什么要紧呢？我得把这些石板刻完才行。"

老人说完，重新埋头刻字，他的两只手上青筋暴突，伤痕累累，看得出是长期搬动锋利的石板所致，他刻出的六字真言别具一番魅力，只有历经沧桑的人才能体会其中的甘味。

"您刻得真好！"甲桑看了一会儿，坦然道，"您说的是，名字对我有什么重要呢？我在这里刻嘛呢，或许正是为了忘记自己的名字吧！"

甲桑说完，回到自己的石板旁，重新拿起了刻刀。

三十五、毛编靴带

切吉喇嘛的祈祷大会继续着，那条禁锢住人们记忆的无形绳索仍然在延伸，此时的广阔草原，已经失去了所有冠以神圣、美丽名字的神山、峡谷、河流、草场、植物和野兽的称谓，人们甚至记不得自家的猫、狗、羊、牛和马匹的爱称了。

阿府在一片沉寂中度过了漫长的黑夜。当黎明的曙光又一次照亮后院那株高大、神秘的冰乃树梢时，娜波悄声来到前厅，阿·格旺正在那里独坐着，他这样坐了一夜。

娜波递上的一碗滚热的酥油茶并未解去丈夫眉心那团紧皱的疑惑。妻子款款道："老爷，我们这样过着日子，也该知道大小姐和小少爷怎么过的呀，如果您愿意去看看她娘儿俩，我可以陪您去。"

阿·格旺不置可否，他顺从地跟随妻子骑上高头大马来到营地外阿·吉暂时寄住的帐篷。

老父亲看到继女一脸憔悴。一脸憔悴的阿·吉无声地接待着继父和继母，那样子矜持又高贵。

"怎么？"老父亲问道。

女儿似乎并不很在意父亲的到来。她未作任何回答，只是照样望着门外，这种她从未有过的姿态使老父亲感到不祥。

"怎么？"阿·格旺追问道，他同时发现帐篷里看不到孙子的身影。对他来说，与其说是来看阿·吉，不如说是来看乔的。

阿·吉的双眼里蓦地盈满了泪水，那泪水从两颊滑下，蜿蜒成一种委屈不平的模样。"阿爸，您孙子再也回不来了……"她说。

阿·格旺莫名其妙道："他去哪儿啦？他去哪儿啦？"

"他被带走啦，被人带走啦！"女儿强忍着泪水道。

阿·格旺是不愿面对这个事实的，可他一下子却想到了甲桑。这个年轻人，难道他还不肯罢手？尼罗之死，白尾牦牛，宝贝女儿阿·玛姜，这一切已经够老头儿受的了，难道他还不肯罢手，又一次要带走乔吗？乔能给他什么，他到底想要什么？

阿·格旺望着女儿，看上去事情不是那么简单，阿·吉是个不示弱的女子，她怎么会眼睁睁地让乔走掉呢？

阿·格旺的脑子里一片朦胧，是什么让阿·吉退缩了？

"谁？是谁？"

阿·格旺肥胖的躯体在帐篷里摇撼，他营造多年的结实的天空似乎就在这一刻倒塌了。要不是娜波扶着他，恐怕他会栽在那面简易的灶台下。

"还会有谁呢？阿爸，是我们部落的仇敌啊……"

阿·吉终于哭出声来。她知道这是迟早的事，但这么快就发生仍出乎她意料。她哭着把事情的前因后果简单告诉了老父亲和娜波。

阿·格旺这才真正清醒过来。他听到过最近的一些传言，有人要绑架附近几个部落的子弟作人质，让他们远离自己的父母兄弟，这里面或许有更大的阴谋吧？

"他们要多少钱才肯放人呢？"阿·格旺喃喃道。

阿·吉望着父亲，渐渐重新恢复了坚定的神情，她说："阿爸，这根本不是钱的问题，难道您还不明白吗？他们要的是我们整个部落！您醒醒吧，看看我们现在都成什么样子了呀，彼此忘记了名字，想不起年年保佑我们平安的那座神山的称谓，谁才能救我们呢？谁？"

阿·格旺被一连串的追问问得一筹莫展，最终说道：

"让我去找儿子吧，或许他会帮我想点办法。"

离营地稍远的一处凹地里，以阿·文布巴为首的一群年轻人正聚集在一起，他们啸聚山林的目的似乎仅仅为了饮酒作乐更为方便而已，他们的眼中茫无其他目的。

他们根本没有意识到已经丢失了自己和同伴的名字，本来他们也不太正规称呼别人，每个人都有十几个足够朋友哂笑的绰号，况且他们已经从营地脱离出来，名字有什么重要的呢？

他们的脸上还带着昨夜的露水，眼睛里还留着酒意未去的飘飘欲仙的神情，大鼻头上的汗珠仍然晶莹地亮着，头发里则藏着很久前在自家屋里睡觉时就有的薰草气味。

不用说，这会儿他们又都醉了。如果没有美酒尽情尽意的陪伴，他们的出走又有什么意义呢？

阿·文布巴自然拥有着酒量之首的美名，他每次都不负众望，早早就把自己放翻在黑夜来临之前。

阿·格旺痛心地望着儿子。他年轻的时候也是嗜酒的，但他懂规矩，知道分寸，不像现在的年轻人这么虚度年华。现在，他不仅不明白儿子的名字，更不明白的是儿子醉酒后那种自得其乐的样子。

他暗想，这不是又撞上鬼了么！

"我都造了什么孽呀！"阿·格旺嘟嘟囔囔道。

"不要说这些，没什么意义的。"儿子认真地望了一眼父亲，他那醉意朦胧的眼神里毫无期待可言。他并没有期待父亲能带给他什么欢乐，他只是这样望着父亲费劲地从马上下来，自己也感到前所未有的疲劳。

阿·格旺也望着儿子。他记不得儿子的名字了，但他小时候可爱的模样还依稀就在眼前，但他现在成什么样子了啊。儿子那懒散的模样使做父亲的不忍心仔细端详，他这么年轻就无所事事，老头儿把最宝贵的生命付与了他，可是他却让这生命开放得毫无意义。

"去拿你的枪，儿子，我们得出趟门。"父亲庄严地说。

阿·文布巴说："怎么，您需要我的力气么？"

老头儿不言声，已经上了马，他上马的费劲程度很难让人相信他此行成功的可能性，做儿子的大为感叹了一声。

阿·文布巴随即也上了后面的一匹马。他的那杆营地里最高级的猎枪也已由手下给他挂好在马的右侧。

父子俩带着一队人马飞奔而去。

寂静的黛色山谷在早晨的阳光下显得格外明丽，一丛丛的高原植物散落于草甸之中，使月亮谷地愈加生气勃勃，意蕴盎然。

阿·格旺带着儿子和马队，一路飞奔而来。镇子中早起的人见到阿府的主人，都要脱帽致意："老爷，您早啊……"可是阿·格旺这时候是没有工夫回话的，他的马儿正跑出一种独树一帜的激越，身后的群马们唯马首是瞻，奔腾追上，马蹄过处，如疾风骤雨横扫路面，令人侧目。

"又要出事了！"人们说。

阿府的父子是难得如此一道出门的，尤其是这般招人耳目的方式，难怪人们担心会有什么不幸的事情发生。其实这种担心并不多余，因为月亮营地就要面临章代部落一样的境遇了。

阿·格旺戴着帽子，头发在帽子下面迎风飘舞，他那肥胖的身躯非常不适合这种奔跑的姿势，他胯下的马似乎也不堪其累。相对而言，阿·文布巴倒显得轻松自如，虽然酒精使他有些飘飘然，但他毕竟年轻的身体令他颇具英武之勇。

奔走在谷地中的阿家父子迎面遇上了另一支马队。

这支马队的首领正是章代·云丹嘉措。

章代·云丹嘉措被巴麻说服后，正带人走回月亮营地想和阿·格旺取得联络，他和手下同时认出了对面来人正是阿·格旺的马队。

两边都没有避开。他们相视而望，就近停下来，彼此保持着警惕而沉默的距离。

阿·格旺有些惊奇，他不知道云丹嘉措带丢了乔为什么还要回来。他还想带走什么，难道要把月亮营地整个都要拿去吗？这小子！

阿·格旺的愤怒燃烧着他的面颊，他梗着脖子开口道："是我们老邻居家的公子吧？很久不见啦，想不到你到我们营地的见面礼是让我一个老头儿失去孙子，真够热闹的啦，怎么，你是想要回折断的长箭吗？"

对面的章代·云丹嘉措也没有想到会这么快就和阿·格旺遭遇。他沉稳地压住怒气，翻身下马，说道：

"很久不见啦，老爷，我向您问个安。"

"受不起，别折了你们年轻人的福气。"老头儿在马上说。

章代·云丹嘉措不再想绕圈子，便说："说实在的，我正要到府上拜访，想把我侄子的事情解释一下……"

"说出来正好。"阿·格旺也已不耐烦，他说，"他现在在哪儿？我要见他，你也不必再跑路了，说吧，是怎么回事？"

云丹嘉措没有想到阿·格旺会以这种方式来解决这件事。他说："我首先得道声歉，老爷，是我对不住您老人家，我侄子现在被兵团的人劫走了，这是我的错，是我办事不周全……"

阿·格旺那双浑浊的眼睛渐渐瞪圆，血红血红的，令人胆寒，他怒道："你办事是很周全，谁也比不上你，我还能说什么呢？

难道你以为想要双份赏钱会很容易吗？"

云丹嘉措知道他弄错了，说道：

"不是这样，我们家族没有贪图小利的人。事情的起源是这样，最近我听说兵团的人想把附近几个部落的小公子们绑架起来当人质，然后送进城里改造，还要学习他们的语言和文字，等长大以后再送回部落成为傀儡，好叫他们管理。我想到侄子，因为他是我们部落未来的头人，自然会在他们的名单之内，所以我想把他带回我们部落，我们部落非常需要他，现在那里的人民已经在兵团的铁蹄之下忍受苦难，都等着小公子回去给他们带去新的希望……可是我没有办好这件事，我和侄子刚走到谷口就被兵团的人马劫了。"

阿·格旺瞪着血红的一双圆眼睛，他告诫自己不要轻易相信对面马上的年轻人。尽管那人表现得很诚恳，而且事情的原委似乎也不是不可能，但是阿·格旺还是坚持着自己的愤怒：

"你们部落的灾难我早就听说过，但是我孙子有什么义务？他还是个孩子，况且他在我家大院从没有出过事，比哪里都安全，你还是少费劲编造这些理由吧。"

章代·云丹嘉措立刻反驳道：

"安全？上次一个年轻人不是带他出了趟远门吗？"

"你的消息倒是很快。"阿·格旺不快地说。

云丹嘉措看到阿·格旺口气略有缓和，便说：

"当然哪里也不能说有什么绝对安全，我们部落也一样，只是，如果我侄子回到部落，那对大家是多大的鼓舞啊，我们会同心协力赶走兵团的人马，到那时他会回到这里给您老人家报喜的。"

阿·格旺对章代·云丹嘉措所描绘的前景不屑一顾，他说：

"啊，到底说的比唱的好听，尤其年轻人底气足，说出来就跟我们老头子们不一样。算啦，省点劲吧，快把他交出来，我没有工夫和你们部落的人纠缠。"

章代·云丹嘉措的手松开马缰，摊向肩膀的两侧，他负伤的右腕上布条飘摇，他的态度诚恳是显而易见的。他说：

"真的，他不在这里，他在兵团人的手上，我们只能联合起来去救他，这是唯一的办法。"

阿·格旺朝着章代·云丹嘉措望去，他不相信这个他暂时忘掉了姓名的年轻人，但是年轻人的右腕子真实地摆在他的面前，那上面血迹未干，看上去伤得不轻。

云丹嘉措的武器不在身上，腰上只有一柄七寸短刀紧紧贴着，但是主人的手远离着这把刀，使在场的每个人都认识到他在这场谈判中明显地占有优势，这使阿·格旺十分反感。

章代·云丹嘉措诚实地举着双臂，他愿意以他的诚实来博得阿·格旺的信任。

可是阿·格旺是从不随便信任别人的。他的一生都是在和别人的抗争中度过的，这样的人怎么会把心爱的孙子交到一个曾经断过交的人手里呢？

阿·格旺知道生死攸关的时刻任何规则都是无用的。现在，他看到对手的双手离开了武器，对自己没有任何威胁，便紧紧攥住乘马右侧的枪筒里的火枪，他的武器使自己勇气倍增，他缓缓道："看来我们不干一下是解决不了问题的。"

章代·云丹嘉措一下子就看清了阿·格旺的内心。他说：

"我死了倒不要紧，要紧的是，等兵团稳定了我们部落后，紧接着就会来占领你们的营地的。你一个老人，经历丰富，见多识广，怎么会看不到这一点呢？"

阿·格旺的右手在枪筒边犹豫着。

自己是老了吗？怎么能在对手未拔枪的时候就先下手呢？这是不可取的。但阿·格旺是从不服输的人，他一边犹豫，一边意识到自己的老之已至，从前可不是这样呵，从前他的傲气足以使他在别人拔枪之后再突然进行袭击，可是今天自己的举动在这个年轻人面前险些落下笑柄……

这时，沉默已久的阿·文布巴开口了，他说：

"阿爸，要干一下子也要由我先来呀！"

显然阿·文布巴对可能就要出现的对火场面更感兴趣，他喜欢格斗，喜欢目标明确、一对一的格斗，他最厌烦的事就是长篇大论的说辞，他已经听得够多了，刚才父亲和对面的章代·云丹嘉措讲了一大通，他已十分疲倦，当他的耳中传来父亲的暗示时，顿时来了精神。

但是阿·文布巴和父亲有一点不同，他是讲究规则的男人，他正是企图以此来引起姑娘们的注意及爱慕，尤其是茜达，他愿意自己在茜达面前是个真正的男人。

所以文布巴看到对手云丹嘉措的手中没有枪，也毫不在乎地放弃了自己那杆漂亮的猎枪,他把腰刀抽出刀鞘,那柄利刃在阳光下泛着白花花的寒光。

章代·云丹嘉措冷漠地望着文布巴,他的双手依然举在肩膀的两侧。而左面的巴麻紧紧地贴在老哥的马后,右面的才宝却早已不耐烦了,他看到文布巴打马向前,立刻拔刀挡在了云丹嘉措的马前。

"小子,你那刀是金的还是银的?"才宝说。

文布巴道:"你试试就明白啦!"

阿·文布巴是月亮营地里打架的好手,现在他在父亲面前展示技能的机会来了。

巴麻打马上前拦住,他说:

"难道兵团的人还没有来打我们,我们就自相残杀了吗?正好给兵团省了劲了,要知道我们的首要大事是把兵团赶出草原,如果我们自己先打起来,那就等于把你们的营地和我们的部落都拱手相让了,这主意真高明啊!"

阿·格旺那只犹豫在枪筒前的右手出了汗。他的绣着云纹的衬衫的高领也被汗水浸透了。他心里明白上前说话的人说得有理,可是他怎么能就这么认输呢?

文布巴的乘马焦躁地打着转儿,他急切地盼望父亲立刻下令让他出击,他会把这群外来人打个落花流水。

可是现在对垒的双方都保持着最后的沉默,他们知道一旦打起来后果将是严重的。

就在此时,阿·文布巴的眼睛注意到了对面章代·云丹嘉措的靴子。

文布巴注意到的是云丹嘉措右面的靴子。那只靴子正紧紧伏在马肚上，随时准备给乘马某种命令。可是文布巴注意到的既不是靴子的式样，也不是靴子的质地，他注意到的是靴子上面那根毫不起眼的靴带。

毛线编织的红白两色靴带牢牢地扎紧在云丹嘉措靴子的靴腰上。

文布巴认得那是茜达的靴带。

他两眼发直，惊奇地望着那根靴带，这可是他索要几年都未曾到手的东西呵，怎么会到云丹嘉措的靴腰上了呢……

他结结巴巴地问道：

"怎么，你偷了营地里的姑娘的靴带，还是乖乖地交给我吧！"

"你认得它么？"云丹嘉措微微地笑道。

文布巴已经被问傻了，他说：

"营地里有谁不认得它呢？靴带是她……她……她的！"

阿·格旺被儿子与章代·云丹嘉措的对话弄糊涂了，他不知道什么靴带不靴带的，更不知道为什么还会扯上与此毫不相干的姑娘。他低低地咳一声，以示警告。

可是文布巴已到了不问清楚誓不罢休的程度。他急呼道：

"快说，你这个贼，你怎么偷了她的靴带？"

云丹嘉措把腿抬起来，认真地看了一番系着带子的靴子。他说：

"你不必着急问,我们是亲戚,我总会请你喝喜酒的,听说你酒量不错,快乐酒馆里最好的酒给你留着哩,等我办完这些事,就在那酒馆里结婚,新娘当然非那位姑娘莫属啦。"

阿·文布巴一听到此,马上疯狂了,他一下子就忘记了自己为什么而来,似乎他正是为了保护茜达的名字不受侵犯而来决斗的,他握着腰刀,直冲章代·云丹嘉措扑过去。

已经没有人能阻止这场决斗的发生。阿·格旺眼睁睁望着儿子疯狂地冲向对手的营盘,这种冲击定然是弊多利少,必输无疑。

阿·文布巴冲进云丹嘉措的马群,左边的巴麻,右边的才宝,立刻以迅雷不及掩耳之势把文布巴围在云丹嘉措的马前。这种情况下,文布巴的挑战即使不输,也决不会赢得有多么光彩。

可是阿·文布巴在月亮营地里从未输过。他不知道输掉一场决斗会是什么滋味。酒精能使他精力旺盛,更能使他保持战无不胜的最佳状态,而现在他体内的酒精正在以滚滚而来的速度把他燃烧起来,他燃烧着,恨不得一下子就把利刃刺进对手的胸膛。

"这一下为了她。"文布巴的武器扑了空。"这一下为了我。"

左右闪避的云丹嘉措看清了局势的发展,他明白这场决斗是必不可少的,或许这正好可以为自己创造有利于章代的条件吧?

章代·云丹嘉措自然而然地将受伤的右臂护在身后,他已经无法拔出护身腰刀,腰刀挂在右面腰下,左手够上去很吃力,但是他的左臂有的是力气,趁文布巴使足力量冲过来的空当儿,他一下子就把文布巴从马上拖下来,拧着他的脖子,缴了他的械。

这一切让阿·格旺看得目瞪口呆，他没有想到儿子会这么莽撞地冲向前去，更没想到章代·云丹嘉措出手会如此不凡。

"好好好，别伤害他，有话好说。"阿·格旺终于妥协了。

拧着文布巴脖子的云丹嘉措说："我只有一句话，你的人必须和我们一起联合抗敌，风险共担，和平共享。"

"就这样吧。"阿·格旺说，"但我还有一个条件，你能答应的话，联合之事就这么决定了。"

云丹嘉措望着老头儿，知道他又要要什么花招了："什么？"

"这段时间你得留在我们营地，直到我孙子平安归来。"

云丹嘉措身后的伙伴立刻嚷起来，但云丹嘉措制止了他们，他说："好吧，就这么决定了。"

他一松手，阿家少爷文布巴面露惭色地回到了父亲的身边。

三十六、转 生

此时的甲桑正在嘛呢石堆里刻着六字真言。他把"唵"字染成白色，"嘛"字染成蓝色，"呢"字染成赭红色，"叭"字染成绿色，"咪"字染成紫色，"吽"字则染成黑色。

现在，这块新的经文板已经完成了。这是些有着特定含义的文字和颜色，甲桑按照古老的传统将它们组合起来，尽管他刻石板的时候技术还很糟糕，布局也不精明，但他那份认真的精神和执着的刀法使他的作品显得完美起来。

他已经这样刻了七七四十九天。

无论阴晴风雨，这七七四十九天他都在露天里盘腿而坐，抱一块石板，手里的刀子便开始运作起来，有时他会把石板打扮得祥云四起，莲波袅袅，六字真言的中间会有一座释迦佛祖的彩绘真身，有时他的石板上只有朴素的字句和单纯的色彩。不管怎样，甲桑都在用一颗真心来对待。

他就生活在这些石板中间。他的面颊渐渐消瘦，但他的刀法却日益精熟，石板在他的手下变得柔软易刻，他自己也愈来愈像一位精于此道的艺人了。

在离他不远的地方，那个老人也天天都在聚精会神地刻着石板。甲桑每个黎明都能在嘛呢石堆的入口处碰到这位老人。尽管甲桑以年轻人的身份向他鞠躬问安，但他从不回报一个笑容。甲桑不明白他在恕什么罪过，这世上还有什么罪过比自己犯下的弥天大罪更叫人无法原谅的呢？

自己的罪过是无法饶恕的……

甲桑望着这块刚刚刻成的石板。又是一个阳光明媚的午后。

远远地，有三骑人马在朝这个方向走来。

甲桑眯缝着眼睛朝路上瞧了一眼。渐渐地，他认出了他家的老马，老马上是夏布，随后跟着的是茜达和麦尔贡。

三人走近前下了马。茜达先奔上来，她心痛地望着哥哥，说："大哥，你太憔悴啦！"

甲桑一眼看清妹妹头上的辫套，再望望紧紧跟在她身后的麦尔贡，道："你们办过婚事了么？阿妈丧期未满啊……"

"不是我，不是我，你问她好了。"耳朵上结着疤的麦尔贡立刻解释，他朝茜达道："你自己快说呀。"

这时半天不吱声的夏布打岔道："这有什么好说的，我们来找大哥又不是为了讨论这件事。大哥，你离开营地后，我们才知道你到阿家发生的事情，那姑娘死了虽然可惜，但也是她的福短命薄，不能完全怪得了你，再说你在这里刻了七七四十九天的嘛呢，也算尽了一份心，罪过是该赎完了，你跟我们回营地吧。"

甲桑说："她是个好姑娘，是我害了她。"

夏布说："你不能老是为了赎罪就逃避现实，你不是说我们兄妹们最重要的一件事就是让阿妈好好地重新转世吗？可是现在她老人家的灵魂还没有超生，你就耽搁在这儿，不回营地，什么事都不管，叫我怎么办嘛？"

夏布抱怨着。自从母亲去世后，他似乎没有一件事情满意过。近来发生的一切都让他心烦，他宁愿跑到远远的地方去打一仗。

茜达说："大哥，我梦见了阿妈，她的模样那么清晰，我心里难过得很。那头白尾牦牛还在营地附近转悠，我们总不能让她就这么待一辈子吧。"

麦尔贡咬着嘴唇，不吱声。

如果是从前，他会立刻支持茜达的建议的，因为茜达是他的未婚妻，他有义务使她的愿望成为现实，可是现在她不再是自己的亲人了，她和他的生疏日渐增多，他也从此一见到她就感觉到别扭和不安。

甲桑沉默着，轻声说："你梦见她老人家了么？"

茜达点点头，朝麦尔贡打个手势："我特地请来了他，他是我们附近最好的天葬师，也是我们兄妹的朋友，我想他会帮助我们的。"

甲桑打断她的话，奇怪道："你这是什么意思，他不是你的丈夫么？"

夏布哼一声："她要知道嫁给知根知底的天葬师就好啦！"

甲桑对于夏布对麦尔贡看法的改变有些迷惑，他知道夏布一向是最反对茜达嫁给麦尔贡的。他把目光投向茜达，希望她能给自己一个解释。

茜达如一朵静静开放着的鲜花般绽放着迷人的光芒，可是这光芒并不是撒向麦尔贡的。她说："大哥，你走后营地里发生了很多事，我一下子也说不清，但是我没有嫁给他，而是嫁给了……"由于全部落集体的失忆症，致使茜达无法一下子说清丈夫章代·云丹嘉措的名字，只好简短说道，"是咱们相邻那个部落的，大个子，喜欢戴和你一样的宽檐呢帽。他是个好丈夫，你以后会知道的。"

是那个陌生人！

甲桑一下子就听明白了。

他吃惊地望着妹妹，没想到她会把终身如此轻易地献给一个陌生人。但是从表面上看去她似乎是幸福的，她面颊红润，有着完美的少妇特有的风采。

夏布又哼道："她是自作主张，世上也有这样自作主张的姑娘！"

茜达坚持道："我知道阿妈是同意的。"

"别以阿妈的名义。"甲桑制止她。

茜达委屈地低下头，她说："是真的么……"

麦尔贡是不情愿看到茜达受委屈的，尽管他俩已从未婚夫妻变成了一般朋友。他摸摸左耳上的伤疤，说道：

"离营地不远的地方住着一位女药人，老人们说她拥有一种古老的神秘法术，她能运用那法术打开一条通道，使灵魂安全逸出的通道，如果你阿妈附灵的那头白尾牦牛请那位女药人施行法术，那她老人家就可以早早转世了。"

"女药人？"甲桑问。

夏布答道："我们见过她。她的模样很吓人，但既然她能让阿妈及早转世，吓人不吓人的，这些都没什么。"

麦尔贡说："据说她很早就在营地附近，老人们都认识她，她会调制各式各样的药，会让反目的情人重新相爱，还能使动物起死回生呢，总之她的能量大得很，这是我们这一代年轻人无法理解的。"

"女药人……"甲桑自言自语道，"以前好像听母亲说起过，她有很大年纪了吧。"

"大得不能再大了。"夏布说。

三个人终于劝说甲桑动身带他们到女药人处。

青天白日下，他们为找女药人扎的帐篷还是费了很大的劲。

四个年轻人中唯有甲桑没有见过药人,其他三个人说的都不是一个地方,夏布和麦尔贡都执意寻找他们各自记得的那地方,可是找来找去都不是,直到茜达找到为止。

女药人竟然把帐篷扎在乱石丛中。这是奇怪的选择。

她的帐篷顶上冒着热闹的炊烟,帐外既没有看守犬也没有马匹、羊圈,只有帐篷孤零零地立在烈日下。

甲桑等人远远下马,步行到帐前,问一声:"我们能进来吗?"

"进来吧。"回答的是一个熟悉的声音。

甲桑进门一看,原来帐篷里只有娜波一人。她身穿黑色条绒袍子,全身上下没有一样金银首饰,看上去朴素而端庄。

他们彼此都感到非常吃惊。娜波道:"请进,请坐吧。女药人出门去了,她会很快回来。先喝口热茶吧。"

娜波熟练地从灶上取下壶,给每人倒一碗茶水。看上去她对这里很熟悉,这不由得让客人们产生种种疑问。好奇的麦尔贡脱口问道:"不知夫人怎么会在这里,您是来求药的么?"

娜波看了一眼甲桑,说:"当然,我来这里开始是求药的,你们都知道,我家老爷年事已高,经不起这段时候的种种变故,我是来求调理身体的神药的。可是现在来的次数一多,感觉就不同了,我和女药人在一起感到很温暖,就像在家里一样。"

大家听到此话,也不便再多问什么。甲桑低头只管喝茶。

正在这时,晴朗的天空忽然风声大作,紧接着昏暗一片,滚沙走石重重地敲击着帐篷的马脊式顶篷,呛人的尘土气味从门帘外滚滚卷来，直冲眼睛和鼻腔。

几个人擦着眼睛揉着鼻子，再一看，只见娜波笑眯眯把一碗茶恭恭敬敬地献给坐在灶台后面的一位老妇。

老妇正是女药人。她是随着狂风一起进入帐篷的，没有人看清她是怎么进来的。娜波早已习惯了这一点。在座的也只有她平静对待了老妇的到来。

甲桑呆呆地望着老妇接茶碗的手指上的五条指甲足有半尺长，那指甲枯黄干燥，长长地卷曲着，指甲尖卷向手心里，使干瘦巴巴的手指显得更加细长，看上去如同一只黑色的巨大蜘蛛。

她喝茶的声音很大。她就这样粗声大气地喝完了第一碗茶。这才举起手指甲撩开眼皮，抬眼看看客人们，说道："我知道你们来这里的意思。你阿妈走的时候不放心，为的就是要你们学会遇事冷静处之，互相照顾，像个一家人的样子，毕竟是一家人嘛……"

甲桑激动地问道："您认识她老人家？"

"我们是多年的朋友了。"女药人整理着帽子，她戴着一顶造型奇特的帽子，帽沿下垂着乱蓬蓬的头发，长至膝盖。她的大半张脸都被头发所遮掩，剩下的窄窄的面颊上显露着悲天悯人的神情。

她说："我们是多年的朋友，但是她一直不听我的劝告，爱了一个不属于她的男人，这是命，命是不可改变的。"

甲桑兄妹三人其实都前前后后知道了他们的母亲一直都在等待着阿·格旺，可是他们从没有在一起提起过这个话题，他们不愿意自己的兄妹知道。

"还有谁需要不属于他的爱情呢？你怎么样？"

女药人突然问麦尔贡，使麦尔贡措手不及，但他是个讲求现实的人，他知道茜达的感情已经无法挽回，所以他宁愿真实地面对现实。

"不，我相信上天的安排。"

女药人说："这就好。你们去请喇嘛为你们的母亲祝福吧，明天是个好日子，我将在明天帮助她的灵魂重新转世。唉唉，一个轮回又结束了，愿她转生到她想去的地方。"

第二天一早，甲桑兄妹引着白尾牦牛来到丹丹加罗山下。

这是一个万里无云的晴天。是吉祥的、令人感到愉悦的好天。

女药人身穿一件不辨颜色的外套，膝盖上满是肮脏的油腻，她端坐在一块整齐见方的白色大石头上，手里握着看不清楚的工具，她指示甲桑兄妹站在山下等待。

甲桑兄妹已在寺院布施了酥油、金钱和茶。酥油灯已点燃，切吉喇嘛为首的诵经者们在经堂里开始了仪式。

喇嘛们的铜铃响了起来，他们把世上最美、最吉祥的语言说给那位一生受尽苦难的女人听，她是需要这种美丽的语言的，她走在中阴的路上，耳畔响着歌声和柔声细语的声音，她的一生已经完结，她要带着美丽离开这个暂寄过身躯的世界，她没有什么可以遗憾的了，再也没有什么可以阻止她的道路了……

"嗡嗡"的诵经声持续着,那声音慢慢飘上山来,伏在地上的甲桑兄妹们听到了发自土地深处的声音,充满了金属的低沉而永恒的气息,那是善的、真的声音,将使他们的母亲获得新生的声音……

一直到傍晚,一直到黛色青山被夜幕环绕,女药人对白尾牦牛施行的神秘而又古老的法术这才宣告结束。她叫来甲桑,让他把牦牛牵到草地上,令它自由行走。

白尾牦牛的两支犄角上重新扎着一条长长的崭新的红色绸带,它被甲桑放脱,"嗥"一声,很快消失在草地深处的夜幕之中了。

"它真正自由了。它被上天选为放生牛,这是它的福气。"略显疲惫的女药人这样说。

> 她走在中阴的路上
> 一生已经完结
> 真善之声却能使她再生

第十章

三十七、秋天来临

一直到秋天来临时,乔仍然留在被侵占的章代部落。这期间,月亮营地曾经先后组织过无数次的解救,都没有成功。阿·格旺发觉自己已经老得不足以得到乔时,懊丧得几近不能自持,大厅里那把躺椅竟被他摇塌,牛棚也被暴雨冲垮,而他自己竟奇迹般地消瘦下来,两条胳膊上松弛的皮肤犹如肥大的袖子。一切都是那么不如意,他重新开始咬食指,那老疤上再添新伤,食指的模样便惨不忍睹。

章代·云丹嘉措多次找到老阿·格旺,对他说他们必须联合起来,否则乔是解救不回来的,章代部落也永远落在敌人手中,而长此下去,月亮营地迟早也会得到这种下场。

可是阿·格旺是个倔老头儿，他固执地相信自己的力量，相信爷爷能独自承担救护孙儿的责任，可是无论他亲自奔走，还是派人突袭，最终都无功而返。

云丹嘉措也有独自行动的时候。他得不到阿·格旺的支持，只好和伙伴们出发，几次想夺回乔，但也同样没有结果，乔被看押得很紧，因为乔一个人就能牵制章代和月亮营地两个部落，所以兵团把他作为一个很重要的人质，打算在冬天到来之前将他送到城里。

昔日繁荣兴盛、人畜两旺的章代部落竟被改造成兵团的军马场，由一个骑兵连在看守，从章代部落的草场上，骏马们源源不断地被运送到城里，成为兵团准备占领月亮营地及附近别的部落的战备用马。这是令章代人极其痛心的事实。

前前后后的消息使得阿·格旺伤心至极，他似乎再也没有什么新办法得到宝贝外孙乔了。为了乔，他茶饭不思，皮肉松弛，食指稀烂，他自己也讲不明白他疼爱乔的理由，但不能否认，乔是个可爱的孩子，他聪明、机敏，早熟而懂事，凡是结识他的人没有不喜欢他的，他似乎成了把章代部落和月亮营地凝聚在一起的黏合剂，无论章代人或是营地人，他们总是在谈论和关心着乔的安危，他们把他当作了唯一的自由的希望。

渐渐地，解救乔的事情成为营地里的头等大事，所有的年轻人都愿意为此出力，他们不仅仅出于喜欢乔的原因，而是这种喜欢愈强烈，对兵团的行为就愈仇视，这种仇视渐渐衍变为昂昂扬扬的斗志，促使他们急躁地需要一位带头人带领他们奋勇上阵，一展杀敌的风姿。

只有章代·云丹嘉措敏锐地感觉到了这一点。

他知道最后的胜负取决于这种斗志。

章代·云丹嘉措来到阿家大院,成为阿·格旺大厅的客人。他对老主人说:"我们的联合目前看来是无效的,归根结底是缺少一位带头人。"

阿·格旺对这一问题不置可否:"怎么,我不是月亮营地的头领么?你难道不是章代人的老大么?"

"我说的不是这个意思。"云丹嘉措道。

有茜达照顾生活起居的云丹嘉措不再像过去那么咄咄逼人了,他温和有礼,举止大方得体,他在阿家大厅里侃侃而谈:

"月亮营地当然有你,而章代部落也当然有我,但我的意思是说两部落联合起来就应该有个比我们两人都高明的、让现在的年轻人都服气的人当首领,这样乔才有希望。"

阿·格旺听到乔的名字,叹口气道:"我不知道你在说谁。"

"我说的是除了我们两人之外的第三人。"云丹嘉措说。

阿·格旺望着他的客人,面露难色。

云丹嘉措慎重道:"我说的是甲桑!"

"不!"阿·格旺立刻跳起来反对道,"他是我们营地的罪犯,我们正要让他回营地接受惩罚呢,怎么能让这样的人带领年轻人,成为年轻人的典范呢?"

云丹嘉措耐心地解释着自己的理由:"我们先找到甲桑怎么样?他是最熟悉这一带地形的人,也是营地里最强壮的小伙子,我们不能没有他的帮助。"

阿·格旺说:"他是杀害我女儿的凶手,我怎么能饶恕他呢?"

云丹嘉措说:"可他也是您的儿子呀。"

阿·格旺顿时无言以对。

这是他一生的秘密。那时尼罗年轻漂亮,自己为了得到她的芳心花费了多少心血呀,他总是一有工夫就钻进她的小酒馆里,老天不负有心人,尼罗也终于对他情有独钟,把少女的爱情献给了他,她为他生育了孩子,尽心尽意,不求名分,可是他却一而再再而三地辜负了她的感情,先是为了阿氏那虚伪的名分而入赘阿府成为新贵,后又再娶年轻美貌的娜波为妻,如果尼罗第一次原谅了他的话,那么他第二次自私自利、贪图享受的作为便无法再让她视之为小事了,他使她伤心至极,她是伤心而逝的,没有人知道这一点,除了阿·格旺本人。

阿·格旺懊丧地想到,自从尼罗去世,他的生活就变得一团糟。那头白尾牦牛成了所有事情的焦点,他把它放生,紧接着又送给甲桑,可是兵团的人却劫了一把,竟然促使甲桑杀死了阿·玛姜,她可是他的亲妹妹呀,他竟然杀死了自己的亲妹妹……

或许这一切都是那头白尾牦牛在作怪吧?自己辜负了尼罗,她就变成牦牛来报复我了,来报复吧,总之这是我的错,怪我自己,可你不能让玛姜死掉呀,她是个好姑娘,所有的人都喜欢她。

一想到甲桑,阿·格旺的心绪是复杂的。当初尼罗怀着这个儿子的时候，他们俩是多么高兴啊，他是他们感情真正的结晶，阿·格旺一心想使他成为一个响当当的男子汉，可是生活后来改变了，他没有为尼罗的孩子花费更多的时间和爱心，她的孩子们的性格都有些与众不同。

尤其是甲桑，他为什么那么忧郁呢？可是他骨子里那一股倔犟的脾气多像自己年轻时候的模样啊！那时他傲慢而坚强，什么事情都不会屈服，因为那时年轻，年轻是世界上最好的事情，年轻能使人干劲充沛，精力旺盛，年轻还能把乔夺回来，把占领章代部落的兵团赶出去……这一切，看来只有年轻的人才能干得了。

阿·格旺最终承认了这一事实。

"好吧，我们去求他，但有一个条件，战斗结束后，不管胜利与否，他都必须离开月亮营地，一方面是对他的惩罚，一方面他也有责任对自己做过的事反省。"

当云丹嘉措和阿·格旺找到甲桑的时候，甲桑刻好的嘛呢石已堆放成一座颇具规模的经石墙了。那是他花费了好几个月的辛苦和心思的结果。三个人面面相对，一时都觉得无话可说。

云丹嘉措首先开口道："大哥，上天让我们有了亲缘关系，我想是让我们团结起来一致对敌的。"

"这种关系并不是我想要的。"甲桑看着阿·格旺说。

阿·格旺已经憔悴得不像样子了，但他还是硬撑着，为了乔，为了月亮营地，他似乎重新回到了年轻时代。

"这不是你的错，小伙子，但你也不必以此为理由拒绝年轻人应该承担的责任。"阿·格旺硬邦邦地说。

甲桑毫不客气道："算了吧，你的假慈悲我已经领教够了，像你这种人，不配谈什么责任。"

这时，云丹嘉措插口说："大哥，现在不是说这种气话的时候。过去的事情我们虽然无法理解，但我想阿妈她老人家不会喜欢这种谈话方式的。"

说到尼罗，阿·格旺和甲桑反而都激动起来。甲桑道："你辜负了她，你从没有给过她幸福，她的一生都是在寂寞中度过的，你知道吗？她从未笑过，从未笑过！"

"呸！"阿·格旺大怒，"她是那么善解人意的女子，怎么会生你这种不孝之子！她天葬的土地就要被敌人侵占，你还在说什么幸福！难道失去土地就是幸福吗？"

章代·云丹嘉措看他俩话已到此，知道没什么可谈的了，他只好说："你们听我说两句，虽然阿妈的事对你俩都很重要，都需要说清楚，但现在还不是时候。现在大敌当前，小头人的生命危在旦夕，营地如果还不赶快组织人马进行反击，那么很快就会和我们部落一样物是人非，任人宰割，我们大家只好去做兵团的奴隶了。"

阿·格旺和甲桑这才静下来。

他俩互相充满了怨恨，认为是对方让那位在他们生命中占有很重要位置的妇人失去了幸福的保障。可是这有什么用呢，她早已失去对生命的依恋，离开的时候竟没有任何只言片语，谁能对她的行为作出准确的猜想呢？

甲桑玩弄着手中的刻刀。

这几个月来，这把刀使他完成了自己赎罪过程，在这个过程中，他的自信心和责任感都消失得一干二净，他只是为了赎罪而活着，对弟妹不管不问，既不知夏布在干什么，也不知道茜达是否幸福，他甚至忘记了自己还是个年轻的、充满朝气的小伙子，有着英俊的外貌和善良的心肠，他似乎打算就这么度过一辈子，平静地、跟别人和营地毫不相干地度过余生。

可是阿·格旺的到来重新点燃了甲桑的怒火。他知道自己的仇恨已经埋藏了很多很多年，难以一下子就被说服。

云丹嘉措缓缓说道："大哥，你要像一条孤狼一样生活下去吗？我钦佩你战胜孤独的勇气，可是营地的马队现在需要你来做头领，需要你的智慧和胆略，我们等着你来带路呢！再说小头人是多么喜欢你呀，他的话题一刻也没离开过你。"

甲桑沉默着。

阿·格旺有些急了，他焦躁的声音在甲桑空荡荡的帐篷里显得有些刺耳，他说："你不考虑他的安危我也怪不得你，但是你总得考虑整个营地吧？他们稳住相邻部落的目的，就是在为攻打我们部落做准备，你身为一个强壮男儿，不为部落出力，生来何用？"

"这些话留着给你那位花花公子说去吧，或许对他更合适！"甲桑冷冷的态度使得阿·格旺和章代·云丹嘉措都无所适从，他们再也找不出更妥帖的语言来劝说甲桑了。

甲桑望着他们离开时无趣的背影，不知怎的，忽然想到了很久以前那只缓缓隐形于白雾中的雪豹。

那只孤独的、远离同伴的雪豹，独步天涯的姿态是那么优美，从天而降的白雾轻托着它梦幻般的脚步，显然它是向我走来的，它一定带着某种秘密，它一定说了什么，只是当时自己醉得厉害，什么也想不起来了。

他至今记得那雪豹的眼睛是深褐色的，放射着无与伦比的高贵光芒。那是英雄的眼睛。而他自己，因为与这英雄的深深对视，感受到来自内心深处的某种悸动。时光愈久，似乎浸染愈浓。

当时的幻象是那么逼真，以致每次想起来都觉得恍如眼前，尤其是雪豹群在白雾中突如其来，它们镇定自若的步态，带着威风凛凛的气魄，似乎压紧了周遭的空气，压陷了脚下的土地，如今想起还觉得被逼迫得喘不上气来，那是一支冷静的队伍……一个生龙活虎的群体……

群体，是的，他这才意识到，群体的力量是无穷的，不可低估的……

三十八、魇

阿·吉出现在甲桑帐篷里之前，甲桑一直心神不安，他不明白原因，只是一味地饮茶，茶在灶火上滚动着，上面浮着一层粗壮的叶片，叶片使得茶水渐渐浓酽，叶片在茶水中翻滚出各式各样的幻象,甲桑看在眼里,幻象的结构是如此复杂,忽而呈现立体的动态,忽而又是流水般倏忽即逝的波纹,搅得甲桑更加不宁,他总觉得什么事情就要发生……

自从阿家大院那个明月之夜后,他的整个生活已天翻地覆,他不再拥有家人、朋友、十年梦幻般的爱情、自由的呼吸和无拘无束的猎牧生活。他的杀生由此达到极致,也由此戛然而止。

阿·玛姜的死,至今使他恍如梦中,他魇在这个噩梦中久久无法苏醒,每当漫漫长夜来临,他就开始厌恶自己,厌恶那个明月之夜,厌恶那把毫无声息却致命地刺入阿·玛姜身体的腰刀,厌恶阿·吉望着自己的那双惊愕的眼睛。

想起阿·吉,一种疼痛便深深地淹没了他。

那疼痛是渐渐到来的。疼痛从内心深处渐渐四溢,渐渐胀满胸中,他的双手肿得麻木,甚至捧不住茶碗,这时,他才真正感觉到那疼痛。——呼唤不出名字的你啊,你听不到我的声音吗?你看不见我的等待吗?你感觉不出我的思念吗?——

他越是厌恶自己,对阿·吉的强烈思念便越是固执地袭上心头,他知道一切已经结束了,完了,不再有新的轮回了,可是阿·吉那张秀丽的面庞却依旧清晰地浮出茫茫的记忆之海,令他常常长夜无眠,独对油灯时的寂寞也由此而更加苦涩。

——记不起你的名字,是我最苦恼的事情——

直到阿·吉真的出现。

阿·吉的出现并未让甲桑感到太过意外,实际上,他似乎正在等待着她的到来,自从她带着乔挑开他灰色的帐帘,离他而去，他就再也没有安宁过，他的内心里五味杂陈，那份自责的感觉时时左右着他的情绪。

当阿·吉轻盈的脚步在帐篷外响起，这个午后的阳光就分外地明媚起来，蓝天上的飞鸟拍击着清新的空气，清风过处，听得见不远处经幡的流动之声。他甚至能分辨出拖在她袍子后面的辫套中红色的珊瑚和绿色的松石响动时轻微的差别。

他知道她就站在离自己很近的地方，那地方仅与他有一帘之隔。

甲桑屏住呼吸，伸手，掀开帐帘。

过于低矮的帐帘掀开时打落了客人头上的风帽，那顶米色风帽从客人肩上飘落而下，露出一头浓黑的长发，黑发烘托着新月一般明亮的脸庞，阿·吉坦然的表情使得甲桑怦然心动。

他无言，只是退到一边，把客人让进帐篷。

阿·吉经过甲桑的身边时，他闻到一阵醉人的芳香，那香气从阿·吉缓步移动着的身体里释放着，那是属于她自身的、天然的香气，甲桑熟悉的香气。

甲桑默默地看着她的背影。和十年前略有不同的是，从前她是轻快的，脚步声里带着爱情的芬芳，而现在他有些摸不透她了，她的腰身虽然一样挺拔，却明显地具有了某种他不熟知的内质，那是什么呢？他太想知道了，可是他的自尊又迫使他紧紧地闭起双唇。

阿·吉坐在粗糙的卡垫上后，抬眼望着甲桑。甲桑坐在了她的对面，给自己斟了碗青稞酒，一饮而尽。

阿·吉四处张望一番，帐篷里的摆设是简单的，几乎没有一样奢侈的东西，那只木碗是十年前见过的，如今已被摩挲得油光可鉴，灶火上的铜壶大约是最值钱的，可是也旧得看不出光泽了。

猛饮了一碗酒的甲桑咂咂嘴唇，似乎酒中的辛味已经淡去。他冷漠地说道："欢迎你。也要一碗吗？"

阿·吉说："好的，或许我能喝得更多。"

甲桑斟给她，看着她的纤巧无名指三次弹向空中以示敬神佛后，以惊人的速度连喝三碗。甲桑怔怔的，这是他不知道的另一面，从前她是滴酒不沾的，现在她连干三碗下去，脸上的两片酡颜已一览无余。

"你不会再带给我什么惊人的消息吧？"甲桑说。

"你承受不了么？"阿·吉直直地望着他的眼睛，甲桑立刻把眼睛低了下去。

她拒绝了他第四次递过来的酒碗。

"我只是遇到了麻烦，想和你谈谈。"阿·吉解释道。

甲桑已恢复了冷漠的表情，他说："能想到我是我的荣幸。"

他的话无疑激怒了阿·吉，酒力使得她的声音提高了一倍："你想要什么呢？你到底想要什么？什么事情才能让你真正动心？你远离人群，以为就可以回避一切问题，可是问题是需要解决的，你这样一味地离群索居，到底想要什么呢？"

阿·吉激动的声音并未能改变甲桑的态度，他静静地望着她姣好却不合时宜的酡颜。

"我要安宁！"甲桑说。

阿·吉说："可是问题一天不解决，你就一天得不到安宁。妹妹的事已是以往，再提也不能使她复生，这是我们大家的痛苦，但愿她能早日转生。可是你的儿子现在还活着，活在危险之中，你就不愿意顾及他的性命么？"

阿·吉脱口而出的话语使甲桑极为震惊，他结结巴巴问道："你说什么？什么儿子？"

他这样问着的时候，一个很久以来的秘密的疑问已经不宣而现，这个疑问曾经折磨着他，他度过的每个无眠的夜晚，这个疑问总是浮现，但他的逻辑和理性次次都在疑问的答案中占了上风。

他脆弱的耳朵里传来阿·吉不容置疑的声音，他听见她说："是真的，我是说我们的儿子！"

是那个孩子吗？同沙利和罗米一见就熟的那个孩子，被他抱上马背，共同开始了一段有着怪异感觉的旅途。

那个孩子半夜时从毛氅中爬起来，一再地坚持站在某个特殊的地方，那地方破砖烂瓦，却深藏着他的心。

明亮的月光下，那孩子手执一段胫骨，女孩儿的胫骨，月光照耀着的脸庞上，落下清冷的泪水。

那个孩子，肩上背着白色布袋子，在走上高高台阶的时候回转肩头，对自己说：你像我的父亲。

那个孩子，他的砝码，拾起他的腰刀，递给他时意味深长的眼神。

还有……还有……

"我去找他!"甲桑临出门时丢下这句话。

阿·吉追出去朝着他的背影喊道:"我等着你……"

当甲桑奔跑着的时候,巨大的痛苦伴着巨大的幸福冲击着他的心房,是的,他是要去救乔,他的儿子,曾经与他息息相共并且默默祝福过的儿子。

虽然甲桑仍不能记起乔的名字,但乔清澈的眼睛就在前方,他在等待父亲的营救。甲桑的快马不知不觉就奔进了黑夜。甲桑的性情更适宜黑夜,黑夜给过他力量,给过他无穷无尽的想象的空间,他听到风声飒飒掠过耳畔,顿时,他的猎人的感觉全部苏醒了。

甲桑苏醒了。

漫长的噩梦,经过时光淘洗的痛苦,就像一颗在夜里带着闪亮尾巴的星星,倏忽滑过甲桑的头顶,它朝着他的身后滑去,向前奔跑的甲桑远远抛下它,多时未有的轻松使他的身体浮起,他感觉到了自己的飞翔。

神明引领着他的方向。

甲桑胯下的骏马犹如张开了无形却有力的翅膀,秋天成熟的草场在蹄下仿佛绿色的浮云般一掠而过。甲桑的嘴里念叨着护法神的名号:护佑我吧,护佑我得到最珍贵的……儿子!

奔跑中的甲桑忽然明白,乔,是他十年来唯一的梦想。

在章代部落的外围，甲桑遇到了政府兵团的巡逻队。远远地，甲桑下马把耳朵伏在草地上，通过马蹄踏在土地上的震动，他得知巡逻队大约有十二个人。他躲过巡逻队，替罗米戴上脚套，继续朝章代部落奔跑。

路经散落的几顶简易帐篷，那里住着被兵团强行服苦役的几个老人，他们很快就信任了甲桑，并为他指点了乔的关押地。乔被关押在部落中心的一处土房里，同时关押的还有宁洛头人的兄弟及章代部落几个被俘的战士。

甲桑把马留在草场上，带着猎犬沙利，一路巧妙地闪开可疑的地形，直取土房。这一带地形他是熟悉的。好在乔曾为他带过路，这真是上天的安排。上天安排他和乔走过一次，似乎就是为了这个时刻的到来。他很快确认了那处土房的所在。土房围在一处破败的院墙中，到达土房必得通过土房外侧一处由门厅改造而成的厅房，可以想见，那里是看守所辖的关卡。

厅房里的油灯依然亮着，断断续续传来猜拳饮酒的狂呼乱嚎。美酒使看守们忘却了时间和责任，他们忽略了深夜，和这个深夜所包涵的特殊意义，他们一点儿也没有意识到生命这东西就要在美酒所致的晕眩中美妙而尽。

威风八面的沙利早已在一出现的刹那就震慑住了院中的一只狼犬，大梦方醒的狼犬还没有来得及哼一声就被沙利紧紧攥住咽喉，取了性命。甲桑赞许的目光鼓励着沙利，沙利已无声地钻进了土房。

酣睡中的乔被一阵躁动弄醒，他闻到一股熟悉的气味，那是沙利的气味。他低声惊叫一声,真切地看到沙利就在脚前。乔的双手在每晚睡觉前都被缚在身后,他的十几个同房都被如此对待。整整一个夏季,他们都在饥饿和劳苦中度过,每个人都在祈祷着自由,然而当真的救星从天而降时,整个土房的人还是大吃了一惊。

乔看见了紧紧跟在沙利后面的甲桑。

"我就知道你会来救我!"

衣衫褴褛、憔悴不堪的乔,脸庞上挂起笑容,令甲桑不忍卒读。甲桑以最快的速度解开缚着乔双手的绳索,拉着他起身就走。

"还有我们呢!"余下的人眼睛里的希望之光渐渐灰暗下去,他们绝望地喊道。

乔已挣脱桑的手,去解离他最近的一个人的绳索。甲桑犹豫了一下,说:"时间不够,老弟们,快点儿吧!"

等彼此手忙脚乱地解开束缚,开路的沙利又第一个冲出去。可是这次不顺利了,他们遇上了回来换哨的巡逻兵。甲桑估计形势不妙,立刻把乔托付给一位稍显年轻力壮的人,嘱他立即带领众人先走,他留下断后。

猎人甲桑的枪法得到了最好的发挥,他默默祈祷,继而连连撂倒两个。枪声一响,惊起更多兵团人马往这边聚集。可是奇怪的是,他的枪未响,对面的人却相继倒下,他明白自己有了不明来路的援手。

黑暗之中,甲桑发觉不远处有两排发亮的牙齿在朝自己微笑。

"喂,大哥,我们来得有些晚啦,没欣赏到孤胆英雄的好身手!"

甲桑微微笑起来,他听出那是章代·云丹嘉措的声音。

紧接着他听到很多熟悉的声音敲击着他的耳膜,那些声音里有兄弟夏布、天葬师麦尔贡,还有怪里怪气的阿府少爷阿·文布巴……

章代·云丹嘉措带着二十几骑强壮的马队已经排好最佳阵形,看得出拥有久经沙场的经验,他们的前面,已经有十几个敌人命归黄泉。章代·云丹嘉措已经不知是第几次来奔袭的,这之前都是无功而返,还搭了几个弟兄的性命,可是这次他们与甲桑巧遇,甲桑已顺利救出了乔,真是天助斯人。

甲桑与章代·云丹嘉措彼此颔首示意,边打边退,当枪声渐远,他们已掩护乔脱离了险境。

胜利的马队朝营地奔来。乔兴奋得一会儿要骑在甲桑的马前,一会儿又要骑在章代·云丹嘉措的马前。

"乔!"沉默多时的甲桑忽然发现自己喊出了乔的名字!

记起乔的名字后甲桑继而记起了章代·云丹嘉措的名字和所有人的名字。几乎同时,章代云丹嘉措和阿·文布巴、夏布、麦尔贡等人都惊喜地发现自己也记起了周围队友的名字。此时此刻,犹如神秘的魔法突然被解除,所有的人都彼此忘情地喊起来。那丢失了很久的、温馨的、包含父母和喇嘛们深情祝福的名字,瞬间回到了兄弟和朋友们的唇边。

丢失的记忆又找回来了，这是多么幸运的事情！

"甲桑大哥，你是真正的英雄！"章代·云丹嘉措由衷地赞美道。

"不，没有你及时赶到，我一个人是救不出乔的！"甲桑说。

大家哈哈笑起来。甲桑和章代·云丹嘉措，两个部落的年轻人，曾有过隔阂和仇意的人，在这场深夜奔袭中，共患难了，共生死过，甚至胜过亲生的手足，他俩成了真正意义上的兄弟。

三十九、天作之合

甲桑和马队重新回到月亮营地时，时间已过了正午。当他的乘马一踏上月亮营地，随着一声冲天长嘶，甲桑深深地感到了某种牵肠挂肚的思念，他似乎刚刚离开不久，可是他已经在思念了。

善解人意的章代·云丹嘉措带着乔先回阿家大院，他知道好兄弟甲桑要到什么地方去。

甲桑的马经过镇子，引来一阵议论，但他是不在乎这些的，他经过酒馆，经过阿府大院，经过营地蓝蓝的天空，经过镇子自由的空气，他什么都看在眼里，又什么也没有注意到，就像从前，他的沉默使得乘马罗米有一种深深的骄傲，那骄傲来自背上主人紧挟着的双腿，来自路人们侧目以视的倾慕的关注。

甲桑一路纵马前奔，他知道他要到什么地方去找她。

他再次来到曾扎过灰色小帐篷的地方。远远的，青山碧草间，那顶帐篷依然屹立在那里。他的心狂跳起来，乘马似乎也明白他的心思，一个劲地朝前飞奔。

她还在那里吗？她怎么还会在呢……

甲桑甚至没有注意到自己垒起的三石灶已经被拆掉，他急匆匆地掀开帐篷门帘，一眼望见帐篷正中，就像普通家庭那样筑有一道泥墙灶台，灶膛内正燃烧着熊熊烈火，火上的壶中有"噗噗"直冒热气的茶水，一种久违了的家庭氛围使甲桑暗暗吃惊，他看到了灶火前打着瞌睡的阿·吉。

阿·吉伏在自己的膝盖上。她双眼微闭，长长的睫毛覆盖着浓黑的眼睛，在眼睑下形成一抹神秘而美丽的暗影。她的鼻翼在轻轻翕动，仿佛在梦中哭泣，可怜的女子，她的嘴唇上的线条是多么流畅呵，就像一颗成熟的果子，红润而丰满，那种紧紧闭合的模样，似乎在保守什么秘密。

甲桑内心充满激动。戴着辫套的阿·吉看上去比十年前更朴素、更端庄、更具女性魅力。

甲桑轻轻进去，他不想这么冒昧地打扰她的睡眠。

可是阿·吉已经听到动静，她睁开眼睛，坐直身子，看到了甲桑。

甲桑取下帽子，说："我回来了。"

"我知道你会回来。"阿·吉一点儿也不惊奇，她似乎明白甲桑经历的一切，她就像所有等待着丈夫归来的妇人一样，接过甲桑的帽子，把它放在离灶火稍远的地方。

甲桑又说:"我和乔遇到了章代·云丹嘉措,我把乔交给了他。"

阿·吉点点头,她已经从甲桑的眼睛里看到了一切。

这座帐篷里虽然只有简单的火灶之类,却透着一种只有家庭才有的温暖和安详。

甲桑局促地望着她,说:"你把这里收拾得像个小家一样。"

"这儿是家呀。"阿·吉低着头回答。她略显褐色的皮肤泛着青春的光泽,两颊上的粉红使她更加美丽动人。

甲桑停一会儿又说:"灶墙泥得真好,平整光滑,跟我阿妈泥的简直一模一样……"

"还不算好哩,要是有更好的土和草料,我能泥得更好。"

她抓起一只木碗,盛满一碗奶茶递给他:"先喝茶吧。"

他连忙去接,碰到了她的手指。甲桑举起茶碗一饮而尽。阿·吉道:"渴了吧,再来一碗?"

她去接他手中的碗,突然轻呼一声,她看到了他缠着布条的右手腕子。

"怎么?受伤了么?"阿·吉一下子就捏住了他的臂膀。

甲桑的心中生起一股暖流,自从他开始这漫长的人生后,除了阿妈,还从未有别人对他如此关心过。他轻描淡写道:"没什么,带乔出来的时候,遇上了会咬人的狗,我会慢慢讲给你听。"

阿·吉不由他解释,就帮他重新整理包扎伤口的布条,用盐水洗了伤口,换上干净软和的布,这才包扎得像个样子。

甲桑道:"你真是行家里手。"

"在章代部落时学的。"阿·吉说,"那会儿我的包扎技术最好,救过不少人呢!"

甲桑感到伤口上那种紧绷的、灼热的痛疼没有了,现在他感到非常舒服,满身清洁地散发着香气的阿·吉令他神清气爽,他不再觉得自己是个失败者了。

他紧挨着她坐下。

灶膛里的火被拨亮,帐篷里一片光明。那种软和、温暖的家庭气氛使甲桑放松了多年来养成的戒备状态,他放松了长久骑马导致的脊椎上的紧张,放松了双肩上的肌肉。

阿·吉立刻感觉到了甲桑的改变。她是个聪明的女子,她为了爱情来到这里,把自己的一切交付出去,她是勇敢的,因为她根本无法把握未来,但是她毕竟了解甲桑,他们相互牵挂了整整十年,似乎只是为了这一时刻的到来而等待着。

阿·吉轻轻地把头放在他的肩膀上。

"我知道你会把他带回来!"阿·吉说。

甲桑一下子就把她紧紧地搂在怀里。

一对彼此钟情彼此等待的年轻人,终于在这一时刻相拥了。

这是最美好的时刻。阳光暖洋洋地照在帐篷顶上,百灵鸟儿飞来了,开始唱起简单而动听的歌子,草地上散发着湿润而干净的泥土气息,欢乐与平和的时刻就这样到来。

阿·吉的紫色腰带在甲桑的爱抚下悄然而开。这是怎样的女性身体啊,褐色的、充满青春生机的皮肤在火光的照耀下熠熠生辉,浑圆结实的肩膀使阿·吉看上去更加健康,那动人的颈窝正在轻轻地舒展最优美的线条,她为了她的爱人而颤动,她的爱人亦从她深情的眼睛中看到了她的渴望。

她深情地望着他。人生的第一次,她已和他分享,而现在,她重新把自己明洁清新的感情完整地献给他,她明白他在得到时也会和她一样感到幸福。

阿·吉把双手放在他的肩膀上。

年轻男子的肩膀肌肉紧密,富有弹性,她感到陌生,又感到一种熟悉的气息冲天而来。甲桑的身体掩藏在一件紫羔皮衣内,她的双手掠过散发着皮衣气味的甲桑的胸膛,喃喃说道:

"呵,我又闻到这样的气味啦……"

甲桑目不转睛地望着躺在他臂弯里的女子,目光里流露出亲密而动情的笑意。很多年来,他已经变得不会把笑容摆在脸上,过重的负担使他经历了同龄人不曾经历的沧桑,他变得冷漠、悒郁,只会把生而有之的热情掩藏在帽子底下,而把嘲讽的、充满蔑视的目光投向生活。可是现在不同了,他面对阿·吉,那种发自内心深处的喜悦早已不言而喻地流露了出来。

他是喜悦的。这位出身贫贱、曾苦行僧般度过生命的年轻猎人,在青梅竹马又饱尝分离之苦的爱人面前,深深感动了。

"你是最好的女人!"

他真心地说。

阿·吉是被鼓励着的,她的双手试探地伸向爱人的腰部。甲桑有着结实、柔韧的腰身,光滑的脊背上暖洋洋的,使阿·吉的手感到非常舒适,他的脊椎坚挺、笔直,像一杆旗帜一样维护着阿·吉。

阿·吉犹如一朵鲜花一般正在静静地开放。在这个季节，在这个时辰，花朵的枝叶轻轻地颤动着，每一瓣花瓣的绽开，都使甲桑激动不已。她的芳香，她垂着长长睫毛的妩媚的眼神，她的有着暗影的神秘的面颊，她的流动着幸福光彩的满头乌发，都在向甲桑传达着她无与伦比的美丽。

这种温暖的感情就这样来了，令人纤绻，柔软的、温和的、慢慢记住的，这样一种暖和的白天，长长的时间，甜蜜的感觉，这是一种结局，是好的、令人满意的、宿命的结局。

阿·吉满面红润，两只小臂紧紧贴在甲桑的腰身上。她就像一条缠绕的水草，飘浮着，缠绕着，秘密而勇敢地伸展着，覆盖他，淹没他，使他没有退却的余地。

甲桑的内心充满了感动。他是这样倾慕于眼前这个女子，她温柔的情感如此打动着他，他曾花费十年漫长的时间企图忘记她，而她持续而温柔的等待使他立刻放弃了一切离开她的想法。他的生活里是缺乏这种柔情的，他之所以心甘情愿地再一次回到月亮营地，似乎完全是被她所吸引。

他冷峻的外表已经不攻自破。

他原是热情的，他的身体充满了勃勃生机，只是因为他要在青春年少时完成某种使命，那种热情的原始状态才被隐隐地压伏着，他从未放纵过自己的欲望，即使在条件允许的情况下他也不曾被别的女性折服。

他的这种热情曾长久地被理智所替代，他也情愿在美酒的诱惑下失去理智，但这也只维持到老母亲去世，母亲去世后，他的世界突然改变了,他沉湎于往事,在所有场合里拒绝酒类,他压抑着自己的感受,他绝没有想到这一切都是为了等待这个女子的再次出现。

阿·吉就是这样出现的。

她年轻、美丽,有着平凡姑娘拥有的快乐和骄傲,她使他感到愉悦,绵长的、细腻的、可以久久品尝的愉悦。

他努力地向她靠近。向她的青春的感受靠近。

他被深深淹没。

他是情愿被她淹没的。可就在这一刻,他紧张的心情达到极致,他所有的积蓄就这样毫无遮掩地宣泄出来,在阿·吉面前,他是自由的,他自由地宣泄着苦难和欢乐,犹如畅饮甘洌的美酒,一口口饮下去,得到的都是灭顶的甜蜜和幸福。

他们向无限的永恒靠近。他们一开始就相信这种永恒存在于彼此的信念之中,他们探索、尝试,继而勇敢地面对,他们要把那永恒的感受从深深的虚空中挖出,然后紧紧抓住。

甲桑的嘴唇印满了阿·吉的面孔。你是我的鸟儿,唱得最好、长得最美、尽心尽意的漂亮鸟儿……

"啊……我的亲人。"阿·吉的声音传向空中。

甲桑接道:"在这儿,在这儿。"

她向他的方向赶来,她知道他在那里等待着她,他是她的丈夫,她永远的情人,他填满了她的生活,她将命令他别使自己再一次独自度过漫漫长夜。

在这天作之合之前,他们都曾在深深的孤独和寂寞中徘徊过，他们彼此响应的声音或许正是他们听到的，我在这儿，到这儿来，快到这儿来。

"我愿意一辈子……"阿·吉飘浮在远远的山峦之中。山峦是青黛色，到处散发着夏天的气息，她喜欢这样的气息，她是因为这种气息而喜欢夏天的。

甲桑看到她迷离的、动情的眼神，他是如此爱她，即使她不说这句话，他也会立刻明白她的意思，也会向她表白，自己也是情愿的，也是愿意一辈子的。

他们的爱情复燃得如此突然，又如此自然而然、水到渠成，仿佛准备了一生的时间，他们彼此曾经在瞬间熟悉，又在瞬间把爱献给对方，他们都惊喜地发现对方是完整的、美丽无瑕的，啊，这样的瞬间，这样的永远！

直到黑夜来临，甲桑都沉湎于阿·吉的柔情之中。她再次成为他的妻子，她这样义无反顾地进入他的生活，使他在备受感动之余又滋生了男子汉大丈夫的雄心，他暗暗起誓自己的一生都将尊敬她，爱她，把她当作真正的伴侣。

阿·吉重新点燃灶火。茶又煮起来，热热地倒进碗里，小夫妻相对而坐，尽情地倾诉着发生的一切。甲桑把自己十年来的往事尽心相吐，阿·吉也将章代部落的人事沧桑和变迁生活历历数来。

他们在暖暖的灶火前得知了爱人十年来的一切。他们更加熟悉对方，在深深的体恤和怜惜中，彼此的爱情愈来愈美，愈来愈真，也愈来愈善。

四十、前定的方向

达日神山南麓的拉则桑堆又煨起来了。高高的桑烟弥漫在月亮营地的北方，柏树特有的香气冲击着人们的嗅觉，这是胜利的气息。达日神山很久没有这种热闹而神圣的气氛了，在这个秋天，在充满蔚蓝和成熟的天空与大地上，人们再一次欢呼起来！

——拉加罗——拉加罗——

远远地就能望见一队人马龙卷风般到来。

阿·格旺在路口摆下一排庆功酒宴。他要让得胜归来的战士尽情品尝阿家酒窖里的美酒，他要把美酒祭献给上天、大地和众神，他要让自由的营地世世代代自由下去。

第一个出现在人们视线里的人，是乔。只见乔骑在一匹黑色的年轻牡马上，神态里有一种只有战士才有的镇定自若，他离开营地半年多，可是看上去他似乎长了好几岁，个头高了不说，只说他单独骑一匹战马这一点，就足够老阿·格旺骄傲的了。

"嘀嘀嘀！"阿·格旺笑着迎过去。

站在阿·格旺背后的阿·吉和娜波身穿盛装，佩戴珠宝和银腰链，戴着灰色冬帽，把酒桶的开关开得大大的，以备不时之需。这时，阿·吉也看到了自己的儿子正在朝这边飞奔而来。

她欢呼道："我的儿子……"

乔的马后是甲桑、夏布、麦尔贡、阿·文布巴等一群凯旋的战士。

阿·格旺一把从马上抱下孙子，一碗最醇的青稞美酒已经呈现在乔的眼前。阿·吉嗔怪道:"阿爸,他还是个孩子哩!"

乔执拗地说:"我已经长大了。"

他接过爷爷递上的酒碗,美美地喝了一大口,然后把酒碗递给身后的甲桑:"你也来一口。"

甲桑毫不客气地接上,一饮而尽。这时,人群中已经有人朝战士们献上祝福的白色哈达,各色各样的彩色绸带一下子就包裹了甲桑等人的战马,人们欢呼着,朝马队拥去,大碗的美酒高高捧起,敬天、敬地、敬神,然后让英雄们尽情豪饮。

"拉加罗——拉加罗!"神最终会胜利的,拥有护法神保佑的部落最终会胜利的。

狂热的人们把甲桑高高抛起,他是这群英雄中的英雄,是雄鹰之王,是月亮营地的斗士,是笑傲沙场的胜利之旗。

甲桑满脸胡须,战斗的风沙使他变得更加坚强,历尽沧桑之后,他使生命有了更深刻的意义和蕴涵。已经过去了的战事,就在这一刻变成了过眼云烟,还要什么呢,他看到了死亡与再生,看到了生的延续是多么可贵,看到了之所以胜利,唯一的理由来自于生存。

他看到了生存的意义。

乔是快乐的。阿·吉抚摸着儿子的头发,拥抱他,她亲爱的儿子重新回到了她的身边,这是多么值得庆贺的事啊,不管今后再有什么事情发生,她都不会让他离开了。她拥抱他,可总觉得儿子有点儿变化,但她由于兴奋而暂时忽略了这一点。

"你是长大了的……"做母亲的喃喃道。

乔说:"你没发现吗?我把章代·吉留在了章代。"

阿·吉脸色苍白起来,继而欣慰的眼神充满了她母性的光彩,她说:"留下就好。你终是懂得我啦……"

乔望着母亲说道:"一切都好起来了。阿妈,我说的是一切。"

阿·吉点点头,她一下子就明白了儿子的意思。经过这漫长的等待和煎熬,她和儿子终于从重重疑惑中重新坚强起来,途中的荆棘、泥泞、哭泣和绝望,都在这刹那间从母子两人的眼睛里渐渐淡去,他们原本是相知的,是一体,现在又幸运地恢复了。

茜达被甲桑和夏布兄弟俩紧紧环抱着,她幸福的脸庞上神采奕奕,光彩照人。章代·云丹嘉措在一旁鼓励她:"告诉你的哥哥们吧,还有什么能够瞒着他俩呢?"

"那当然!"略显羞涩的茜达把嘴巴凑近甲桑,说了句什么。

甲桑惊奇地喊道:"真的吗?夏布,我们快要有个侄子啦!咱们家的院子里也该热闹起来啦……"

茜达又说:"我连名字都想好了,我和云丹,想叫他尼罗,你同意吗?夏布哥哥,你同意吗?"

甲桑和夏布几乎同时庄重地点点头。甲桑喃喃道:"小尼罗,让所有的人都祝福你吧!"他的两手紧紧按在胸前,那里又开始重现隐隐的疼痛:如果母亲天上有知,她也会欣慰的,难道她不想回来吗?兄妹们都知道母亲是愿意回来的,她愿意待在他们身边。她离开之前定然是预言过的,只是我们没有意识到罢了。

沉思着的甲桑突然被一拥而上的阿·文布巴、麦尔贡和别的弟兄们再一次高高地欢呼着举过头顶。

被高高抛起的甲桑看到了远处乔的笑脸。

在他布置战事、想方设法夺得乔的时候,他和乔彼此都望见了对方眼睛里的泪水。

他是为乔去章代的吗?是的,但更多的是为自己。他为自己去参加了一次战斗,并且得到了乔,他为此而平和了,为此而得到了宁静,他也将为此而欣幸一生,因为他不安过,回避过,也死里逃生过,但任何一种方式都未能真正解决他心灵的困惑。这种困惑是从何时开始的,他已记不清了,当他年幼时,独自出门寻找猎物,那艰难而陌生的道路使他愁肠百结,生活就是那么开始的,生命的珍贵意义就在于昨夜下好的套子留下了猎物,他们靠猎物活着,那时,他只是关注着生存,因为生存而劳作,因为劳作而生存,这是个既简单又沉重的道理。当他成为一名真正的猎手,可以骄傲地担负全家的衣食时,母亲却突然去世了,珍爱孩子一生的母亲去世后,他在悲痛中才渐渐发现一个比生存更深远的问题,那就是死亡,紧接着是阿·玛姜之死,死亡的事实使这位猎手惊醒!他从事的职业是与死亡有关的,可是他从未思考过这一点,死亡以后是什么?那么多的日日夜夜,他刻着嘛呢石的双手都已打了水泡,磨出老茧,可是刻石的决心却从未改变,死亡之后还有什么呢?死亡之后是再生,那么,怎么样的循环才能再生?直到阿·吉告诉他,他有个儿子,名叫乔的儿子正在敌人的手里受苦。听到如此震惊话语的他在瞬息间醒来,缠绕他心灵的困惑正在一点点展开,那个最终的秘密正在剥离开来——他成为一名战士,因为他看到了自己的再生!那个承继着他祖上的骨骼、流转着他青春的血液的小小身体，乔，他的儿子，他为了乔成为一名真正的战士，他更愿意自己是战士，因为只有通过斗争才能取得生存的权利，才能保护乔的生命，才能使自己那脆弱、失色而单一的生命，最终汇入整个群体生命的流程，才能彰显生命本质的顽强和伟大。

躁动的人群在一阵狂欢过后渐渐平静下来，甲桑知道自己离开营地的时刻就要到了。他看到阿·格旺在朝自己走来。

他端着一碗美酒，递给甲桑："再喝点儿吧，这可是最好的青稞酒，你以后恐怕再也喝不到这么地道的美酒啦。"

"说的是。"甲桑道。他连饮三碗，脸颊渐渐泛出棕红色。这次出击练就了他健康的体魄和出众的智慧，他是情愿的，他情愿从一个猎人变成战士。

阿·格旺咳几声，慢吞吞道："你知道吗，在营地里犯过罪的人是要被逐出营地的，他不能从这条道路上踏上月亮营地的土地。"

甲桑望着他。阿·格旺又说："你为营地立了头功，这一点我代表营地的人对你表示感谢，你是营地的救星，是你救了乔，可是，你的罪行是不能因此而被饶恕的，你明白我的意思吗？"阿·格旺略显为难地耸耸肩膀，他知道自己的本心是能够原谅并且接纳甲桑的，因为他毕竟是自己的亲生骨肉，可是作为一地之主，他不能徇私情而无视营地的法律。"我是说你必须离开这里。到别的地方去吧，像你这么出众的年轻人，只要你愿意，任何地方都会有你的立足之地。"

甲桑说:"我当然清楚这一点,我这次回来只是想看一眼茜达,我不会逃避责任,我会离开的。"

人们静下来……

忽然一阵躁动从人群的边缘地带向中心波浪式地流传过来,等大家明白时,这才发现兵团的人马早已神不知鬼不觉地形成了包围圈,正在朝群集的人们逼近!

热闹的场面骤变,每张惊慌失措的脸庞刹那间全都向日葵般转向了围在中心的人物:甲桑、阿·格旺、章代·云丹嘉措。

久经沙场的老阿·格旺早已一眼就看清了局势,他沉着地把最后一碗美酒端给了甲桑:"年轻人,就看你的啦!"

甲桑和云丹嘉措就在这时交换了眼色,他们已意会了对方的应付方式。旋即,甲桑一跃而起,跨上战马罗米,他身后的战士们也已毫无惧色地纷纷上马。甲桑吩咐道:"文布巴带几个人先把女人和孩子们转移到安全地方去。云丹,我们带两支马队分别突击,你从山谷绕过去,切断他们的后路,夏布和麦尔贡,你俩带人守在丛林边缘,以防我们腹背受敌。其余的人留下来,跟我从正面迎击。祝你们好运!"

"也祝你好运!"已带人冲出去的章代公子说。

仍然端着酒碗的阿·格旺说:"你把我忘啦!"

"您先喝了这碗再说吧。"甲桑带领骁勇善战的年轻人们很快进入作战状态。环佩叮当的妇女和儿童们被已喝得微醺的阿·文布巴引领着,朝营地中央逶迤而去。阿·吉紧紧护着乔,走在队伍中间，她背转身来，向跨在骏马上的甲桑喊道："多保重！"

甲桑看她一眼。仅仅这一眼工夫，对面的枪声已经响了。

只听得那边嚣张的狂叫声："你们已被包围！再不投降，我们就要血洗营地，让你们无家可归！"

这边的还击虽然仓促，但仍是有力的。双方一接上火，枪声立刻响成了一片。甲桑的沉着应战大大地影响了身边的年轻人，他是他们的榜样，他的每一次呐喊，都极具鼓舞士气的力量，人们跟着他呐喊，必胜的声音响彻云霄。

已不知过了多少时辰，战斗从白热化转向低潮，零星的枪声依然依稀可辨。硝烟散处，最初的慌乱已经平息，护卫家乡土地的人们显然占据了有利战势。甲桑和他的马队熟悉这里的一草一木，他们在这片土地上的每次移动，都得到了植物、藤蔓和山形的极力掩护，他们正是为此而战的。

可是大好形势突然改变了。甲桑的鼻息里仍然停留着硝烟的呛人气味，他甚至来不及思考什么，就发觉形势是突然改变了的。他的马队还没有大的损伤，战士们也还在身旁坚强地挺立着，可是他们却鬼使神差地停止了射击。

他们彼此相望。然后又朝对方阵中望去。

最糟的事情发生了。

甲桑暗暗叫了一声。最糟的事情还是发生了！那边不知什么时候被推出来一批人，正是刚刚转移不久的营地的女人和孩子们。

甲桑一眼看到了阿·吉和乔。两人正被兵团的士兵们粗暴地推来推去。阿·吉和乔的身上沾满了尘土，而脸上的绝望神情是甲桑一生也不愿目睹的事实。甲桑有些疯狂了，要不是身边的人匆忙拉住，他已从马上跃了下来。

一直对战事持乐观态度的阿·格旺也在同时看到对方推出来的人中，站着垂头丧气的阿·文布巴和他的几个队友。他们已被缴了械。显然，他们遭到了伏击，要命的是文布巴是醉了的，大醉未醒的阿府少爷转眼之间成了俘虏。

阿·格旺大叹一声。对方来犯的人马首领正是曾来营地阿府缉拿所谓杀人者的韩财发副队长，如今他挂着清剿大队司令的头衔，全副武装地再次来到月亮营地，其用心与目的均非一般。

韩财发冷笑着，一挥手，手下几个士兵突然放出一排子弹，文布巴身旁的三位被俘者当场倒下。

"这是为马队长致礼的，愿他在天之灵安息！"韩财发吼道。

阿·文布巴冲向前去："是我干的，你朝我来吧！"

"到那边去。"韩财发把背缚着双手的文布巴推到阿·吉和乔的身边。"你还有更大的用处哪，难道阿老爷能看着自己的儿女、孙子们死去吗？哈哈哈……"

阿·格旺老气横秋的声音从空中传来："你到底要怎样？！"

韩财发狂妄地喊道："通通给我放下武器，年轻人自缚双手，到这边来，年老者趴在地上，没有命令不得起身。阿·格旺，赶快宣布投降吧，月亮营地将从今天开始成为我们的第二个军马场！"

两边相持不下，甲桑忽然从马上站起身来，危险地把自己的藏身之处暴露出来。他说："在你们谈判前，我有个请求，把我和那边的那位妇女和小孩换一下,怎么样?"

韩财发狡猾地转转眼珠,爽口笑道:"好好好,一换二,换来换去都是一个样。你不能带武器。把双手背在脑后。过来。"

未等阿·格旺作出反应,甲桑已将双手背向脑后,缓缓朝前走去。马蹄踏着的脚步是沉重的,但甲桑眼睛里的希望并未泯灭。他骑在马上,缓缓的脚步声中含着未被察觉的机警和从容。

韩财发认为自己已稳操胜券。他已想到洋房、轿车、升迁和美好的未来。正当他想入非非的时候,甲桑已经走到面前。韩财发面前的马上是一位身材高挑、脸上带着伤疤却不失英俊的年轻汉子。只见他背在脑后的双手突然抽出一把长刀,直劈笑眯眯等待着的韩财发的马腿!

韩财发的阵中早已大乱。这边甲桑安排妥当的马队已掩杀过来,加上阿·文布巴和队友们及时反应过来,立刻加入了一场肉搏。直劈主将马腿的甲桑被拦住,三下两下,杀了几个来回,杀死拦路兵,再看韩财发,正忙手忙脚开始调动士兵作战,他自己躲到后面去了。

被掳的妇女和孩子们重新奔向亲人的怀抱。甲桑在混乱中找到阿·吉和乔,道:"快带他离开这里!"

不等阿·吉说什么,甲桑又调头寻找韩财发,他太想杀死这个令大家感到不安的人了。甲桑急躁地杀入重围,毫无觉察地陷在了敌营之中。

当甲桑被掳下马来时,他已浑身冒着热汗,眼睛里布满血丝，勇猛地杀敌使他变得快乐起来，他忽然觉得这才是他真正要干的事情，男人的事情。他的轻松心情令他血管偾张，斗志昂扬，他已是赤手空拳了，可是他还想多来几下，他的心灵飘浮起来，就像几天之前，他骑马奔向章代部落营救乔时的那种飘浮，自由的飘浮。

他看到阿·吉母子已平安回到父亲身边。他放心地闭上了眼睛。

"去死吧，去死吧！"韩财发丧心病狂地叫道。

甲桑心情平静地说："你这个贼，可惜你永远也偷不到！"

韩财发把手枪塞进甲桑的嘴巴，连开三枪。

希望倒下。人们看着甲桑倒下，就如同突然看到的希望倒下。

远远地，阿·吉一声痛彻肺腑的恸喊直入云霄……

等韩财发正想组织力量再次攻击时，突然发现他已经腹背受敌，原来侧路出击受到极大阻力的章代·云丹嘉措的马队得到宁洛头人带领的马队的帮助，冲出重围，正好赶到。

忽然一个现象引起了韩财发的注意，只见一位身穿破衣烂衫的老妇人出现在他的右侧山头上，她挥动双臂，似乎正在念念有词，不一会儿她大手一挥，山壁上的石块纷纷砸了下来，不偏不倚，正好砸向自己的军营中……

韩财发这才知道大势已去，只好率领残部迅速撤出。

人们朝甲桑倒下的地方拥去……阿·格旺望着躺倒在地的甲桑，阿·吉正扶着他的肩膀。他不由得叹道："我可怜的女儿……"

"不！"阿·吉抬起脸庞，那上面的泪痕已被擦拭干净。她说："我是世上最幸福的女人！"

乔一头扎进章代·云丹嘉措的怀里，说："给我枪吧，我也是战士，我要去战斗！"

阿·格旺痛惜道："你们赶到得太晚啦……"

章代·云丹嘉措愤然说："不，不晚，好在我们三个部落已经全部联合起来，我们大家成为了一体，还有什么不可战胜的呢？现在敌人已经逃跑，我们的马队气势强盛，正可以乘胜追击，把他们永远赶出我们的土地！"

"正合我意！"宁洛头人也说。

阿·格旺点点头。立在他身后的夏布、麦尔贡、阿·文布巴等人纷纷道："赶快出击吧，为甲桑报仇！"

三个部落合为一体的马队浩浩荡荡，在章代·云丹嘉措和宁洛头人的带领下，高声祈求着护法神和战神的护佑，呐喊着胜利的哨声，朝敌人仓皇逃走的方向追去。

1997年1月．初稿于青唐

1999年3月．终稿于青唐